U0138265

国家科学技术学术著作出版基金资助出版
中国科学院中国孢子植物志编辑委员会　编辑

中　国　真　菌　志

第　三十九　卷

腥黑粉菌目
条黑粉菌目及相关真菌

郭　林　主编

中国科学院知识创新工程重大项目
国家自然科学基金重大项目
(国家自然科学基金委员会　中国科学院　国家科学技术部　资助)

科学出版社

北　京

内 容 简 介

黑粉菌是重要的植物病原菌，可引起农作物及牧草的严重病害。本卷简要地介绍了黑粉菌的经济用途、世界黑粉菌的研究简史、黑粉菌的研究进展和黑粉菌新的分类系统，记述了黑粉菌 8 目 12 科 17 属 115 种，包括检索表，形态特征和分布。配有 196 幅黑粉菌孢子堆外观特征和黑粉孢子等光学和扫描电子显微照片。书末附有寄主植物各科、属、种上的中国黑粉菌名录，参考文献和索引。

本书可供菌物学科研人员、植物保护工作者、植病检疫工作者以及大专院校相关专业的师生使用和参考。

图书在版编目(CIP)数据

中国真菌志. 第 39 卷，腥黑粉菌目、条黑粉菌目及相关真菌/郭林主编.
—北京：科学出版社，2011

(中国孢子植物志)

ISBN 978-7-03-031453-6

I. 中… II. 郭… III. ①真菌志–中国 ②黑粉菌目–真菌志–中国
IV. ①Q949.32 ②Q949.329

中国版本图书馆 CIP 数据核字(2011)第 107781 号

责任编辑：韩学哲 李晶晶/责任校对：钟 洋
责任印制：钱玉芬/责任设计：槐寿明

科 学 出 版 社 出版
北京东黄城根北街 16 号
邮政编码：100717
http://www.sciencep.com

双 青 印 刷 厂 印刷
科学出版社编务公司排版制作
科学出版社发行 各地新华书店经销

*

2011 年 7 月第 一 版　　开本：787×1092 1/16
2011 年 7 月第一次印刷　　印张：9 1/2　插页：18
印数：1—800　　　　　　字数：214 000

定价：60.00 元

(如有印装质量问题，我社负责调换)

CONSILIO FLORARUM CRYPTOGAMARUM SINICARUM

ACADEMIAE SINICAE EDITA

FLORA FUNGORUM SINICORUM

VOL. 39

TILLETIALES
UROCYSTIDALES
ENTORRHIZALES
DOASSANSIALES
ENTYLOMATALES
GEORGEFISCHERIALES

REDACTOR PRINCIPALIS

Guo Lin

**A Major Project of the Knowledge Innovation Program
of the Chinese Academy of Sciences**
A Major Project of the National Natural Science Foundation of China
(Supported by the National Natural Science Foundation of China,
the Chinese Academy of Sciences, and the Ministry of Science and Technology of China)

Science Press

Beijing

中国孢子植物志第五届编委名单

(2007 年 5 月)

主　　编　魏江春

副 主 编　夏邦美　　胡征宇　　庄文颖　　吴鹏程

编　　委　(以姓氏笔画为序)

丁兰平　　王全喜　　王幼芳　　田金秀　　吕国忠

刘杏忠　　刘国祥　　庄剑云　　李增智　　李仁辉

杨祝良　　陈健斌　　张天宇　　郑儒永　　胡鸿钧

施之新　　姚一建　　贾　渝　　郭　林　　高亚辉

谢树莲　　戴玉成　　魏印心

序

中国孢子植物志是非维管束孢子植物志，分《中国海藻志》、《中国淡水藻志》、《中国真菌志》、《中国地衣志》及《中国苔藓志》五部分。中国孢子植物志是在系统生物学原理与方法的指导下对中国孢子植物进行考察、收集和分类的研究成果；是生物多样性研究的主要内容；是物种保护的重要依据，对人类活动与环境甚至全球变化都有不可分割的联系。

中国孢子植物志是我国孢子植物物种数量、形态特征、生理生化性状、地理分布及其与人类关系等方面的综合信息库；是我国生物资源开发利用、科学研究与教学的重要参考文献。

我国气候条件复杂，山河纵横，湖泊星布，海域辽阔，陆生和水生孢子植物资源极其丰富。中国孢子植物分类工作的发展和中国孢子植物志的陆续出版，必将为我国开发利用孢子植物资源和促进学科发展发挥积极作用。

随着科学技术的进步，我国孢子植物分类工作在广度和深度方面将有更大的发展，对于这部著作也将不断补充、修订和提高。

中国科学院中国孢子植物志编辑委员会

1984 年 10 月·北京

中国孢子植物志总序

　　中国孢子植物志是由《中国海藻志》、《中国淡水藻志》、《中国真菌志》、《中国地衣志》及《中国苔藓志》所组成。至于维管束孢子植物蕨类未被包括在中国孢子植物志之内，是因为它早先已被纳入《中国植物志》计划之内。为了将上述未被纳入《中国植物志》计划之内的藻类、真菌、地衣及苔藓植物纳入中国生物志计划之内，出席1972年中国科学院计划工作会议的孢子植物学工作者提出筹建"中国孢子植物志编辑委员会"的倡议。该倡议经中国科学院领导批准后，"中国孢子植物志编辑委员会"的筹建工作随之启动，并于1973年在广州召开的《中国植物志》、《中国动物志》和中国孢子植物志工作会议上正式成立。自那时起，中国孢子植物志一直在"中国孢子植物志编辑委员会"统一主持下编辑出版。

　　孢子植物在系统演化上虽然并非单一的自然类群，但是，这并不妨碍在全国统一组织和协调下进行孢子植物志的编写和出版。

　　随着科学技术的飞速发展，人们关于真菌的知识日益深入的今天，黏菌与卵菌已被从真菌界中分出，分别归隶于原生动物界和管毛生物界。但是，长期以来，由于它们一直被当作真菌由国内外真菌学家进行研究；而且，在"中国孢子植物志编辑委员会"成立时已将黏菌与卵菌纳入中国孢子植物志之一的《中国真菌志》计划之内并陆续出版，因此，沿用包括黏菌与卵菌在内的《中国真菌志》广义名称是必要的。

　　自"中国孢子植物志编辑委员会"于1973年成立以后，作为"三志"的组成部分，中国孢子植物志的编研工作由中国科学院资助；自1982年起，国家自然科学基金委员会参与部分资助；自1993年以来，作为国家自然科学基金委员会重大项目，在国家基金委资助下，中国科学院及科技部参与部分资助，中国孢子植物志的编辑出版工作不断取得重要进展。

　　中国孢子植物志是记述我国孢子植物物种的形态、解剖、生态、地理分布及其与人类关系等方面的大型系列著作，是我国孢子植物物种多样性的重要研究成果，是我国孢子植物资源的综合信息库，是我国生物资源开发利用、科学研究与教学的重要参考文献。

　　我国气候条件复杂，山河纵横，湖泊星布，海域辽阔，陆生与水生孢子植物物种多样性极其丰富。中国孢子植物志的陆续出版，必将为我国孢子植物资源的开发利用，为我国孢子植物科学的发展发挥积极作用。

中国科学院中国孢子植物志编辑委员会

主编　曾呈奎

2000年3月　北京

Foreword of the Cryptogamic Flora of China

Cryptogamic Flora of China is composed of *Flora Algarum Marinarum Sinicarum*, *Flora Algarum Sinicarum Aquae Dulcis*, *Flora Fungorum Sinicorum*, *Flora Lichenum Sinicorum*, and *Flora Bryophytorum Sinicorum*, edited and published under the direction of the Editorial Committee of the Cryptogamic Flora of China, Chinese Academy of Sciences (CAS). It also serves as a comprehensive information bank of Chinese cryptogamic resources.

Cryptogams are not a single natural group from a phylogenetic point of view which, however, does not present an obstacle to the editing and publication of the Cryptogamic Flora of China by a coordinated, nationwide organization.The Cryptogamic *Flora of China* is restricted to non-vascular cryptogams including the bryophytes, algae, fungi, and lichens.The ferns, a group of vascular cryptogams, were earlier included in the plan of Flora of China, and are not taken into consideration here.In order to bring the above groups into the plan of Fauna and Flora of China, some leading scientists on cryptogams, who were attending a working meeting of CAS in Beijing in July 1972, proposed to establish the Editorial Committee of the Cryptogamic Flora of China.The proposal was approved later by the CAS.The committee was formally established in the working conference of Fauna and Flora of China, including cryptogams, held by CAS in Guangzhou in March 1973.

Although myxomycetes and oomycetes do not belong to the Kingdom of Fungi in modern treatments, they have long been studied by mycologists. *Flora Fungorum Sinicorum* volumes including myxomycetes and oomycetes have been published, retaining for *Flora Fungorum Sinicorum* the traditional meaning of the term fungi.

Since the establishment of the editorial committee in 1973, compilation of Cryptogamic Flora of China and related studies have been supported financially by the CAS.The National Natural Science Foundation of China has taken an important part of the financial support since 1982.Under the direction of the committee, progress has been made in compilation and study of Cryptogamic Flora of China by organizing and coordinating the main research institutions and universities all over the country.Since 1993, study and compilation of the Chinese fauna, flora, and cryptogamic flora have become one of the key state projects of the National Natural Science Foundation with the combined support of the CAS and the National Science and Technology Ministry.

Cryptogamic Flora of China derives its results from the investigations, collections, and classification of Chinese cryptogams by using theories and methods of systematic and evolutionary biology as its guide.It is the summary of study on species diversity of cryptogams and provides important data for species protection.It is closely connected with human activities, environmental changes and even global changes.Cryptogamic Flora of China is a comprehensive information bank concerning morqhology, anatomy, physiology, biochemistry, ecology, and phytogeographical distribution.It includes a series of special monographs for using the biological resources in China, for scientific research, and for teaching.

China has complicated weather conditions, with a crisscross network of mountains and rivers, lakes of all sizes, and an extensive sea area.China is rich in terrestrial and aquatic cryptogamic resources.The development of taxonomic studies of cryptogams and the publication of Cryptogamic Flora of China in concert will play an active role in exploration and utilization of the cryptogamic resources of China and in promoting the development of cryptogamic studies in China.

C. K. Tseng

Editor-in-Chief

The Editorial Committee of the Cryptogamic Flora of China

Chinese Academy of Sciences

March, 2000 in Beijing

《中国真菌志》序

　　《中国真菌志》是在系统生物学原理和方法指导下，对中国真菌，即真菌界的子囊菌、担子菌、壶菌及接合菌四个门以及不属于真菌界的卵菌等三个门和黏菌及其类似的菌类生物进行搜集、考察和研究的成果。本志所谓"真菌"系广义概念，涵盖上述三大菌类生物(地衣型真菌除外)，即当今所称"菌物"。

　　中国先民认识并利用真菌作为生活、生产资料，历史悠久，经验丰富，诸如酒、醋、酱、红曲、豆豉、豆腐乳、豆瓣酱等的酿制，蘑菇、木耳、茭白作食用，茯苓、虫草、灵芝等作药用，在制革、纺织、造纸工业中应用真菌进行发酵，以及利用具有抗癌作用和促进碳素循环的真菌，充分显示其经济价值和生态效益。此外，真菌又是多种植物和人畜病害的病原菌，危害甚大。因此，对真菌物种的形态特征、多样性、生理生化、亲缘关系、区系组成、地理分布、生态环境以及经济价值等进行研究和描述，非常必要。这是一项重要的基础科学研究，也是利用益菌、控制害菌、化害为利、变废为宝的应用科学的源泉和先导。

　　中国是具有悠久历史的文明古国，从远古到明代的 4500 年间，科学技术一直处于世界前沿，真菌学也不例外。酒是真菌的代谢产物，中国酒文化博大精深、源远流长，有六七千年历史。约在公元 300 年的晋代，江统在其《酒诰》诗中说："酒之所兴，肇自上皇。或云仪狄，又曰杜康。有饭不尽，委之空桑。郁结成味，久蓄气芳。本出于此，不由奇方。"作者精辟地总结了我国酿酒历史和自然发酵方法，比之意大利学者雷蒂(Radi，1860)提出微生物自然发酵法的学说约早 1500 年。在仰韶文化时期(5000~3000 B. C.)，我国先民已懂得采食蘑菇。中国历代古籍中均有食用菇蕈的记载，如宋代陈仁玉在其《菌谱》(1245 年)中记述浙江台州产鹅膏菌、松蕈等 11 种，并对其形态、生态、品级和食用方法等作了论述和分类，是中国第一部地方性食用蕈菌志。先民用真菌作药材也是一大创造，中国最早的药典《神农本草经》(成书于 102~200 A. D.)所载 365 种药物中，有茯苓、雷丸、桑耳等 10 余种药用真菌的形态、色泽、性味和疗效的叙述。明代李时珍在《本草纲目》(1578)中，记载"三菌"、"五蕈"、"六芝"、"七耳"以及羊肚菜、桑黄、鸡㙡、雪蚕等 30 多种药用真菌。李氏将菌、蕈、芝、耳集为一类论述，在当时尚无显微镜帮助的情况下，其认识颇为精深。该籍的真菌学知识，足可代表中国古代真菌学水平，堪与同时代欧洲人(如 C. Clusius，1529~1609)的水平比拟而无逊色。

　　15 世纪以后，居世界领先地位的中国科学技术，逐渐落后。从 18 世纪中叶到 20 世纪 40 年代，外国传教士、旅行家、科学工作者、外交官、军官、教师以及负有特殊任务者，纷纷来华考察，搜集资料，采集标本，研究鉴定，发表论文或专辑。如法国传教士西博特(P. M. Cibot)1759 年首先来到中国，一住就是 25 年，对中国的植物(含真菌)写过不少文章，1775 年他发表的五棱散尾菌(*Lysurus mokusin*)，是用现代科学方法研究发表的第一个中国真菌。继而，俄国的波塔宁(G. N. Potanin，1876)、意大利的吉拉迪(P. Giraldii，1890)、奥地利的汉德尔-马泽蒂(H. Handel Mazzetti，1913)、美国的梅里尔(E.

D. Merrill，1916)、瑞典的史密斯(H. Smith，1921)等共 27 人次来我国采集标本。研究发表中国真菌论著 114 篇册，作者多达 60 余人次，报道中国真菌 2040 种，其中含 10 新属、361 新种。东邻日本自 1894 年以来，特别是 1937 年以后，大批人员涌到中国，调查真菌资源及植物病害，采集标本，鉴定发表。据初步统计，发表论著 172 篇册，作者 67 人次以上，共报道中国真菌约 6000 种(有重复)，其中含 17 新属、1130 新种。其代表人物在华北有三宅市郎(1908)，东北有三浦道哉(1918)，台湾有泽田兼吉(1912)；此外，还有斋藤贤道、伊藤诚哉、平冢直秀、山本和太郎、逸见武雄等数十人。

　　国人用现代科学方法研究中国真菌始于 20 世纪初，最初工作多侧重于植物病害和工业发酵，纯真菌学研究较少。在一二十年代便有不少研究报告和学术论文发表在中外各种刊物上，如胡先骕 1915 年的"菌类鉴别法"，章祖纯 1916 年的"北京附近发生最盛之植物病害调查表"以及钱穟孙(1918)、邹钟琳(1919)、戴芳澜(1920)、李寅恭(1921)、朱凤美(1924)、孙豫寿(1925)、俞大绂(1926)、魏喦寿(1928)等的论文。三四十年代有陈鸿康、邓叔群、魏景超、凌立、周宗璜、欧世璜、方心芳、王云章、裘维蕃等发表的论文，为数甚多。他们中有的人终生或大半生都从事中国真菌学的科教工作，如戴芳澜(1893~1973)著"江苏真菌名录"(1927)、"中国真菌杂记"(1932~1946)、《中国已知真菌名录》(1936，1937)、《中国真菌总汇》(1979)和《真菌的形态和分类》(1987)等，他发表的"三角枫上白粉菌一新种"(1930)，是国人用现代科学方法研究、发表的第一个中国真菌新种。邓叔群(1902~1970)著"南京真菌记载"(1932~1933)、"中国真菌续志"(1936~1938)、《中国高等真菌志》(1939)和《中国的真菌》(1963，1996)等，堪称《中国真菌志》的先导。上述学者以及其他许多真菌学工作者，为《中国真菌志》研编的起步奠定了基础。

　　在 20 世纪后半叶，特别是改革开放以来的 20 多年，中国真菌学有了迅猛的发展，如各类真菌学课程的开设，各级学位研究生的招收和培养，专业机构和学会的建立，专业刊物的创办和出版，地区真菌志的问世等，使真菌学人才辈出，为《中国真菌志》的研编输送了新鲜血液。1973 年中国科学院广州"三志"会议决定，《中国真菌志》的研编正式启动，1987 年由郑儒永、余永年等编辑出版了《中国真菌志》第 1 卷《白粉菌目》，至 2000 年已出版 14 卷。自第 2 卷开始实行主编负责制，2.《银耳目和花耳目》(刘波主编，1992)；3.《多孔菌科》(赵继鼎，1998)；4.《小煤炱目Ⅰ》(胡炎兴，1996)；5.《曲霉属及其相关有性型》(齐祖同，1997)；6.《霜霉目》(余永年，1998)；7.《层腹菌目》(刘波，1998)；8.《核盘菌科和地舌菌科》(庄文颖，1998)；9.《假尾孢属》(刘锡琎、郭英兰，1998)；10.《锈菌目Ⅰ》(王云章、庄剑云，1998)；11.《小煤炱目Ⅱ》(胡炎兴，1999)；12.《黑粉菌科》(郭林，2000)；13.《虫霉目》(李增智，2000)；14.《灵芝科》(赵继鼎、张小青，2000)。盛世出巨著，在国家"科教兴国"英明政策的指引下，《中国真菌志》的研编和出版，定将为中华灿烂文化做出新贡献。

余永年
庄文颖　谨识
中国科学院微生物研究所
中国·北京·中关村
公元 2002 年 09 月 15 日

Foreword of Flora Fungorum Sinicorum

Flora Fungorum Sinicorum summarizes the achievements of Chinese mycologists based on principles and methods of systematic biology in intensive studies on the organisms studied by mycologists, which include non-lichenized fungi of the Kingdom Fungi, some organisms of the Chromista, such as oomycetes etc., and some of the Protozoa, such as slime molds. In this series of volumes, results from extensive collections, field investigations, and taxonomic treatments reveal the fungal diversity of China.

Our Chinese ancestors were very experienced in the application of fungi in their daily life and production. Fungi have long been used in China as food, such as edible mushrooms, including jelly fungi, and the hypertrophic stems of water bamboo infected with *Ustilago esculenta*; as medicines, like *Cordyceps sinensis* (caterpillar fungus), *Poria cocos* (China root), and *Ganoderma* spp. (lingzhi); and in the fermentation industry, for example, manufacturing liquors, vinegar, soy-sauce, *Monascus*, fermented soya beans, fermented bean curd, and thick broad-bean sauce. Fungal fermentation is also applied in the tannery, paperma-king, and textile industries. The anti-cancer compounds produced by fungi and functions of saprophytic fungi in accelerating the carbon-cycle in nature are of economic value and ecological benefits to human beings. On the other hand, fungal pathogens of plants, animals and human cause a huge amount of damage each year. In order to utilize the beneficial fungi and to control the harmful ones, to turn the harmfulness into advantage, and to convert wastes into valuables, it is necessary to understand the morphology, diversity, physiology, biochemistry, relationship, geographical distribution, ecological environment, and economic value of different groups of fungi. *Flora Fungorum Sinicorum* plays an important role from precursor to fountainhead for the applied sciences.

China is a country with an ancient civilization of long standing. In the 4500 years from remote antiquity to the Ming Dynasty, her science and technology as well as knowledge of fungi stood in the leading position of the world. Wine is a metabolite of fungi. The Wine Culture history in China goes back 6000 to 7000 years ago, which has a distant source and a long stream of extensive knowledge and profound scholarship. In the Jin Dynasty (*ca.* 300 A.D.), JIANG Tong, the famous writer, gave a vivid account of the Chinese fermentation history and methods of wine processing in one of his poems entitled *Drinking Games* (Jiu Gao), 1500 years earlier than the theory of microbial fermentation in natural conditions raised by the Italian scholar, Radi (1860). During the period of the Yangshao Culture (5000—3000 B. C.), our Chinese ancestors knew how to eat mushrooms. There were a great number of records of edible mushrooms in Chinese ancient books. For example, back to the Song Dynasty, CHEN Ren-Yu (1245) published the *Mushroom Menu* (Jun Pu) in which he listed 11 species of edible fungi including *Amanita* sp.and *Tricholoma matsutake* from Taizhou, Zhejiang Province, and described in detail their morphology, habitats, taxonomy, taste, and way of cooking. This was the first local flora of the Chinese edible mushrooms.Fungi used as medicines originated in ancient China. The earliest Chinese pharmacopocia, *Shen-Nong Materia Medica* (Shen Nong Ben Cao Jing), was published in 102—200 A. D. Among the 365 medicines recorded, more than 10 fungi, such as *Poria cocos* and *Polyporus mylittae*, were included. Their fruitbody shape, color, taste, and medical functions were provided.The great pharmacist of Ming Dynasty, LI Shi-Zhen (1578) published his eminent work *Compendium Materia Medica* (Ben Cao Gang Mu) in which more than thirty fungal species were accepted as medicines, including *Aecidium mori*, *Cordyceps sinensis*, *Morchella* spp., *Termitomyces* sp., etc.Before the invention of microscope, he managed to bring fungi of different classes together, which demonstrated his intelligence and profound knowledge of biology.

After the 15th century, development of science and technology in China slowed down.From middle of the 18th century to the 1940's, foreign missionaries, tourists, scientists, diplomats, officers, and other professional workers visited China.They collected specimens of plants and fungi, carried out taxonomic studies, and published papers, exsi ccatae, and monographs based on Chinese materials.The French missionary, P. M. Cibot, came to China in 1759 and stayed for 25 years to investigate plants including fungi in different regions of China.Many papers were written by him. *Lysurus mokusin*, identified with modern techniques and published in 1775, was probably the first Chinese fungal record by these visitors.Subsequently, around 27 man-times of foreigners attended field excursions in China, such as G. N. Potanin from Russia in 1876, P. Giraldii from Italy in 1890, H. Handel-Mazzetti from Austria in 1913, E. D. Merrill from the United States in 1916, and H. Smith from Sweden in 1921. Based on examinations of the Chinese collections obtained, 2040 species including 10 new genera and 361 new species were reported or described in 114 papers and books.Since 1894, especially after 1937, many Japanese entered China.They investigated the fungal resources and plant diseases, collected specimens, and published their identification results.According to incomplete information, some 6000 fungal names (with synonyms) including 17 new genera and 1130 new species appeared in 172 publications.The main workers were I. Miyake in the Northern China, M. Miura in the Northeast, K. Sawada in Taiwan, as well as K. Saito, S. Ito, N. Hiratsuka, W. Yamamoto, T. Hemmi, etc.

Research by Chinese mycologists started at the turn of the 20th century when plant diseases and fungal fermentation were emphasized with very little systematic work.Scientific papers or experimental reports were published in domestic and international journals during the 1910's to 1920's. The best-known are "Identification of the fungi" by H. H. Hu in 1915, "Plant disease report from Peking and the adjacent regions" by C. S. Chang in 1916, and papers by S. S. Chian (1918), C. L. Chou (1919), F. L. Tai (1920), Y. G. Li (1921), V. M. Chu (1924), Y. S. Sun (1925), T. F. Yu (1926), and N. S. Wei (1928). Mycologists who were active at the 1930's to 1940's are H. K. Chen, S. C. Teng, C. T. Wei, L. Ling, C. H. Chow, S. H. Ou,

S. F. Fang, Y. C. Wang, W. F. Chiu, and others.Some of them dedicated their lifetime to research and teaching in mycology. Prof. F. L. Tai (1893—1973) is one of them, whose representative works were "List of fungi from Jiangsu"(1927), "Notes on Chinese fungi"(1932—1946), *A List of Fungi Hitherto Known from China* (1936, 1937), *Sylloge Fungorum Sinicorum* (1979), *Morphology and Taxonomy of the Fungi* (1987), etc.His paper entitled "A new species of *Uncinula* on *Acer trifidum* Hook.& Arn."was the first new species described by a Chinese mycologist. Prof. S. C. Teng (1902—1970) is also an eminent teacher.He published "Notes on fungi from Nanking" in 1932—1933, "Notes on Chinese fungi" in 1936—1938, *A Contribution to Our Knowledge of the Higher Fungi of China* in 1939, and *Fungi of China* in 1963 and 1996.Work done by the above-mentioned scholars lays a foundation for our current project on *Flora Fungorum Sinicorum*.

In 1973, an important meeting organized by the Chinese Academy of Sciences was held in Guangzhou (Canton) and a decision was made, uniting the related scientists from all over China to initiate the long term project "Fauna, Flora, and Cryptogamic Flora of China".Work on *Flora Fungorum Sinicorum* thus started.Significant progress has been made in development of Chinese mycology since 1978.Many mycological institutions were founded in different areas of the country.The Mycological Society of China was established, the journals *Acta Mycological Sinica* and *Mycosystema* were published as well as local floras of the economically important fungi.A young generation in field of mycology grew up through postgraduate training programs in the graduate schools.The first volume of Chinese Mycoflora on the Erysiphales (edited by R. Y. Zheng & Y. N. Yu, 1987) appeared.Up to now, 14 volumes have been published: Tremellales and Dacrymycetales edited by B. Liu (1992), Polyporaceae by J. D. Zhao (1998), Meliolales Part I (Y. X. Hu, 1996), *Aspergillus* and its related teleomorphs (Z. T. Qi, 1997), Peronosporales (Y. N. Yu, 1998), Sclerotiniaceae and Geoglossaceae (W. Y. Zhuang, 1998), *Pseudocercospora* (X. J. Liu & Y. L. Guo, 1998), Uredinales Part I (Y. C. Wang & J. Y. Zhuang, 1998), Meliolales Part II (Y. X. Hu, 1999), Ustilaginaceae (L. Guo, 2000), Entomophthorales (Z. Z. Li, 2000), and Ganodermataceae (J. D. Zhao & X. Q. Zhang, 2000). We eagerly await the coming volumes and expect the completion of Flora *Fungorum Sinicorum* which will reflect the flourishing of Chinese culture.

Y. N. Yu and W. Y. Zhuang

Institute of Microbiology, CAS, Beijing

September 15, 2002

致　谢

中国科学院微生物研究所真菌地衣系统学重点实验室的王云章、刘锡琎、余永年、应建浙、胡复眉、徐连旺、宗毓臣、庄剑云、魏淑霞、田金秀、张小青、郭英兰、孙述霄、李滨、张虎成、李伟、刘娜、李振英、何双辉等同志和曾在本室工作过现已调离的马启明、韩树金、邢俊昌、刘恒英、刘荣、王庆之、于积厚、杨玉川、宋明华和邢延苏等同志曾采集黑粉菌标本，不胜感激。向作者馈赠黑粉菌标本的分别是沈阳农业大学的白金铠，德国的 K. Vánky，中国科学院昆明植物研究所的杨祝良，新疆农业大学的赵震宇和惠友为，甘肃农业大学的王生荣，内蒙古草原研究所的侯天爵和赤峰学院的刘铁志。这些标本对本研究很有帮助，在此深表谢意。承蒙中国科学院植物研究所刘亮、梁松筠、张树仁、陈文俐、周根生和曹子余，以及内蒙古师范大学的刘书润和内蒙古自治区科学技术委员会的朱宗元鉴定寄主植物标本；中国科学院微生物研究所真菌地衣系统学重点实验室的孙述霄、胡光荣和吕红梅同志在标本借阅、入藏、管理等方面给予了帮助；中国科学院微生物研究所苑兰翠、赵小平、董光军和谢家仪同志在冲印照片和扫描电镜观察方面给予了帮助，在此一并致谢。

美国农部菌物标本馆(BPI)，美国哈佛大学隐花植物标本馆(FH)，范基黑粉菌标本馆(HUV)，英国国际菌物研究所标本馆(IMI)，英国邱园植物标本馆(K)，中国科学院昆明植物研究所标本馆(KUN)曾赠送或者借予作者馆藏模式标本和许多中国的黑粉菌标本，对这些标本馆的负责人及其工作人员表示感谢。作者曾经在中国科学院植物研究所标本馆(PE)莎草科植物上发现许多炭黑粉菌属的标本，对 PE 的负责人允许在植物标本上寻找黑粉菌标本表示感谢。

庄剑云、戴玉成和庄文颖对本书进行了仔细审阅，提出了宝贵意见，在此表示诚挚的谢意！

说　明

　　本书是我国腥黑粉菌目条黑粉菌目及相关真菌分类研究的总结，包括绪论、专论、附录、参考文献和索引五大部分。

　　绪论部分简要地介绍了黑粉菌的经济用途、世界黑粉菌的研究简史、黑粉菌研究的进展和黑粉菌新的分类系统。

　　专论和附录部分共描述了我国黑粉菌 17 属 115 种，包括属下分种检索表。黑粉菌纲、亚纲、目、科、属、种按新的分类系统排列。每个种包括正名、异名及其文献引证、形态描述和分布等。每个种记载的寄主和国内分布是根据作者研究的标本引注的。除少数标本注明标本馆的缩写外，其余括号内引证的号码均为中国科学院微生物研究所菌物标本馆(HMAS)的标本号。国内分布以我国直辖市以及各省、自治区的市、县、山或河流等为单位，按 1977 年出版的《中华人民共和国分省地图集》(汉语拼音版)中地名出现的顺序排列。如果省、自治区后面无市、县、山等具体地名，则表示标本采集地不详。世界分布按 1995 年出版的《世界地图集》中地名出现的顺序排列。

　　文中黑粉菌拉丁学名命名人缩写，采用国际通用 Kirk 和 Ansell(1992)的缩写方法。

　　附录部分包括了中国叶黑粉菌目资料补遗、中国黑粉菌补遗和寄主植物各科、属、种上的中国黑粉菌名录。

　　本书引证标本时采用国际通用的标本馆缩写，缩写及全称如下：

BPI＝Herbarium, U. S. National Fungus Collections, USA

FH＝Harvard University Herbaria, USA

HKAS＝中国科学院昆明植物研究所隐花植物标本馆

KUN＝中国科学院昆明植物研究所标本馆

HMAS＝中国科学院微生物研究所菌物标本馆

HUV＝Herbarium Ustilaginales Vánky, Germany

IMI＝CAB International Mycological Institute, United Kingdom

K＝Herbarium, Royal Botanic Gardens, Kew, United Kingdom

PE＝中国科学院植物研究所标本馆

目　录

绪 论

黑粉菌的经济用途

某些黑粉菌能够有效地抑制野草的生长与疯狂的蔓延，能"对野草进行生物防治"(Kashefi & Vánky 2004)。在美国的夏威夷，从 20 世纪 70 年代起，胜红蓟叶黑粉菌 *Entyloma ageratinae* R. W. Barreto & H. C. Evans 就已被成功地用于菊科植物河岸泽兰 *Eupatorium riparium* Regel[现用名：*Ageratina riparia* (Regel) R. M. King & H. Rob]的生物防治(Trujillo 1985, Barreto & Evans 1988)。在南非和新西兰，这种真菌同样用于防治河岸泽兰(Morin *et al.* 1997)。另一种菊科植物 *Scolymus bispanicus* L.的直根很长，可以达到 60 cm，在草原上，它与其他植物竞争水分，并且可替代自然植被。由于这种植物是两年生且依靠种子繁殖的，故破坏其种子是控制这种植物的有效方法。荼蓟微球黑粉菌 *Microbotryum scolymi* (Juel) Vánky 全部寄生在这种菊科植物的花盘上，有效地破坏了植物的花器，使这种植物不能靠种子繁殖。因此，这种黑粉菌就像生物除草剂一样，被大面积地用来控制有害植物(Kashefi & Vánky 2004)。

世界黑粉菌研究简史

Vánky(2002)将黑粉菌的研究划分为四个时期。第一个时期是 1755~1847 年，其代表人物是 Tillet-Tulasne 和 Tulasne(1755~1847 年)。第二个时期是 1847~1953 年，其代表人物是 Tulasne 和 Tulasne-Zundel(1847~1953 年)。第三个时期是 1953~1997 年。第四个时期是 1997 年至今。

自古以来，黑粉菌皆可造成粮食减产，甚至绝收，引发饥荒，威胁民生。但是，1730 年之前，人们对黑粉菌的认知基本上还处于朦胧状态。对于黑粉菌的病因及其控制，尚没有人做过初步的研究。那时，涉及黑粉菌的一些观念主要来自《圣经》。人们宁愿相信，黑粉菌、锈菌以及其他病害的发生，是上帝愤怒而惩罚人类的结果。而 McAlpine(1910)却认为，尽管希腊和罗马文字中没有出现小麦黑粉病一词，但并不等于古代就不知道有黑粉病。他认为普通的霉病或疫病名词中就隐含有黑粉病的词义。

（一）第一个时期(1755~1847 年)

1730 年前后，人们开始用试验的方法解释黑粉菌病害。其目的是寻找控制黑粉菌病害的方法。法国人 Tillet 没有受过任何植物学的系统训练，但是，他说自己是"天生的试验家"。他的业余爱好就是试验，并对结果进行记录。他是进行真正试验的第一人，他试验的目的是发现控制小麦腥黑粉菌的手段。他的主要贡献是证实了小麦黑粉病是由于

·1·

小麦种子被黑粉孢子侵染而引发的。Tillet 进行了大量的试验，在他的试验中，一些小麦种子被黑粉孢子侵染后，从这些试验地点获得的所有的或几乎所有的小麦，皆被黑粉菌所感染，而由健康种子播植的地点，其生成的小麦粒基本上是健康的，只在少数麦粒上发现了小麦腥黑粉菌。这在当时是非常了不起的工作。黑粉菌的科学著作始于Tillet(1755)，他曾经获得皇家科学院波尔多文学科学和艺术奖。

半个世纪之后，法国科学家 Prevost(1807)对腥黑粉菌的黑粉孢子进行了萌发试验，观察了黑粉孢子在水中萌发的情形，并且偶然发现铜化合物对小麦腥黑粉病有防治作用。

(二) 第二个时期(1847~1953 年)

19 世纪中叶，黑粉菌的研究工作引起了真菌学巨匠们的关注。杰出的人物是 Tulasne 等(Tulasne L R and Tulasne C 1847, Tulasne L R 1854), de Bary(1853, 1874, 1884)和Brefeld(1883, 1895, 1895 a, 1905, 1912)。Tulasne L R 和 Tulasne C (1847)兄弟根据黑粉孢子的萌发特征，第一次提出将黑粉菌分为两个科，即黑粉菌科和腥黑粉菌科。德国人 de Bary 是近代菌物学的奠基人。他研究了某些黑粉菌的生活史，证实了黑粉菌是植物寄生菌。Brefeld 的研究对于黑粉菌学的发展起到了巨大的推动作用。他详尽地研究了许多黑粉菌，包括玉米黑粉菌 *Ustilago maydis* (DC.) Corda 的黑粉孢子的萌发、侵染过程和分生孢子的融合等。

在此期间，欧美和大洋洲等国发表和出版了许多有关黑粉菌分类的文章和著作。例如，Plowright(1889)完成了英国黑粉菌和锈菌的专著。Rostrup(1890)记述了丹麦的黑粉菌。Clinton(1902, 1904, 1906)描述了北美的黑粉菌。McAlpine(1910)记载了澳大利亚的黑粉菌，包括黑粉菌的结构、生活史和分类。Liro(1924, 1938)报道了芬兰的黑粉菌。Cunningham(1924, 1945, 1945 a)发表了新西兰黑粉菌及其属种检索表。Zundel(1938, 1939)分别记载了南非和北美的黑粉菌。

Zundel(1953)的巨著 *The Ustilaginales of the World* 完成于 1945 年，历经艰辛，方于 1953 年发表。这期间，中国黑粉菌研究的开拓者凌立曾经帮助 Zundel 整理过手稿(Zundel 1951)。Zundel 的著作包括了截至 1945 年的全球所有已知黑粉菌的名称、出处、异名、描述、模式标本、寄主的范围和地理分布。该著作的发表进一步促进了黑粉菌的研究工作。

在此期间，凌立发表了大量令世人瞩目的有关黑粉菌的研究文章。他研究了亚洲许多国家的黑粉菌标本，除了中国以外，还有日本、朝鲜、印度、巴基斯坦、伊朗、菲律宾、印度尼西亚等国。凌立(1951)将亚洲的黑粉菌分为三个地理区域：①南亚，包括中国南部、印度、缅甸、中南半岛、马来半岛，形成一个自然的区域。许多黑粉菌的种从这里出发，向两个方向发展：一个方向是向相邻的太平洋岛国至澳大利亚，另一个方向是向非洲南部。②西亚，包括中东。有更多的黑粉菌延伸到地中海至北非，而不是南亚。③包括中国北部、朝鲜、日本和俄罗斯的亚洲大部。许多黑粉菌的种类与中欧和北欧的相似。

(三) 第三个时期(1953~1997 年)

在此期间，黑粉菌分类工作异常活跃，大量黑粉菌的志书在世界许多国家出版。这些著作中的有关内容反映了种的不同的概念。分子生物学研究表明，黑粉菌是不同源的(Gottschalk & Blanz 1985)。

(四) 第四个时期(1997 年至今)

黑粉菌隔膜孔和寄主寄生物相互关系的超微结构研究(Bauer *et al.* 1997)、分子生物学的研究(Begerow *et al.* 1997, 2000, Swann *et al.* 1999, Piepenbring *et al.* 1999, Bauer *et al.* 2001)、形态学特征和寄主植物分类学的研究成果促使产生了黑粉菌大量新属和属级以上的分类单位(Denchev 1997, Ershad 2000, Vánky 1999, 1999 a, 1999 b, 2000 a, 2001, 2001 a, 2001 c, Walker 2001)。下面将详细讨论黑粉菌的研究进展和新的分类系统。

黑粉菌研究进展

根据《菌物字典》(Hawksworth *et al.* 1995)第八版的分类系统可知，黑粉菌目 Ustilaginales 下设两个科，即黑粉菌科 Ustilaginaceae 和腥黑粉菌科 Tilletiaceae。根据传统定义(classical definition)，黑粉菌是植物的寄生性小型真菌，产生的黑粉孢子(冬孢子)既是传播器官，也是抵御不良环境的器官。近期，根据传统的形态学特征、超微结构、化学和分子生物学信息提出了复合定义(complex definition)，即黑粉菌不仅包括植物寄生性真菌，还包括腐生真菌和人类致病菌。这些植物寄生性真菌可以产生或不产生黑粉孢子(冬孢子)(Vánky 2002)。例如，外担菌目(Exobasidiales)产生担孢子，不产生黑粉孢子。黑粉菌纲的无性型在自然界中普遍存在，人们在不同的基物上分离到了大量黑粉菌无性型真菌。黑粉菌纲无性型有 *Malassezia*、*Tilletiopsis*、*Sympodiomycopsis* 和 *Pseudozyma* 等属(Boekhout 1987, 1991, 1995, Begerow *et al.* 2000, Sugiyama *et al.* 1991)，其中某些属种是人类的致病菌。

近几年来，黑粉菌的界定和分类系统发生了根本的改变。根据《菌物字典》(Kirk *et al.* 2001) 第九版的分类系统可知，担子菌门 Basidiomycota 包括三个纲：担子菌纲 Basidiomycetes、锈菌纲 Urediniomycetes 和黑粉菌纲 Ustilaginomycetes。

黑粉菌纲具有独特的细胞壁碳水化合物组成，葡萄糖占优势，缺少木糖，区别于锈菌和层菌(Prillinger *et al.* 1990, 1993)。黑粉菌纲与锈菌纲另一个区别特征是锈菌纲在隔膜孔上缺乏多层的内质网膜(桶孔覆垫)。黑粉菌纲的一个重要特征是存在寄主-寄生物相互作用区，具有独特的真菌泡囊沉积物，起因于初期相互作用泡囊的吐胞现象(Bauer *et al.* 1997)。这种特性在担子菌中是很特殊的。锈菌纲缺乏这种真菌泡囊沉积物。近代，分子生物学的研究(Blanz & Gottschalk 1984, Begerow *et al.* 1997)、生物化学的工作(Prillinger *et al.* 1991)和超微结构的研究对黑粉菌的分类系统产生了巨大的影响。

隔膜孔的结构在担子菌分类中起重要作用(Oberwinkler 1985, Wells 1994)。黑粉菌纲有 5 种隔膜类型(Bauer *et al.* 1997, 2001)：①具有两个膜帽的简单孔隔膜，以 *Doassinga callitrichis* (Liro) Vánky, Bauer & Begerow 为例，代表了黑斑黑粉菌科 Melanotaeniaceae、微座孢目 Microstromatales 和外担菌科 Exobasidiaceae 类型；②具有两个外膜帽和两个无膜内板的简单孔隔膜(Bauer *et al.* 1995)，以 *Ustacystis waldsteiniae* (Peck) Zundel 为例，代

表了条黑粉菌科 Urocystidaceae 和虚球黑粉菌科 Doassansiopsaceae 类型；③无膜帽或膜板的桶孔隔膜(Deml & Oberwinkler 1981)，以 *Entorrhiza casparyana* (Magnus) Lagerh.为例，代表了根肿黑粉菌目 Entorrhizales 类型；④具有膜板的桶孔隔膜(Roberson & Luttrell 1989)，以狼尾草腥黑粉菌 *Tilletia barclayana* (Bref.) Sacc. & P. Syd.为例，代表了腥黑粉菌目 Tilletiales 类型；⑤无孔隔膜，以白粉藤蛤孢黑粉菌 *Mycosyrinx cissi* (DC.) G. Beck 为例，代表了黑粉菌目 Ustilaginales 和费歇黑粉菌目 Georgefischeriales 类型。

Bauer 等(1997)提出的相互作用器官(interaction apparatus)，是指专化的真菌相互作用结构，通过融合产生于初级相互作用结构。

近十几年来，关于中国的黑粉菌有大量的黑粉菌论著问世(郭林 1997 a, 1997 b, 2001 a, 2005 c)。

黑粉菌新的分类系统

Tulasne L R 和 Tulasne C (1847) 将黑粉菌目分为 2 个科，即黑粉菌科和腥黑粉菌科。黑粉菌科担子有隔膜，担孢子侧生或顶生。而腥黑粉菌科担子无隔膜，顶生担孢子。这种分类系统沿用了很长时间。近来，Swann 等 (1999)认为："大量证据表明，将担子特征作为系统演化和分类的标准一般是不妥的。"

关于黑粉菌属以上等级的划分，近十年来发生了巨大的变化。通过超微结构和分子生物学方法的研究，人们提出了新的分类系统(Bauer *et al.* 1997，2001，2001 a，Begerow *et al.* 1997，Vánky 1999，2001，2001 c)。根据 Vánky(2002)的记载，黑粉菌已知 1450 个"传统"(具有黑粉孢子)的种属于 2 个纲，黑粉菌纲和锈菌纲。黑粉菌纲下设 3 个亚纲：①根肿黑粉菌亚纲 Entorrhizomycetidae；②黑粉菌亚纲 Ustilaginomycetidae；③外担菌亚纲 Exobasidiomycetidae。据初步统计，黑粉菌有 8 个目，26 个科，85 个属(Denchev 2003，Piatek 2005，Vánky 2002，2002 a，2004，2004 a，2005 c，2005 d，Vánky & Shivas 2006)，这个新的黑粉菌分类系统基本上得到了全世界黑粉菌学家的认可。本书采用该系统，下面列出黑粉菌新的系统。

I. 黑粉菌纲 Ustilaginomycetes

1. 黑粉菌亚纲 Ustilaginomycetidae

1.1. 条黑粉菌目 Urocystidales

1.1.1. 黑斑黑粉菌科 Melanotaeniaceae

外冬孢黑粉菌属 *Exoteliospora*，黑斑黑粉菌属 *Melanotaenium*，埃尔斯黑粉菌属 *Yelsemia*。

1.1.2. 虚球黑粉菌科 Doassansiopsaceae

虚球黑粉菌属 *Doassansiopsis*。

1.1.3. 条黑粉菌科 Urocystidaceae

Melanustilospora，异孢黑粉菌属 *Mundkurella*，条黑粉菌属 *Urocystis*，褐双孢黑粉菌属 *Ustacystis*，范基黑粉菌属 *Vankya*。

1.2. 黑粉菌目 Ustilaginales

1.2.1. 蛤孢黑粉菌科 Mycosyringaceae

蛤孢黑粉菌属 *Mycosyrinx*。

1.2.2. 球黑粉菌科 Glomosporiaceae

科氏黑粉菌属 *Kochmania*，球黑粉菌属 *Glomosporium*，楔孢黑粉菌属 *Thecaphora*，托思黑粉菌属 *Tothiella* [Vánky (2004)将此属合并为楔孢黑粉菌属]。

1.2.3. 黑粉菌科 Ustilaginaceae

阿氏黑粉菌属 *Ahmadiago*，*Eriocaulago*，*Eriomoeszia*，*Eriosporium*，丝孢黑粉菌属 *Farysporium*，皮特黑粉菌属 *Franzpetrakia*，*Lundquistia*，无轴黑粉菌属 *Macalpinomyces*，莫氏黑粉菌属 *Moesziomyces*，毛乐黑粉菌属 *Moreaua*，独黑粉菌属 *Orphanomyces*，枝生黑粉菌属 *Pericladium*，*Restiosporium*，裂孢黑粉菌属 *Schizonella*，孢堆黑粉菌属 *Sporisorium*，*Stegocintractia*，特氏黑粉菌属 *Tranzscheliella*，黑粉菌属 *Ustilago*。

1.2.4. 炭黑粉菌科 Anthracoideaceae

炭黑粉菌属 *Anthracoidea*，环带黑粉菌属 *Planetella*。

1.2.5. 核黑粉菌科 Cintractiaceae

核黑粉菌属 *Cintractia*，异亚团黑粉菌属 *Heterotolyposporium*，胶膜黑粉菌属 *Kuntzeomyces*，白核黑粉菌属 *Leucocintractia*，*Pilocintractia*，黏膜黑粉菌属 *Testicularia*，亚团黑粉菌属 *Tolyposporium*，毛核黑粉菌属 *Trichocintractia*，炭核黑粉菌属 *Ustanciosporium*。

1.2.6. Clintamraceae

Clintamra。

1.2.7. 皮堆黑粉菌科 Dermatosoraceae

皮堆黑粉菌属 *Dermatosorus*。

1.2.8. 丝黑粉菌科 Farysiaceae

丝黑粉菌属 *Farysia*。

1.2.9. Geminaginaceae

Geminago。

1.2.10. 瘤黑粉菌科 Melanopsichiaceae

瘤黑粉菌属 *Melanopsichium*。

1.2.11. Uleiellaceae

Uleiella。

1.2.12. Websdaneaceae

Websdanea。

2. 根肿黑粉菌亚纲 Entorrhizomycetidae

2.1. 根肿黑粉菌目 Entorrhizales

2.1.1. 根肿黑粉菌科 Entorrhizaceae

根肿黑粉菌属 *Entorrhiza*。

3. 外担菌亚纲 Exobasidiomycetidae

3.1. 实球黑粉菌目 Doassansiales

3.1.1. 实球黑粉菌科 Doassansiaceae

裸球孢黑粉菌属 *Burrillia*，*Entylomaster*，实球黑粉菌属 *Doassansia*，*Doassinga*，异

实球黑粉菌属 *Heterodoassansia*，南氏黑粉菌属 *Nannfeldtiomyces*，网孢黑粉菌属 *Narasimhania*，假皮堆黑粉菌属 *Pseudodermatosorus*，假实球黑粉菌属 *Pseudodoassansia*，假无皮栅孢黑粉菌属 *Pseudotracya*，无皮栅孢黑粉菌属 *Tracya*。

3.1.2. Melaniellaceae

Melaniella。

3.1.3. 钩胞黑粉菌科 Rhamphosporaceae

钩胞黑粉菌属 *Rhamphospora*。

3.2. 叶黑粉菌目 Entylomatales

3.2.1. 叶黑粉菌科 Entylomataceae

叶黑粉菌属 *Entyloma*。

3.3. 外担菌目 Exobasidiales

3.3.1. 座担菌科 Brachybasidiaceae

座担菌属 *Brachybasidium*，*Dicellomyces*，*Exobasidiellum*，二孢外担菌属 *Kordyana*，*Proliferobasidium*。

3.3.2. 外担菌科 Exobasidiaceae

外担菌属 *Exobasidium*，*Muribasidiospora*。

3.3.3. Cryptobasidiaceae

Botryoconis，*Clinoconidium*，*Coniodictyum*，*Drepanoconis*，*Laurobasidium*。

3.3.4. 果黑粉菌科 Graphiolaceae

果黑粉菌属 *Graphiola*，蒲葵果黑粉菌属 *Stylina*。

3.4. 费歇黑粉菌目 Georgefischeriales

3.4.1. 费歇黑粉菌科 Georgefischeriaceae

费歇黑粉菌属 *Georgefischeria*，詹姆斯黑粉菌属 *Jamesdicksonia*。

3.4.2. 无掷孢黑粉菌科 Eballistraceae

无掷孢黑粉菌属 *Eballistra*。

3.4.3. 类腥黑粉菌科 Tilletiariaceae

Phragmotaenium，类腥黑粉菌属 *Tilletiaria*，层壁黑粉菌属 *Tolyposporella*。

3.5. 微座孢目 Microstromatales

3.5.1. 微座孢科 Microstromataceae

微座孢属 *Microstroma*。

3.5.2. Volvocisporiaceae

Volvocisporium。

3.6. 腥黑粉菌目 Tilletiales

3.6.1. 腥黑粉菌科 Tilletiaceae

Conidiosporomyces，歧黑粉菌属 *Erratomyces*，英氏黑粉菌属 *Ingoldiomyces*，尾孢黑粉菌属 *Neovossia*，奥氏黑粉菌属 *Oberwinkleria*，腥黑粉菌属 *Tilletia*。

II. 锈菌纲 Urediniomycetes

4.1. 微球黑粉菌目 Microbotryales

4.1.1. 微球黑粉菌科 Microbotryaceae

利罗黑粉菌属 *Liroa*，微球黑粉菌属 *Microbotryum*，轴黑粉菌属 *Sphacelotheca*，间孢黑粉菌属 *Zundeliomyces*。

4.1.2. Ustilentylomataceae

Aurantiosporium，鲍尔黑粉菌属 *Bauerago*，*Fulvisporium*，*Ustilentyloma*。

关于黑粉菌新的分类系统，Vánky(2002)总结了四点，值得人们关注。

(1) Microbotryales 包括了大约 100 个种，与锈菌接近，被放在锈菌纲，而不是黑粉菌纲。

(2) 黑粉菌包括了植物寄生性小型真菌、人类寄生菌和腐生真菌，产生或不产生黑粉孢子(冬孢子)。

(3) 相似的孢子球结构来源于不同的、不相关的祖先。例如，Doassansiopsaceae 被放在了 Urocystidales，Doassansiaceae 却被放在了 Doassansiales，它们都寄生于水生植物。

(4) 孢子球的存在与否不总是反应相近的亲缘关系。例如，*Orphanomyces* 和 *Schizonella* 既含有单个孢子的，也有孢子球的。

新的分类系统导致了许多种的变动，建立了许多新属(Vánky & Shivas 2006)。例如，①*Ustilago* 和 *Sporisorium* 仅仅局限于禾本科植物(Vánky 1999)。②寄生在双子叶植物上、具有紫色黑粉孢子的种，属于 Urediniomycetes，Microbotryales 的 *Microbotryum*；不是紫色黑粉孢子的种，则建立了许多新属(Vánky 1998)。③寄生在禾本科植物上，具有暗色黑粉孢子，原来属于 *Enytloma* 和 *Melanotaenium* 的种，转移到 Georgefischeriales 的 *Eballistra*、*Jamesdicksonia* 或 *Phragmotaenium* (Bauer *et al*. 2001)。④真正的 *Enytloma* 和 *Melanotaenium* 的种仅仅局限于双子叶植物。

关于黑粉菌新的分类系统将 Microbotryales 放在 Urediniomycetes 的归类，McKenzie 和 Vánky(2001)曾经提出过不同的看法，他们认为 Microbotryales 是真正的黑粉菌，而不是锈菌。Microbotryales 与黑粉菌纲的真菌在孢子堆的形态、黑粉孢子的发生过程、担子的形态学和生活史等方面相同。本书作者同意这一观点。

黑粉菌和寄主植物

某些黑粉菌是腐生黑粉菌，例如，类腥黑粉菌属 *Tilletiaria*，生活史中无寄生性阶段。绝大部分黑粉菌是兼性腐生菌，以寄生为主。大部分黑粉菌产生黑粉孢子。某些寄生性黑粉菌不产生黑粉孢子，例如，外担菌目 Exobasidiales 和微座孢目 Microstromatales 仅产生担子和担孢子。

绝大部分黑粉菌寄生在被子植物上，以单子叶植物为主。有 *Uleiella* 属的 2 个种寄生在裸子植物的 *Araucaria* 属植物上。有 3 种黑粉菌寄生在蕨类植物上。这些种类是：外冬孢黑粉菌属 *Exoteliospora* 的 1 个种，寄生在紫萁科 Osmundaceae 的紫萁属 *Osmunda* 植物上。*Melaniella* 属的 2 个种，寄生在卷柏科 Selaginellaceae 的卷柏属 *Selaginella* 植物上。

产生黑粉孢子的黑粉菌仅有 11 个种寄生在木本植物上，它们是 *Geminago* 属的 1 个种黑粉菌寄生在梧桐科 Sterculiaceae 的非洲白梧桐属 *Triplochiton* 植物上。异孢黑粉菌属 *Mundkurella* 的 4 个种寄生在五加科 Araliaceae 的五加属 *Aralia*、*Heptapleurum*、刺楸属

Kalopanax 和鹅掌柴属 *Schefflera* 植物上。枝生黑粉菌属 *Pericladium* 的 3 个种寄生在椴树科 Tiliaceae 的扁担杆属 *Grewia* 植物上，1 个种寄生在胡椒科 Piperaceae 的胡椒属 *Piper* 植物上。*Uleiella* 属的 2 个种寄生在南洋杉科 Araucariaceae 的南洋杉属 *Araucaria* 植物上。

Vánky(2002)曾经以表格的方式列出寄生在 12 科寄主植物上的 1365 种黑粉菌，列表如下：

寄主植物科上的世界已知黑粉菌种数

寄主植物科和种数	黑粉菌的种数	占全部已知黑粉菌的百分比	寄主植物种数与黑粉菌种数的比例
禾本科 Poaceae(9000)	800	55.2%	11：1
莎草科 Cyperaceae(4000)	220	15.2%	18：1
菊科 Asteraceae(25 000)	108	7.4%	231：1
蓼科 Polygonaceae(800)	50	3.4%	16：1
毛茛科 Ranunculaceae(2000)	50	3.4%	40：1
百合科 Liliaceae(3500)	32	2.2%	109：1
豆科 Leguminosae (17 000)	21	1.4%	809：1
灯心草科 Juncaceae(400)	18	1.2%	22：1
伞形科 Umbelliferae(3000)	18	1.2%	166：1
石竹科 Caryophyllaceae(2000)	17	1.17%	117：1
泽泻科 Alismataceae(100)	16	1.1%	6：1
玄参科 Scrophulariaceae(3000)	15	1.0%	200：1

目前，全世界已知"真正的"黑粉菌有 1450 种，占已知菌物 100 800 种的 1.4%。Vánky(2002)估计全世界黑粉菌会有 4000~4500 种。已知黑粉菌约占估计种数的 1/3。而菌物的已知种数与估计种数的比例约为 1：15(100 800：1 500 000)。因为，全球估计有菌物 150 万种(Hawksworth 1991)。

约有 3000 种黑粉菌新种等待人们去发现。世界上还有很多地区需要专家去采集黑粉菌。例如，热带和亚热带地区、高山和岛屿。《中国真菌志黑粉菌科》已经报道 151 种和 1 个变型(郭林 2000)，本书囊括了 110 种，中国黑粉菌已知种类达到了 261 种和 1 个变型，Vánky 和 Guo (1986)估计中国有 600 种黑粉菌会记录在案。因此，还有大量的新种和中国新记录种等待人们去发现。

黑粉菌在不同的季节会有不同的种类出现。在中国，条黑粉菌属 *Urocystis* 的许多种在春季出现。多数黑粉菌出现在春末夏初，例如，黑粉菌属 *Ustilago* 的许多种在这个时期出现。

专　论

　　黑粉菌曾经被分为两个科，即黑粉菌科和腥黑粉菌科(Tulasne L R & Tulasne C 1847)，隶属黑粉菌目。《中国真菌志黑粉菌科》(郭林 2000)已经描述我国黑粉菌 16 属 139 种，以附录的形式描述了 12 个种和 1 个变型。

　　基于作者研究的标本，按照黑粉菌新的分类系统(Bauer *et al.* 1997)，本卷描述寄生在 18 科植物上的中国黑粉菌 17 属 115 种(见下表)。迄今为止，中国黑粉菌有 266 种和 1 个变型。

本卷黑粉菌在各科寄主植物上的种数

黑粉菌	禾本科	莎草科	毛茛科	百合科	豆科	十字花科	泽泻科	蓼科	睡莲科	报春花科	虎耳草科	蔷薇科	菊科	石蒜科	犊牛儿苗科	薯蓣科	茄科	雨久花科	黑粉菌的种数
炭黑粉菌属 *Anthracoidea*		22																	22
裸球孢黑粉菌属 *Burrillia*																		1	1
实球黑粉菌属 *Doassansia*							1												1
虚球黑粉菌属 *Doassansiopsis*							2												2
无挺孢黑粉菌属 *Eballistra*	1																		1
根肿黑粉菌属 *Entorrhiza*		1																	1
叶黑粉菌属 *Entyloma*			2										3	1			1		7
詹姆斯黑粉菌属 *Jamesdicksonia*		1																	1
无轴黑粉菌属 *Macalpinomyces*	1																		1
微球黑粉菌属 *Microbotryum*								1					1						2
尾孢黑粉菌属 *Neovossia*	1																		1
钩胞黑粉菌属 *Rhamphospora*									1										1
孢堆黑粉菌属 *Sporisorium*	7																		7
楔孢黑粉菌属 *Thecaphora*					2														2
腥黑粉菌属 *Tilletia*	12																		12
条黑粉菌属 *Urocystis*	26	1	11	4		3				1	1	1			1	1			50
黑粉菌属 *Ustilago*	3																		3
寄主科的黑粉菌种数	51	25	13	4	2	3	3	1	1	1	1	1	4	1	1	1	1	1	115

黑粉菌纲 Ustilaginomycetes R. Bauer, Oberw. & Vánky Can. J. Bot. 75: 1311, 1997.

寄主寄生物相互作用区具有特殊的真菌泡囊沉淀。

根肿黑粉菌亚纲 Entorrhizomycetidae R. Bauer & Oberw. *in* Bauer, Oberwinkler & Vánky, Can. J. Bot. 75: 1311, 1997.

具有局部相互作用区，隔膜孔是无膜板或帽的桶孔隔膜(dolipores)。有吸器 (haustoria)。黑粉孢子产生有隔担子(Vánky 2002 a)。

根肿黑粉菌目 Entorrhizales R. Bauer & Oberw. *in* Bauer, Oberwinkler & Vánky, Can. J. Bot. 75: 1311, 1997.

具有桶孔隔膜和胞内菌丝结构。
模式科：根肿黑粉菌科 Entorrhizaceae R. Bauer & Oberw.。

根肿黑粉菌科 Entorrhizaceae R. Bauer & Oberw. *in* Bauer, Oberwinkler & Vánky, Can. J. Bot. 75: 1311, 1997.

具有桶孔隔膜和胞内菌丝结构。
模式属：根肿黑粉菌属 *Entorrhiza* C. A. Weber。

根肿黑粉菌属 *Entorrhiza* C. A. Weber Bot. Zeitung (Berlin) 42: 378, 1884.

孢子堆生在灯心草科和莎草科植物的根部，埋藏在植物细胞内，引起肿胀，形成指状菌瘤。黑粉孢子单个，浅色，厚壁。
模式种：莎草根肿黑粉菌 *Entorrhiza cypericola* (Magnus) C.A.Weber。
讨论：本属全球共有 10 个种，中国仅发现 1 个种(Wang & Piepenbring 2002)。依据 Bauer 等 (1997) 的分类系统，根肿黑粉菌属隶属根肿黑粉菌科，根肿黑粉菌目，根肿黑粉菌亚纲。
关于黑粉孢子的萌发有不同的记载。在《菌物字典》(Hawksworth *et al.* 1995)第八版的分类系统中，根肿黑粉菌属隶属 Tilletiaceae。这意味着黑粉孢子的萌发属于腥黑粉菌属的范畴(*Tilletia* Scheme)。Vánky(1987)曾经记载黑粉孢子萌发也产生不形成小孢子的菌丝。但是 Bauer 等(2001)的文章称根肿黑粉菌属黑粉孢子萌发在内部变成 4 个细胞,是有隔担子(phragmobasidiate)(Weber 1884, Fineran 1982)。

根肿黑粉菌属有吸器,桶孔隔膜,无膜板或帽。

根肿黑粉菌属曾经被 Thirumalachar 和 Whitehead (1968) 合并为 *Melanotaenium*。但是这两个属在形态学和生物学上的差异很大,不被黑粉菌学家所接受。

根据 Bauer 等(2001 a)的推测,根肿黑粉菌属是黑粉菌纲的原始类群。

1. 滴点状根肿黑粉菌　　图 1~2

Entorrhiza guttiformis M. Piepenbr. & S. R. Wang, *in* Wang & Piepenbring, Mycol. Progr. 1: 402, 2003.

孢子堆生在植物的根尖,在肿胀的植物组织中形成,呈滴点形或梨形,长 3~8 mm,宽 0.5~1.5 mm;初期白色,后期褐色。黑粉孢子多数为椭圆形,少数球形或近球形,12~17×(10~)12~16 μm,浅黄色或浅褐色;壁厚 1~2.5 μm,壁分两层,内壁薄,外壁厚,表面有瘤。

寄生在莎草科 Cyperaceae 植物上:

小薹草 *Carex parva* Nees,云南:老君山(HKAS 41280,主模式)。

世界分布:中国。

讨论:此种与薹草生根肿黑粉菌 *Entorrhiza caricicola* Ferd. & Winge 是近似种,其区别是后者黑粉孢子大,(16~)20~24(~26)×10~16(~18) μm,表面光滑(Vánky 1994)。

外担菌亚纲 Exobasidiomycetidae Jülich
Bibl. Mycol. 85: 54, 1981, emend. R. Bauer & Oberw., *in* Bauer, Oberwinkler & Vánky, Can. J. Bot. 75: 1311, 1997.

具有局部的相互作用区,隔膜孔有膜板或膜帽,或者成熟后无孔。

讨论:全球外担菌亚纲有 6 个目:①Malasseziales;②费歇黑粉菌目 Georgefischeriales;③腥黑粉菌目 Tilletiales;④微座孢目 Microstromatales;⑤叶黑粉菌目 Entylomatales;⑥实球黑粉菌目 Doassansiales。中国有 4 个目:费歇黑粉菌目、腥黑粉菌目、叶黑粉菌目和实球黑粉菌目。

实球黑粉菌目 Doassansiales R. Bauer & Oberw.
in Bauer, Oberwinkler & Vánky, Can. J. Bot. 75: 1312, 1997.

隔膜孔是简单的,具有膜帽。相互作用器复杂,具有非同质内含物。具有黑粉孢子。

模式科:实球黑粉菌科 Doassansiaceae (Azbukina & Karatygin) R. T. Moore ex P. M. Kirk, P. F. Cannon & J. C. David。

讨论：实球黑粉菌目有 3 个科：Doassansiaceae、Melaniellaceae 和 Rhamphosporaceae，13 个属，约有 44 个种。中国有 2 个科。

实球黑粉菌科 Doassansiaceae (Azbukina & Karatygin) R. T. Moore ex P. M. Kirk, P. F. Cannon & J. C. David Dictionary of The Fungi. (9 th ed.) p. 163, 2001.

Doassansioideae Azbukina & Karatygin, *in* Vasileva, Azbukina & Egorova (eds.), Kriptogamicheskie Issledovaniya na Dalnem Vostoke (Vladivostok: Akademiya Nauk SSSR). p. 107, 1990.

菌丝细胞间生。无吸器。黑粉孢子形成孢子球，无色。

模式属：实球黑粉菌属 *Doassansia* Cornu。

讨论：实球黑粉菌科全球有 11 个属，41 个种。中国仅有 2 个属，即 *Burrillia* 和 *Doassansia*。其余的属，例如，*Doassinga*、*Heterodoassansia*、*Nannfeldtiomyces*、*Narasimhania*、*Pseudodermatosorus*、*Pseudodoassansia*、*Pseudotracya* 和 *Tracya* 均未在中国发现。

裸球孢黑粉菌属 *Burrillia* Setch.
Proc. Amer. Acad. Arts 26: 18, 1891.

Stereosorus Sawada, Rep. Dept. Agric. Gov't. Res. Inst. Formosa 85: 45, 1943 (nom. invalid., no Latin description).

孢子堆在沼泽生植物或水生植物的叶内，包藏在寄主组织中，形成散生或集生的斑点。孢子球由多数黑粉孢子组成，缺乏不育菌丝皮层，中心有真菌不育薄壁组织细胞，或者不育细胞与黑粉孢子混生。黑粉孢子萌发属于腥黑粉菌属类型。寄主–寄生物相互作用器复杂，缺乏吸器。隔膜孔简单，具有 2 个膜帽。

模式种：泡状裸球孢黑粉菌 *Burrillia pustulata* Setch.。

讨论：全球裸球孢黑粉菌属共有 6 个种。中国仅发现一个种，即雨久花裸球孢黑粉菌。

2. 雨久花裸球孢黑粉菌　　图 3

Burrillia ajrekari Thirum., Mycologia 39: 607, 1947; Ling, Farlowia 4: 313, 1953; Wang, Ustilaginales of China. p. 101, 1963; Tai, Sylloge Fungorum Sinicorum. p. 391, 1979; Vánky & Guo, Acta Mycol. Sin. Suppl. 1: 227, 1986; Guo, *in* Zhuang (ed.), Higher Fungi of Tropical China. P. 389, 2001.

Stereosorus monochoriae Sawada, Rep. Dept. Agric. Gov't. Res. Inst. Formosa 85: 45, 1943.

孢子堆生在叶下，呈泡状球形小点，会合成圆形或不规则形状的浅黄色斑点，并使对应的叶上呈浅褐色。孢子球包藏在叶肉内，球形，卵圆形或椭圆形，126~187×89~

149 μm，由真菌不育薄壁组织细胞和分散在不育细胞中的黑粉孢子组成。黑粉孢子球形，近球形、卵圆形或椭圆形，8.5~13.5×7.5~11.5 μm，浅黄色，光滑；壁薄，为 0.2~0.5 μm。

寄生在雨久花科 Pontederiaceae 植物上：

雨久花 *Monochoria vaginalis* C. Presl，云南：西双版纳(50026)。

世界分布：中国、印度。

实球黑粉菌属 *Doassansia* Cornu
Ann. Sci. Nat. Bot. Sér. 6, 15: 285, 1883.

孢子堆在沼泽生植物或水生植物的叶、叶柄和茎上，嵌入寄主组织，形成斑点。孢子球永久性，中心由黑粉孢子组成，外有不育细胞层。黑粉孢子萌发属于腥黑粉菌属类型。具有复杂的寄主–寄生物相互作用器。缺乏吸器。隔膜孔简单，具有 2 个膜帽。

模式种：泽泻实球黑粉菌 *Doassansia alismatis* (Nees) Cornu。

讨论：此属全球有 18 个种，寄生在单子叶和双子叶植物上。中国仅有 1 个种，即暗淡实球黑粉菌。

3. 暗淡实球黑粉菌　　图 4

Doassansia opaca Setch., Proc. Amer. Acad. 26: 15, 1891; Ling, Farlowia 4: 313, 1953; Wang, Ustilaginales of China. p. 102, 1963; Tai, Sylloge Fungorum Sinicorum. p. 451, 1979; Vánky & Guo, Acta Mycol. Sin. Suppl. 1: 228, 1986; Guo, *in* Zhuang (ed.), Higher Fungi of Tropical China. P. 389, 2001.

Doassansia disticha S. Ito, Trans. Sapporo Nat. Hist. Soc. 14: 96, 1935.

孢子堆生在叶上，嵌入寄主组织中，形成黄色或浅褐色近圆形斑点，直径 2~5 mm。孢子球卵圆形，近球形或椭圆形，101~208×83~177 μm，中心由黑粉孢子组成，外有紧密连接的不育细胞层。黑粉孢子近球形，卵圆形或椭圆形，10~15.5×8~12 μm，浅黄色；壁厚 1 μm。皮层细胞长形，椭圆形或不规则形，略带角，15~24×8.5~14 μm，有细疣。

寄生在泽泻科 Alismataceae 植物上：

慈姑 *Sagittaria sagittifolia* L.，云南：西双版纳(50030)。

世界分布：中国、日本、加拿大、美国。

钩胞黑粉菌科 Rhamphosporaceae R. Bauer & Oberw.
in Bauer, Oberwinkler & Vánky, Can. J. Bot. 75: 1312, 1997.

具有胞内菌丝和吸器。黑粉孢子单个，无色。

模式属：钩胞黑粉菌属 *Rhamphospora* D. D. Cunn.

讨论：钩胞黑粉菌科全球仅有 1 个属，1 个种。

钩胞黑粉菌属 *Rhamphospora* D. D. Cunn.
Sci. Mem. Off. Med. Dept. Gov. India 3: 32, 1888.

孢子堆生在叶和茎上，形成斑点。黑粉孢子嵌入寄主组织，通常呈柠檬状，顶端有乳突，基部有产孢菌丝。

模式种：睡莲钩胞黑粉菌 *Rhamphospora nymphaeae* D. D. Cunn.。

讨论：此属是单种属，与叶黑粉菌属(*Entyloma*)的主要区别是黑粉孢子多数柠檬状，顶端有乳突，基部有产孢菌丝。

关于锁状联合在黑粉菌中是否存在的问题，人们往往有不同的见解。许多种的菌丝分支似乎是产生于锁状联合的结构(Sampson 1939, Nagler 1986, Snetselaar & Mims 1994)。Nagler(1986)研究了这些假锁状联合以后，认为它们没有锁状联合的功能。这种假锁状联合形成融合桥(Fischer & Holton 1957)，用于核的转移，不包括核分裂。但是，Bauer 等(1997)在睡莲钩胞黑粉菌中发现了锁状联合、高度分支的吸器和附着器(appressoria)。

4. 睡莲钩胞黑粉菌　　图 5~6

Rhamphospora nymphaeae D.D. Cunn., Sci. Mem. Off. Med. Dept. Gov. India 3: 32, 1888; Vánky & Guo, Acta Mycol. Sin. Suppl. 1: 229, 1986; Guo, *in* Mao & Zhuang (eds.), Fungi of the Qinling Mountains. p. 14, 1997; Guo, *in* Zhuang (ed.), Fungi of Northwestern China. p. 293, 2005.

Entyloma nymphaeae (D.D. Cunn.), Setch., Bot. Gaz. (Crawfordsville) 19: 189, 1894.

Entyloma castaliae Holway, *in* Davis, Trans. Wis. Acad. Sci. 11: 174, 1897(nomen nudum).

Entyloma dubium Cif., Atti Ist. Bot. Univ. Pavia, Ser. 3, 1:94, 1924(nom. illeg. pro *E. nymphaeae*).

孢子堆生在叶上，散生或集生，形成斑点，初期为浅黄色，后期褐色，圆形或椭圆形，直径 1~5 mm。黑粉孢子嵌入寄主组织中，椭圆形，卵圆形，近球形，通常为柠檬状，顶端有 1~2.5 μm 高的乳突，基部有产孢菌丝，8.5~15.5(~19)×7~10 μm，浅黄色，细疣；壁厚 1~1.5 μm。

寄生在睡莲科 Nymphaeaceae 植物上：

白睡莲 *Nymphaea alba* L.，山东：泰安(77922)；云南：昆明(50059)。

红睡莲 *Nymphaea alba* L. var. *rubra* Lönnr.，北京：卧佛寺(50060, 50061)。

睡莲 *Nymphaea tetragona* Georg.，陕西：汉中(70878)。

世界分布：中国、日本、印度、芬兰、德国、瑞士、英国、法国、罗马尼亚、津巴布韦、加拿大、美国。

讨论：此种北京卧佛寺(50060, 50061)的黑粉孢子长度可达 19 μm，Fischer(1953)报道北美黑粉孢子长度达到 17 μm，Vánky(1994)报道欧洲黑粉孢子长度达到 14 μm，不同地区黑粉孢子的长度略有区别。

Vánky 和 Vánky(2002)报道马拉维、赞比亚和津巴布韦有黑粉菌 116 种，寄生在 20 属 175 种植物上，包括睡莲钩胞黑粉菌。

费歇黑粉菌目 Georgefischeriales R. Bauer, Begerow & Oberw. *in* Bauer, Oberwinkler & Vánky, Can. J. Bot. 75: 1311, 1997.

具有无孔的隔膜。

模式科：费歇黑粉菌科 Georgefischeriaceae R. Bauer, Begerow & Oberw.。

讨论：费歇黑粉菌目全球有 3 个科：Georgefischeriaceae、Eballistraceae 和 Tilletiariaceae。

按照 Bauer 等(1997)的分类系统，寄生在草类植物上原来放在叶黑粉菌属 *Entyloma* 和黑斑黑粉菌属 *Melanotaenium* 的种类属于费歇黑粉菌目，不属于叶黑粉菌目。

无掷孢黑粉菌科 Eballistraceae R. Bauer, Begerow, A. Nagler & Oberw. Mycol. Res. 105(4): 423, 2001.

担子无隔。无掷孢担孢子，腊肠状，具有酵母时期。

模式属：无掷孢黑粉菌属 *Eballistra* R. Bauer, Begerow, A. Nagler & Oberw.。

讨论：无掷孢黑粉菌科全球仅有 1 个属，即无掷孢黑粉菌属。

无掷孢黑粉菌属 *Eballistra* R. Bauer, Begerow, A. Nagler & Oberw. Mycol. Res. 105(4): 423, 2001.

孢子堆主要生在禾本科植物的叶和茎上，埋藏在寄主植物组织中，形成黑色斑点，不破裂，非粉状。黑粉孢子单个或成组，不形成孢子球，萌发产生无隔担子。无掷孢担孢子。

模式种：稻无掷孢黑粉菌 *Eballistra oryzae* (Syd. & P. Syd.) R. Bauer, Begerow, A. Nagler & Oberw.。

讨论：无掷孢黑粉菌属全球有 3 个种。中国仅有 1 个种。

5. 稻无掷孢黑粉菌　　图 7

Eballistra oryzae (Syd. & P. Syd.) R. Bauer, Begerow, A. Nagler & Oberw., Mycol. Res. 105: 423, 2001.

Entyloma oryzae Syd. & P. Syd., Ann. Mycol. 12: 197, 1914; Ling, Farlowia 4: 311, 1953; Wang, Ustilaginales of China. p. 98, 1963; Teng, Fungi of China. p. 311, 1963; Tai, Sylloge Fungorum Sinicorum. p. 453, 1979; Guo, *in* Zhuang (ed.), Higher Fungi of Tropical China. p. 389, 2001; Guo, *in* Zhuang (ed.), Fungi of Northwestern China. p. 292, 2005.

Ectostroma oryzae Sawada, Formosan Agr. Rev. 63: 107, 1912.

Sclerotium phyllachoroides Hara, J. Plant Prot. Tokyo 2: 949, 1915.

孢子堆生在叶或叶鞘上，形成黑色或黑绿色短条纹，长 0.5~5 mm，宽 0.2~0.5 mm，长期埋藏在表皮下。黑粉孢子近球形、椭圆形、多角形或稍不规则形，常常带角，紧密连接，不易分离，6~10×5~8 μm，橄榄褐色或暗褐色，光滑；壁厚 0.5~1 μm。

寄生在禾本科 Poaceae 植物上：

稻 *Oryza sativa* L.，天津(8061)；河北：通城(14580)；江苏：常熟(14278)、吴县(14283)、昆山(14284)、南京(14581)；安徽：舒城(14274)、桐城(14275)、巢县(14276)；浙江：桐乡(14282)、杭州(14285)、海宁(14286)、余姚(14290)；江西：南昌(14277)；福建：闽侯(14289)、龙溪(14291)、晋江(14292)；台湾(5251)；湖北：高阳(14288)；陕西：城固(241)；四川：郫县(31287)、成都(60137)、平武(80472)、城口县(160355)；云南：西双版纳(77918)。

世界分布：中国、日本、菲律宾、印度、阿富汗、俄罗斯、法国、澳大利亚、巴布亚新几内亚、埃及、加纳、埃塞俄比亚、美国、墨西哥、哥斯达黎加、巴拿马、哥伦比亚。

讨论：Azbukina 和 Karatygin(1995)认为稻叶黑粉菌 *Entyloma oryzae* Syd. & P. Syd.是线形叶黑粉菌 *Entyloma lineatum* (Cooke) Davis [现用名：线形无掷孢黑粉菌 *Eballistra lineate* (Cooke) R. Bauer, Begerow, A. Nagler & Oberw.]的异名。但是，稻叶黑粉菌与线形叶黑粉菌被一些黑粉菌学家认为是不同的种，其区别是后者黑粉孢子颜色浅，寄生在菰属 *Zizania* 植物上。

费歇黑粉菌科 Georgefischeriaceae R. Bauer, Begerow & Oberw. *in* Bauer, Oberwinkler & Vánky, Can. J. Bot. 75: 1312, 1997.

具有无隔担子和掷孢子。

模式属：费歇黑粉菌属 *Georgefischeria* Thirum. & Narasimhan, emend. Gandhe。

讨论：费歇黑粉菌科全球有 2 个属：费歇黑粉菌属和詹姆斯黑粉菌属，9 个种。中国仅有 1 个属。

詹姆斯黑粉菌属 *Jamesdicksonia* Thirum., Pavgi & Payak Mycologia 52: 478, 1961('1960'); emend. Raghun., Sydowia 23: 104, 1969; emend. J. Walker & R. G. Shivas, Mycol. Res. 102: 1212, 1998; emend. R. Bauer, Begerow, A. Nagler & Oberw., Mycol. Res. 105: 422, 2001.

孢子堆生在禾本科和莎草科植物的叶、叶鞘和茎上，形成黑色斑点或壳状。黑粉孢子单个或成组，不结合成孢子球，埋生在寄主组织中或外露。孢子团有颜色，粉质或非粉质。黑粉孢子萌发产生无隔担子，有掷担孢子或次生掷孢子。

模式种：满詹姆斯黑粉菌 *Jamesdicksonia obesa* (Syd. & P. Syd.) Thirum., Pavgi & Payak。

讨论：詹姆斯黑粉菌属全球有 7 个种(Vánky 2002 a)，中国仅有 1 个种。

6. 荸荠詹姆斯黑粉菌　　图 8

Jamesdicksonia eleocharidis (Sawada ex L. Ling) Vánky, Mycotaxon 89: 105, 2004.

Entyloma eleocharidis Sawada ex L. Ling, Mycologia 41: 255, 1949; Farlowia 4: 310, 1953;
　　　Wang, Ustilaginales of China. p. 98, 1963; Tai, Sylloge Fungorum Sinicorum. p. 453,
　　　1979.

Ustilago eleocharidis Sawada, Rep. Dept. Agric. Gov't. Res. Inst. Formosa 85: 39,
　　　1943(nomen nudum).

Entyloma eleocharidis Pavgi & Singh, Nova Hedw. 15: 425, 1969(later homonym).

Jamesdicksonia eleocharidis (Sawada) R. Bauer, Begerow, A. Nagler & Oberw., Mycol. Res.
　　　105: 422, 2001(comb. illegit.) (*eleocharitis* 是错误的拼法).

　　孢子堆生在茎上，形成圆形或稍不规则形斑点，有时会合，直径 0.2~2 mm，黑灰色，
埋藏在寄主组织中，不外露。黑粉孢子单个，通常紧密排列在一起，形成柱状，卵圆形、
椭圆形或稍不规则形，少数近球形，常带角，8.5~13.5(~15)×6.5~11 µm，浅橄榄褐色；
壁均匀或稍不均匀增厚，0.8~1.5 µm，光滑。

　　寄生在莎草科 Cyperaceae 植物上：

　　荸荠 *Eleocharis dulcis* Trin. ex Henschel.，福建：邵武(4293)；台湾：台北(5493，模
式)；云南：蒙自(160365)。

　　世界分布：中国、印度、巴基斯坦。

　　讨论：迄今为止，在荸荠属 *Eleocharis* 上，有荸荠詹姆斯黑粉菌和小詹姆斯黑粉菌
Jamesdicksonia parva (Davis) M. Piatek & Vánky 两个种的报道。小詹姆斯黑粉菌产于美
国，其黑粉孢子大小为 6.5~10.5×5.5~9.5 µm，比荸荠詹姆斯黑粉菌的黑粉孢子小，在形
状上变异大(Ling 1949, Vánky 1996)，此两种区别显著。

　　Sawada(1943)发表 *Ustilago eleocharidis* Sawada 时，由于缺乏拉丁文描述，故成为不
合格的发表。"*eleocharitis*"是错误的拼法，正确的拼写应该是 *eleocharidis* (Index of Fungi.
11: 635, 2006)。

叶黑粉菌目 Entylomatales R. Bauer & Oberw.
in Bauer, Oberwinkler & Vánky, Can. J. Bot. 75: 1311, 1997.

　　隔膜孔是简单的，具有膜帽。相互作用器官具有同质的内含物，无吸器。黑粉孢子
单个，色浅。

　　模式科：叶黑粉菌科 Entylomataceae R. Bauer & Oberw.。

　　讨论：叶黑粉菌目包括一个科，一个属，全球约 180 种。目前，此目仅包括寄生在
双子叶植物上的叶黑粉菌属的种类。寄生在单子叶植物上的叶黑粉菌属的种类，被转移
至费歇黑粉菌目 Georgefischeriales 的无掷孢黑粉菌属 *Eballistra* 或詹姆斯黑粉菌属
Jamesdicksonia。

叶黑粉菌科 Entylomataceae R. Bauer & Oberw.
in Bauer, Oberwinkler & Vánky, Can. J. Bot. 75: 1312, 1997.

隔膜孔是简单的，具有膜帽。相互作用器官具有同质的内含物。无吸器。黑粉孢子单个，色浅。

模式属：叶黑粉菌属 *Entyloma* de Bary。

叶黑粉菌属 *Entyloma* de Bary
Bot. Zeitung (Berlin) 32: 101, 1874.

孢子堆主要生在叶上，通常永久埋藏在植物组织细胞间，形成无色、黄色或浅褐色的斑点或引起肿胀。黑粉孢子单个，外壁多数光滑。常常具有无性型。

模式种：小孢叶黑粉菌 *Entyloma microsporum* (Unger) J. Schröt.。

讨论：寄生在草类植物上、包埋在寄主植物组织中的黑粉菌，传统地被归于叶黑粉菌属和黑斑黑粉菌属 *Melanotaenium* 之中。然而，Bauer 等(2001)的研究表明，它属于费歇黑粉菌目的 *Eballistra*、*Jamesdicksonia* 或 *Phragmotaenium*。

叶黑粉菌属在全球约有 180 个种，寄生在双子叶植物的 25 个科上(Vánky 2002 a)，寄主范围相当广泛。包括本书附录中的菊叶黑粉菌 *Entyloma compositarum* Farlow，中国仅有 7 个种，寄主为茄科、菊科、牻牛儿苗科和毛茛科植物。

叶黑粉菌属、黑斑黑粉菌属和条黑粉菌属的许多种在形态学上区分特征少。如果仅仅依靠形态学特征，很难区分种。寄主的范围在种的划定中起重要作用(Bauer *et al.* 2001 a)。Vánky 和 McKenzie(2002)提出叶黑粉菌属的分类采用小种概念，根据黑粉孢子的形态学和寄主植物属的等级来区分种。这种概念并不像 Liro(1938)采用的黑粉菌种的分类，依据寄主植物种的等级来划分。Savile(1946，1947)曾经集合了寄生在菊科植物上叶黑粉菌属的许多种为两个集合种，这种大种概念不被 Vánky(1994)所接受，他将这两个种分为许多不同的种。

黑粉菌的孢子堆通常为黑色，粉状。在叶黑粉菌属中，孢子堆的颜色浅，非粉状。

在叶黑粉菌属中，在寄主植物上产生无性的掷分生孢子(ballistoconidia)。*Tilletiopsis* 和 *Entylomella* 被认为是叶黑粉菌属的无性型属(Boekhout 1991)。

叶黑粉菌属 *Entyloma* 分种检索表

1. 孢子堆突起呈泡状，寄生在茄科 Solanaceae 植物上 ·························· 酸浆叶黑粉菌 *E. australe*
1. 孢子堆生在其他科植物上 ·· 2
2. 孢子堆生在牻牛儿苗科 Geraniaceae 植物上 ······························ 牻牛儿苗叶黑粉菌 *E. erodii*
2. 孢子堆生在其他科植物上 ·· 3
3. 孢子堆生在毛茛科 Ranunculaceae 植物上 ··· 4
3. 孢子堆生在菊科 Asteraceae 植物上 ·· 5

4. 黑粉孢子大(10.5~23×7.5~16.5 μm)，壁厚(1~5 μm) ·· 小孢叶黑粉菌 *E. microsporum*

4. 黑粉孢子小(8~15×8~12.5 μm)，壁薄[1~1.5(~2) μm] ·························· 毛茛叶黑粉菌 *E. ranunculi-repentis*

5. 寄生在大丽花属 *Dahlia* 植物上 ·· 大丽花叶黑粉菌 *E. dahliae*

5. 寄生在鬼针草属 *Bidens* 植物上 ·· 鬼针草叶黑粉菌 *E. guaraniticum*

7. 酸浆叶黑粉菌　　图 9~10

Entyloma australe Speg., Anales Soc. Cien. Argent. 10: 5, 1880 (July); Ling, Farlowia 4: 310, 1953; Wang, Ustilaginales of China. p. 100, 1963; Teng, Fungi of China. p. 311, 1963; Tai, Sylloge Fungorum Sinicorum. p. 452, 1979.

Protomyces physalidis Kalchbr. & Cooke, Grevillea 9: 22, 1880 (September).

Entyloma besseyi Farlow, Bot. Gaz. 8: 275, 1883.

Entyloma physalidis (Kalchbr. & Cooke) G. Winter, Hedwigia 22: 130, 1883.

孢子堆生在叶内，形成黄色或黄褐色，圆形斑点，有时突起呈泡状，直径 1~1.5 mm。黑粉孢子圆形、近圆形或卵圆形，8~12.5×7~12 μm，黄色或浅褐色，光滑；壁厚 1~2 μm，分为两层，外壁有波状突起。

寄生在茄科 Solanaceae 植物上：

酸浆属 *Physalis* sp.，江苏：南京(BPI 174414)。

世界分布：中国、日本、越南、缅甸、印度、乌干达、津巴布韦、南非、新西兰、加拿大、美国、波多黎各、哥伦比亚、巴西、玻利维亚、阿根廷、乌拉圭。

8. 大丽花叶黑粉菌　　图 11~12

Entyloma dahliae Syd. & P. Syd., Ann. Mycol. 10: 36, 1912; Tai, Sylloge Fungorum Sinicorum. p. 452, 1979; Vánky & Guo, Acta Mycol. Sin. Suppl. 1: 228, 1986.

Entyloma unamunoi Cif., Atti Ist. Bot. Univ. Pavia, Ser. 3, 2: 9, 1925.

孢子堆生在叶上，形成圆形斑点，常常会合，直径 2~12 mm，初期蓝绿色，后期黑褐色，从中心干枯。黑粉孢子球形、近球形、卵圆形、椭圆形或稍不规则形，10~18×9~13 μm，浅金黄色；壁有两层，1~4 μm，外壁有时不均匀增厚。

寄生在菊科 Asteraceae 植物上：

大丽花 *Dahlia pinnata* Cav.，江西：庐山(77298，147581)；云南：昆明(50031，50032，50444，58879)；西藏：林芝(151193)。

世界分布：中国、日本、泰国、印度、斯里兰卡、瑞典、芬兰、拉脱维亚、立陶宛、乌克兰、波兰、德国、荷兰、比利时、英国、法国、西班牙、葡萄牙、罗马尼亚、保加利亚、埃塞俄比亚、厄立特里亚、乌干达、津巴布韦、毛里求斯、南非、新西兰、巴布亚新几内亚、美国、墨西哥、危地马拉、哥斯达黎加、巴拿马、哥伦比亚、委内瑞拉、巴西。

讨论：Vánky(2005 a)报道埃塞俄比亚和厄立特里亚有黑粉菌 19 属 63 种，寄生在 69 种植物上，叶黑粉菌属有 3 个种，包括大丽花叶黑粉菌。

9. 牻牛儿苗叶黑粉菌　　图 13~14

Entyloma erodii Vánky, Mycotaxon 40: 159, 1991.

　　孢子堆生在叶上，形成圆形或不规则形突起斑点，直径 1~5 mm，浅褐色。黑粉孢子球形、近球形、卵圆形、椭圆形或近多角不规则形，8~14.5×7.5~12.5 μm，近无色或浅黄褐色；壁多数均匀增厚，少数不均匀增厚，0.5~1(~1.5) μm，表面光滑。

　　寄生在牻牛儿苗科 Geraniaceae 植物上：

　　老鹳草属 *Geranium* sp.，新疆：察布查尔(162296)。

　　世界分布：中国，突尼斯。

　　讨论：Vánky(1991 b)描述牻牛儿苗叶黑粉菌模式标本的黑粉孢子在角处增厚，可达2.5μm，寄主植物是牻牛儿苗属 *Erodium*；在中国新疆察布查尔(162296)发现的标本，其黑粉孢子壁稍薄，0.5~1(~1.5) μm，寄主植物是老鹳草属，其他特征相同。

　　迄今为止，在牻牛儿苗科植物上全球有 2 种叶黑粉菌：牻牛儿苗叶黑粉菌和大西洋叶黑粉菌 *Entyloma atlanticum* Massenot，后者寄主植物是老鹳草属。这两个种的区别是，大西洋叶黑粉菌黑粉孢子大，13~22×10~17 μm，壁厚，0.5~3(~4) μm。此种分布于非洲北部和亚洲西南部。

　　Entyloma erodii Vánky 首先在突尼斯发现，它是中国的新记录种，也是亚洲的新记录种。此种黑粉菌是中国首次在牻牛儿苗科植物上发现的黑粉菌(何双辉和郭林 2007)。

10. 鬼针草叶黑粉菌　　图 15

Entyloma guaraniticum Speg., Anales Soc. Cien. Argent. 17: 127, 1884; Ling, Farlowia 4: 310, 1953; Wang, Ustilaginales of China. p. 101, 1963; Tai, Sylloge Fungorum Sinicorum. p. 453, 1979; Vánky & Guo, Acta Mycol. Sin. Suppl. 1: 228, 1986; Guo, *in* Zhuang (ed.), Higher Fungi of Tropical China. p. 389, 2001.

Protomyces bidentis Sawada, Dept. Agr. Gov't. Res. Inst. Formosa Rept. 2: 53, 1922.

　　孢子堆生在叶上，形成圆形斑点，直径 1.5~3.5 mm，初期黄绿色，后期褐色。黑粉孢子球形、卵圆形或椭圆形，9.5~18.5×(7~)9~15 μm，黄色或浅褐色；壁不均匀增厚，1~3(~5) μm，表面光滑。

　　寄生在菊科 Asteraceae 植物上：

　　三叶针草 *Bidens pilosa* L.，台湾：台北(5253，52449)；海南：尖峰岭(175488)、五指山(175564)；陕西：留坝(164226)；四川：成都(59492)、雷波(199560)、西昌(199562)、冕宁(199563)、喜德(199566)、越西(199569)、美姑(199573)；云南：西双版纳(50033，50034，50037，50038)、勐伦(50035，50036)、思茅(50039)、景洪(50447，78697，163793)、大理(58878)、昆明(60138)、勐海(78698，78699)、元阳(78701)、屏边(78702)、景东(163377)、普洱(163792)、洱源(175165)、玉龙(175166)、香格里拉(175167)、丽江(175189)。

　　世界分布：中国、赞比亚、津巴布韦、巴布亚新几内亚、美国、古巴、多米尼加、阿根廷、巴拉圭。

　　讨论：此种与 *Entyloma bidentis* Henn.的区别是后者黑粉孢子壁薄，1~1.5(~2.5) μm (Vánky 2003)。鬼针草叶黑粉菌在我国云南分布广泛，特别是在热带和亚热带地区更为常见。

11. 小孢叶黑粉菌　　图 16

Entyloma microsporum (Unger) J. Schröt., *in* Rabenhorst, Fgi. Europ. Exs. No. 1872, 1874;
　　Ling, Farlowia 4: 311, 1953; Wang, Ustilaginales of China. p. 99, 1963; Tai, Sylloge
　　Fungorum Sinicorum. p. 453, 1979.

Protomyces microsporus Unger, Die Exantheme der Pflanzen, etc. p. 343, 1833.

Entyloma ungerianum de Bary, Bot. Zeitung (Berlin) 32: 101, 1874.

　　孢子堆生在叶、叶柄和茎上，形成圆形、卵圆形或稍不规则形泡状突起，直径 1~5 mm，初期黄色，后期黑褐色，破裂。黑粉孢子形状多变化，近球形、卵圆形、椭圆形或不规则形，10.5~23×7.5~16.5 μm，浅黄色；壁有两层，内壁均匀增厚，0.5~1 μm，外壁增厚不规则，1~5 μm，无色。

　　寄生在毛茛科 Ranunculaceae 植物上：

　　春毛茛 *Ranunculus vernyi* Fr. & Sav.，台湾：台北(5252)。

　　扬子毛茛 *Ranunculus sieboldii* Miq.，台湾：南投(58919)。

　　世界分布：中国、伊朗、丹麦、挪威、芬兰、拉脱维亚、立陶宛、俄罗斯、乌克兰、波兰、德国、奥地利、瑞士、荷兰、英国、意大利、前南斯拉夫、罗马尼亚、突尼斯、摩洛哥、新西兰、美国。

　　讨论：Vánky(1994)描述此种的黑粉孢子外壁厚度达到 9 μm，我国的标本黑粉孢子外壁厚度可达到 5 μm，略有区别。

12. 毛茛叶黑粉菌　　图 17~18

Entyloma ranunculi-repentis Sternon, L'hétérogenité du genre Ramularia p. 34, 1925.

Entyloma wroblewskii Kochman, Acta Soc. Bot. Poloniae 11(Suppl.): 291, 1934.

Entyloma ranunculi-scelerati Kochman, Planta Polonica. 4: 104, 1936.

Entyloma ranunculacearum Kochman, Planta Polonica. 4: 105, 1936.

Entyloma ranunculorum Liro, Ann. Acad. Sci. Fenn., Ser. A, 42(1): 111, 1938.

　　孢子堆生在叶上，形成圆形或角形斑点，直径 1~5 mm，浅黄色。黑粉孢子球形、近球形、卵圆形或稍不规则形，8~15×8~12.5 μm，浅黄褐色；壁厚，1~1.5(~2) μm，光滑。

　　寄生在毛茛科 Ranunculaceae 植物上：

　　毛茛 *Ranunculus japonicus* Thunb.，新疆：布尔津(161138)。

　　世界分布：中国、日本、瑞典、俄罗斯、波兰、斯洛伐克、德国、比利时、罗马尼亚、加拿大、美国。

　　讨论：此种与 *Entyloma ficariae* Thüm. ex Fisch. A. A. Waldh.接近，其区别是后者黑粉孢子稍大，10.5~16(~20)×10~14.5 μm，壁稍厚，1~2.5(~3) μm(Vánky 1994)。某些专家，例如，Lindeberg(1959)，Azbukina 和 Karatygin(1995)曾经将 *Entyloma ranunculi-repentis* Sternon 作为 *Entyloma ficariae* Thüm. ex Fisch. A. A. Waldh.的异名。但是，Vánky(1994)则将其视为不同的种。

腥黑粉菌目 Tilletiales Kreisel ex R. Bauer & Oberw.
in Bauer, Oberwinkler & Vánky, Can. J. Bot. 75: 1311, 1997.

桶孔隔膜无膜帽，有两个膜板。

模式科：腥黑粉菌科 Tilletiaceae Tul. & C. Tul., emend. R. Bauer & Oberw.

讨论：腥黑粉菌目在全球仅有腥黑粉菌科 1 个科，7 个属：*Conidiosporomyces*、*Entylomella*、歧黑粉菌属 *Erratomyces*、英氏黑粉菌属 *Ingoldiomyces*、尾孢黑粉菌属 *Neovossia*、奥氏黑粉菌属 *Oberwinkleria* 和腥黑粉菌属 *Tilletia*，179 个种(Kirk *et al.* 2001)。*Entylomella* 属是 *Entyloma* 的无性型，其余 6 个属中除了歧黑粉菌属侵染豆科植物以外，剩下的 5 个属全部寄生在禾本科植物上。腥黑粉菌目形态学的特征包括黑粉孢子的纹饰、初生担孢子的数目、细胞核的情形和初生担孢子融合形成侵染双核体的能力。

Conidiosporomyces 与 *Tilletia* 的区别是前者孢子堆顶端开裂，袋状，在孢子堆中有"Y"形分生孢子(Vánky & Bauer 1992)。*Ingoldiomyces* 是单种属，与 *Tilletia* 的区别是前者形成初生掷担孢子和黑粉孢子独特的纹饰(Vánky & Bauer 1996)。*Oberwinkleria* 也是单种属，其特征为退化的担子，初生担孢子有柄(Vánky & Bauer 1995)。在分子生物学的研究上，大亚基核的核糖体 DNA 序列分析表明，寄生在早熟禾亚科 Pooideae 植物上的分类单位，形成一个很好的谱系。建议将 *Neovossia*、*Conidiosporomyces* 和 *Ingoldiomyces* 归并为 *Tilletia*(Castlebury *et al.* 2005)。

腥黑粉菌科 Tilletiaceae Tul. & C. Tul.
Ann. Sci. Nat. Bot. Ser. 3, 7: 14, 1847; emend. R. Bauer & Oberw.
in Bauer, Oberwinkler & Vánky, Can. J. Bot. 75: 1311, 1997.

黑粉孢子萌发产生无隔担子(先菌丝)，在其顶端产生多个担孢子，典型的是 8 个。担孢子通常成对地配合，产生次生担孢子。具有桶孔隔膜。

模式属：腥黑粉属 *Tilletia* Tul. & C. Tul.。

讨论：腥黑粉菌科有 7 个属，中国仅有 *Neovossia* 和 *Tilletia* 两个属，共计 13 个种。

尾孢黑粉菌属 *Neovossia* Körn.
Oesterr. Bot. Z. 29: 217, 1879.

孢子堆生在禾本科植物少数子房中。孢子团半黏结至粉状。黑粉孢子具有明显的尾状附属物，作为产孢菌丝的残余。腥黑粉菌属萌发类型。寄主–寄生物相互作用通过胞间菌丝产生；缺乏相互作用器。桶孔隔膜有 2 个膜板，缺乏孔帽。

模式种：沼湿草尾孢黑粉菌 *Neovossia moliniae* (Thüm.) Körn.。

讨论：此属是单种属(Vánky 2002 a)，有许多非融合初生担孢子，缺乏不育细胞(Vánky

1994)。

13. 沼湿草尾孢黑粉菌　　图 19~20

Neovossia moliniae (Thüm.) Körn., Oesterr. Bot. Z. 29: 217, 1879.

Vossia moliniae Thüm. *in* Thümen, Mycoth. Univ. 1216, 1879.

Tilletia moliniae (Thüm.) G. Winter, *in* Rabenhorst, Kryptogamen-Flora von Deutschland, Oesterreich und der Schweiz. 1. p.109, 1881.

Neovossia iowensis Hume & Hodson, *in* Hodson, Bot. Gaz. (Crawfordsville) 30: 274, 1900; Tan, Hu & Bai, J. Shenyang Agr. Univ. 20: 198, 1989.

Neovossia danubialis Savul., Comun. Acad. Republ. Populare Romane 5: 71, 1955.

孢子堆生在少数子房中，卵圆形，长 2~3 mm，宽 1.5~2.5 mm，初期外面有绿色的膜包围，后期膜破裂，在内稃和外稃之间。孢子团黑色，半黏结至粉状。黑粉孢子近球形、卵圆形或椭圆形，17~24×15~18 µm，暗红褐色，蜂窝状网纹，外有胶质鞘包围。具有明显的尾状附属物，作为产孢菌丝的残余。

寄生在禾本科 Poaceae 植物上：

芦苇 *Phragmites communis* Trin.，辽宁：盘锦(74099)。

世界分布：中国、日本、俄罗斯、德国、瑞士、奥地利、意大利、前南斯拉夫、罗马尼亚、美国。

讨论：此种产生腥黑粉菌属 *Tilletia* 具有的三甲胺气味，缺乏不育细胞。

在芦苇属 *Phragmites* 植物上，全球曾经有 10 个种报道，其中 2 个种被认为不是黑粉菌，3 个种被认为是异名，1 个种是不合法名称。例如，叶腥黑粉菌 *Tilletia nigrifaciens* Langdon & Boughton，此种曾经在我国辽宁盘锦的芦苇植物上有报道(谭语词等 1989)。但是，Bauer 研究了此种的模式标本后，发现有伏鲁宁体，属于子囊菌，不是黑粉菌(Vánky 1991)。目前，在芦苇属植物上共有 4 个种被承认(Vánky 2002 b)。它们是：① *Neovossia moliniae* (Thüm.) Körn.，模式寄主植物是天蓝沼湿草 *Molinia caerulea* (L.) Moench，模式产地是前南斯拉夫；②芦苇茎黑粉菌 *Ustilago grandis* Fries，模式寄主植物是南方芦苇 *Phragmites australis* (Cav.) Trin. ex Steudel，模式产地是欧洲；③芦苇粒黑粉菌 *Ustilago phragmites* L. Ling，模式寄主植物是卡开芦苇 *Phragmites karka* (Retz.) Trin，模式产地是婆罗洲；④*Ustilago mauritiana* Vánky，模式寄主植物是 *Phragmites mauritianus* Kunth，模式产地是赞比亚。前 3 个种在中国有分布(郭林 2000)。谭语词等(1989)首先在我国辽宁发现沼湿草尾孢黑粉菌，并报道在河北承德也有分布，作者未见河北的标本。

腥黑粉属 *Tilletia* Tul. & C. Tul.

Ann. Sci. Nat. Bot. Sér. 3, 7: 112, 1847.

孢子堆主要生在禾本科植物子房中，也生在叶、叶鞘和茎上。孢子团半黏结至粉状。黑粉孢子单个，中等至大，具各种纹饰，通常外有胶质鞘包围。不育细胞单个，无色或浅色。无包被，无中轴。黑粉孢子萌发产生无隔担子，在担子顶端簇生担孢子，担孢子通常原位交配产生次生担孢子(掷孢子)和侵染菌丝。寄主–寄生物相互作用通过胞间菌丝产生；缺乏相互作用器。桶孔隔膜有 2 个膜板，缺乏孔帽。

模式种：小麦网腥黑粉菌 *Tilletia caries* (DC.) Tul. & C. Tul.。

讨论：全世界腥黑粉菌属约有 140 种(Vánky & Shivas 2003)，是黑粉菌目最大的一个属。全部寄生在禾本科植物上。腥黑粉菌属的特征是形成有颜色的黑粉孢子，混有无色或浅色的不育细胞，多数的种在禾本科植物的子房中形成，少数种在植物的叶和茎部形成。其黑粉孢子的纹饰有网纹、刺、瘤或者光滑几种。黑粉孢子萌发产生无隔担子，末端形成一束初生担孢子。

关于中国腥黑粉菌属的分类研究，凌立(1953)和王云章(1963)曾经描述了 11 个种。其中，薏苡腥黑粉菌 *Tilletia okudairae* (Miyabe) L. Ling 被组合为薏苡皮特黑粉菌 *Franzpetrakia okudairae* (Miyabe) L. Guo, Vánky & Mordue(Guo *et al.* 1990)，大黄腥黑粉菌 *Tilletia rhei* Zundel 被订正为大黄黑粉菌 *Ustilago rhei* (Zundel) Vánky & Oberw.(Vánky & Oberwinkler 1994)。戴芳澜(1979)报道中国腥黑粉菌属有 12 个种。增加了居约腥黑粉菌 *Tilletia guyotiana* Hariot，但是，这个种是雀麦腥黑粉菌 *Tilletia bromi* (Brockm.) Brockm. 的异名。根据 Zundel(1953)和 Vánky (1994) 的观点，本书将聚多腥黑粉菌 *Tilletia sydowii* Sacc. & Trotter 作为稗腥黑粉菌 *Tilletia pulcherrima* Syd. & P. Syd.的异名。

Petrak (1947) 曾经描述了在我国江苏发现的 1 个新种：大孢尾孢黑粉菌 *Neovossia macrospora* Petrak，其寄生植物是 *Pennisetum japonicum* Trin. [现用名：狼尾草 *Pennisetum alopecuroides* (L.) Spreng.]。经研究(Ling 1953，王云章 1963)，此种是狼尾草腥黑粉菌 *Tilletia barclayana* (Bref.) Sacc. & P. Syd.的异名。

郭林和惠友为(1989)在我国新疆发现了 1 个中国新记录种：臭味腥黑粉菌 *Tilletia olida* (Riess) J. Schröt.。Vánky(2001 b)描述了 1 个新种：狗尾草小孢腥黑粉菌 *Tilletia setariae-viridis* Vánky。

目前，腥黑粉菌属在中国有 12 个种，寄生在禾本科 10 个属植物上。

植物被腥黑粉菌感染后，产生三甲胺，像腐烂的鱼腥味。由此，这一类黑粉菌被称为腥黑粉菌。

腥黑粉属 *Tilletia* 分种检索表

1. 黑粉孢子表面光滑，寄生在小麦属 *Triticum* 植物上 ················· 小麦光腥黑粉菌 *T. laevis*
1. 黑粉孢子表面有纹饰 ··· 2
2. 孢子堆生在子房、叶、叶鞘和茎上，寄生在看麦娘属 *Alopecurus* 植物上 ·························
··· 看麦娘腥黑粉菌 *T. alopecuri*
2. 孢子堆生在叶上或者子房中 ··· 3
3. 孢子堆生在叶上，寄生在短柄草属 *Brachypodium* 植物上 ··········· 臭味腥黑粉菌 *T. olida*
3. 孢子堆生在子房中 ··· 4
4. 黑粉孢子表面有网纹 ··· 5
4. 黑粉孢子表面有瘤 ··· 6
5. 黑粉孢子稍大，18.5~27.5×16.5~25 μm，寄生在雀麦属 *Bromus* 植物上 ········· 雀麦腥黑粉菌 *T. bromi*
5. 黑粉孢子稍小，15~22×14.5~18.5 μm，寄生在小麦属 *Triticum* 植物上 ·····························

14. 看麦娘腥黑粉菌 图 21~22

Tilletia alopecuri (Sawada) L. Ling, Mycologia 41: 252, 1949; Farlowia 4: 306, 1953; Wang,
  Ustilaginales of China. p. 92, 1963; Tai, Sylloge Fungorum Sinicorum. p. 741, 1979.

Entyloma alopecuri Sawada, Dept. Agr. Gov't. Res. Inst. Formosa Rept. 2: 86, 1922.

  孢子堆生在子房中，长 1~2 mm，宽 1 mm，不明显，不引起肿胀，完全被颖片包围，也生在叶、叶鞘和茎上。孢子团黄色，半黏结。黑粉孢子球形或近球形，少数椭圆形，18~25.5×17.5~24 μm，黄色或浅黄色，粗瘤，有无色胶质鞘；瘤和胶质鞘高 2.5 μm。不育细胞比黑粉孢子小。

  寄生在禾本科 Poaceae 植物上：

  膝曲看麦娘 *Alopecurus geniculatus* L.，台湾：台北(5254)。

  世界分布：中国、日本。

  讨论：此种孢子堆可以生在子房中，也生在叶、叶鞘和茎上。Sawada(1922)首先将此种描述为看麦娘叶黑粉菌 *Entyloma alopecuri* Sawada，他没有发现生长在子房中的孢子堆。凌立(1949)首先发现了生长在子房中的孢子堆，其孢子堆和黑粉孢子的特征属于腥黑粉菌属，因此进行了新组合。

15. 野古草腥黑粉菌 图 23~24

Tilletia arundinellae L. Ling, Mycol. Papers 11: 1, 1945; Farlowia 4: 307, 1953; Wang,
  Ustilaginales of China. p. 95, 1963; Tai, Sylloge Fungorum Sinicorum. p. 741, 1979.

  孢子堆生在少数子房中，圆锥形或卵圆形，顶端尖，长 3~3.5 mm，宽 1~1.5 mm，初期外面有膜包围，后期膜破裂，在开裂的颖片中伸出。孢子团黑色，粉状。黑粉孢子球形或近球形，25~33×25~29 μm，黑褐色，不透明，粗瘤，扫描电镜下可见瘤或短或长、平行或旋转地会合成行；无色胶质鞘厚约 2 μm。不育细胞球形，近球形或卵圆形，12.5~20×11~17 μm，无色；壁厚 2.5~5 μm，具有尾状突起。

寄生在禾本科 Poaceae 植物上：

野古草 *Arundinella anomala* Steud.，四川：成都(凌立，K，主模式)。

世界分布：中国。

讨论：在野古草属 *Arundinella* 植物上，还有一种分布在澳大利亚的腥黑粉菌，即线条腥黑粉菌 *Tilletia lineata* R.G. Shivas & Vánky。线条腥黑粉菌与野古草腥黑粉菌的主要区别是前者黑粉孢子比较小，长 20~27(~30) μm，瘤不会合成行，不育细胞比较大，长 20~40 μm。

16. 狼尾草腥黑粉菌　　图 25~26

Tilletia barclayana (Bref.) Sacc. & P. Syd., *in* Saccardo, Syll. Fung. 14: 422, 1899; Wang, Ustilaginales of China. p. 93, 1963; Teng, Fungi of China. p. 310, 1963; Tai, Sylloge Fungorum Sinicorum. p. 741, 1979; Guo, *in* Zhuang (ed.), Higher Fungi of Tropical China. p. 391, 2001; Guo, *in* Zhuang (ed.), Fungi of Northwestern China. p. 295, 2005.

Neovossia barclayana Bref., Untersuchungen aus dem Gesammtgebiete der Mykologie. XII. p. 170, 1895; Vánky & Guo, Acta Mycol. Sin. Suppl. 1: 229, 1986; Guo, *in* Mao & Zhuang (eds.), Fungi of the Qinling Mountains. p. 14, 1997.

Tilletia ajrekari Mundk., Trans. Brit. Mycol. Soc. 23: 103, 1939.

Tilletia pennisetina Syd., Ann. Mycol. 27: 421, 1929; Ling, Farlowia 4:308, 1953.

Neovossia macrospora Petrak, Meddel. Fran. Göteb. Bot. Trädg. 17: 114, 1947.

孢子堆生在少数至多数子房中，卵圆形或近球形，长 2~9 mm，宽 1.5~5 mm，初期外面有绿色的膜包围，后期膜破裂。孢子团黑色，粉状。黑粉孢子球形或近球形，16.5~26.5×15~23.5 μm，暗栗褐色，半透明，壁厚 1~1.5 μm；鳞片状瘤，瘤高约 2.5 μm，扫描电镜下可见瘤间有联结；外有无色胶质鞘包围，有时表面有渐尖突起。不育细胞球形、近球形或卵圆形，19~34×18~25 μm，无色或浅黄色，光滑；壁厚 1.5~5 μm。

寄生在禾本科 Poaceae 植物上：

狼尾草 *Pennisetum alopecuroides* (L.) Spreng.，北京：金山(50055)、泰陵(160354)；河北：山海关(31359)；山东：泰山(54477)；江苏：南京(62828)；安徽：琅玡山(62830)；江西：庐山(10738, 78708)；云南：景洪(50456)；陕西：留坝(71755)、南郑(71765)；四川：灌县(3703)、成都(15243)。

白草 *Pennisetum flaccidum* Griseb.，陕西：留坝(71472, 71757, 71762)；四川：青川(59486)。

象草 *Pennisetum purpureum* Schum.，云南：昆明(171939)。

狼尾草属 *Pennisetum* spp.，江西：彭泽(31300)；陕西：洋县(20592)；云南：昆明(165590)。

世界分布：中国、朝鲜、日本、印度、塞内加尔、美国、墨西哥、巴拿马、哥伦比亚。

讨论：Tullis 和 Johnson(1952)通过交互接种，认为 *Tilletia barclayana* (Bref.) Sacc. & P. Syd.和 *Tilletia horrida* Takah.属于同一个种。Durán 和 Fischer(1961)、Kakishima(1982)等

人采用了这种观点。Singh 等(1979) 认为，这两个种在细胞学、形态学和培养特征上明显不同，是不同的种，并对 Tullis 和 Johnson(1952)的接种方法提出了疑问。王云章(1963)认为这两个种在黑粉孢子和胶质鞘方面有区别，也将它们视为两个不同的种。章桂明(1999)通过核的 rDNA 的 ITS 区段的测序，表明这两个种的碱基差别较大，应为不同种。

17. 雀麦腥黑粉菌　　图 27~28

Tilletia bromi (Brockm.) Brockm., Meckl. Krypt. 102, 1864; Guo & Xi, Acta Mycol. Sin. 8: 275, 1989; Guo, *in* Zhuang (ed.), Fungi of Northwestern China. p. 295, 2005.

Ustilago bromi Brockm., Arch. Vereins Freunde Naturgesch. Mecklenburg 17: 233, 1863.

Tilletia fusca Ellis & Everhart, J. Mycol. 3: 55, 1887.

Tilletia guyotiana Hariot, J. Bot. (Morot) 14: 117, 1900; Tai, Sylloge Fungorum Sinicorum. p. 743, 1979.

Tilletia bromi (Brockm.) Nannf., in Lindeberg, Symb. Bot. Upsal. 16(2): 69, 1959.

孢子堆生在子房中，长 2.5~3.5 mm，宽 1.5~2 mm，藏在颖片中。孢子团红褐色，粉状。黑粉孢子球形、近球形或椭圆形，18.5~27.5×16.5~25 μm，黄褐色，网纹，有时为不完全网纹，网眼直径 1~5 μm，网脊高达 1.5 μm。不育细胞球形或椭圆形，12.5~20.5×10.5~19 μm，无色，光滑；壁厚 1~2 μm，扫描电镜下可见细疣。

寄生在禾本科 Poaceae 植物上：

中间雀麦 *Bromus intermedius* Guss.，新疆：塔城(79213)。

北疆雀麦 *Bromus sewerzowii* Regel，新疆：裕民(54487)。

世界分布：中国、挪威、芬兰、俄罗斯、德国、法国、西班牙、意大利、前南斯拉夫、保加利亚、摩洛哥、澳大利亚、新西兰、加拿大、美国、阿根廷。

讨论：对于这个种，张翰文等(1960)采用居约腥黑粉菌 *Tilletia guyotiana* Hariot 的名称。但是，居约腥黑粉菌是 *Tilletia bromi* (Brockm.) Brockm.分类学上的异名。

18. 小麦网腥黑粉菌　　图 29~30

Tilletia caries (DC.) Tul. & C. Tul., Ann. Sci. Nat. Bot. Sér. 3, 7: 113, 1847; Ling, Farlowia 4: 307, 1953; Wang, Ustilaginales of China. p. 90, 1963; Teng, Fungi of China. p. 310, 1963; Tai, Sylloge Fungorum Sinicorum. p. 742, 1979; Guo, *in* Zhuang (ed.), Fungi of Northwestern China. p. 295, 2005.

Lycoperdon tritici Bjerk., Kongl. Vetensk. Acad. Handl. 36: 326, 1775 (nomen nudum).

Uredo caries DC., Flore Francaise. Ed. 3, Vol. 6. p. 78, 1815.

Uredo sitophila Ditmar, *in* Sturm, Deutschlands Flora, etc. Abt. III, Heft 3. p. 69, 1816.

Caeoma sitophila (Ditmar) Link, *in* Linne, Species Plantarum. Ed. 4, 6 (2): 2, 1825.

Tilletia tritici (Bjerk.) R. Wolff, Brand des Getreide. p. 13, 1874.

Tilletia sitophila (Ditmar) J. Schröt., *in* Cohn, Beiträge zur Biologie der Pflanzen 2: 365, 1877.

Tilletia tritici (Bjerk.) G. Winter, *in* Rabenhorst, Kryptogamen-Flora von Deutschland, Oesterreich und der Schweiz. 1. p. 110, 1881.

孢子堆生在子房中，长 4~7 mm，宽 2~5 mm，部分包藏在颖片中。孢子团红褐色或黑褐色，粉状。黑粉孢子球形、近球形、椭圆形或卵圆形，15~22×14.5~18.5 μm，浅褐色或红褐色，网纹，网脊高 0.5~1.5 μm，网眼宽 2~3.5 μm。不育细胞球形、近球形、椭圆形或稍不规则形，13.5~17.5×10.5~16.5 μm，无色，光滑。

寄生在禾本科 Poaceae 植物上：

多枝赖草 *Leymus multicaulis* (Kar. & Kir.) Tzvel.，新疆：喀什噶尔河(172119)、伊宁(172120)、哈巴河(172121)、塔城(172122)、乌鲁木齐(172123)。

赖草属 *Leymus* sp.，新疆：裕民(172118)。

小麦 *Triticum aestivum* L.，北京：颐和园(10777)；山西：怀仁(8447)；内蒙古：准格尔旗(34342)、临河(160353)；江苏：无锡(11865)、南京(25783)；浙江：杭州(14631)；湖南：常德(254)；宁夏：固原(4719)；甘肃：静宁(4607)；青海：湟源(18031, 18040)；四川：通化(14618)；云南：东川(252)、大理(1340)；西藏(78707)。

世界分布：中国、日本、印度、伊朗、塞浦路斯、土耳其、哈萨克斯坦、乌兹别克斯坦、土库曼斯坦、格鲁吉亚、阿塞拜疆、亚美尼亚、丹麦、挪威、瑞典、芬兰、爱沙尼亚、拉脱维亚、俄罗斯、乌克兰、波兰、捷克、斯洛伐克、匈牙利、德国、奥地利、瑞士、荷兰、英国、爱尔兰、法国、意大利、保加利亚、希腊、埃及、摩洛哥、南非、澳大利亚、新西兰、加拿大、美国、墨西哥、阿根廷、乌拉圭。

讨论：此种是腥黑粉属的模式种。黑粉孢子萌发产生 8~12 个线形至窄镰刀形担孢子(Goates 1996)。

Russell 和 Mills (1994) 提出小麦网腥黑粉菌 *Tilletia caries* (DC.) Tul. & C. Tul.、*Tilletia foetida* (Wallr.) Liro(现用名：小麦光腥黑粉菌 *Tilletia laevis* J. G. Kühn)和小麦矮腥黑粉菌 *Tilletia controversa* J. G. Kühn 是一个种。但是，小麦光腥黑粉菌的黑粉孢子表面光滑，小麦网腥黑粉菌和小麦矮腥黑粉菌的黑粉孢子表面有网纹。小麦网腥黑粉菌和小麦矮腥黑粉菌在黑粉孢子表面网脊的高度不同，黑粉孢子萌发温度具有明显的区别，小麦矮腥黑粉菌侵染的小麦病株比健株矮 25%~66%，分蘗增多。因此，小麦光腥黑粉菌、小麦网腥黑粉菌和小麦矮腥黑粉菌应是不同的种。许多黑粉菌分类的重要文献(Durán & Fischer 1961，Durán 1987，Vánky 1994)都将这 3 个种作为不同的种对待。小麦矮腥黑粉菌在我国尚无分布。

小麦网腥黑粉菌的黑粉孢子在小麦收获时释放，通过空气传播，污染健康的麦粒和土壤。黑粉孢子在潮湿的土壤中萌发，产生担子和担孢子。这些担孢子融合，并与担子连接，形成"H"形，产生的双核菌丝体，侵染小麦籽苗。

腥黑粉菌的侵染使小麦变色和气味难闻，大大降低了小麦的营养，不宜人类消费。

通过使用化学药剂、系统运用杀真菌剂和小麦抗病品种控制小麦腥黑粉病是行之有效的方法。生物学方法，例如，用芽孢杆菌、青霉和绿色木霉 *Trichoderma viride* Pers. 等控制这种病害已经进行了尝试(Vánky 1994)。

19. 野青茅腥黑粉菌　　图 31~32

Tilletia deyeuxiae L. Ling, Mycol. Papers 11: 1, 1945; Ling, Farlowia 4: 307, 1953; Wang, Ustilaginales of China. p. 96, 1963; Tai, Sylloge Fungorum Sinicorum. p. 742, 1979; Guo, *in* Mao & Zhuang (eds.), Fungi of the Qinling Mountains. p. 15, 1997; Guo, *in* Zhuang (ed.), Fungi of Northwestern China. p. 295, 2005.

孢子堆生在少数子房中，长 1.5~4 mm，宽 0.8~1.5 mm，顶端尖，初期外面有绿色膜包围，后期膜破裂。孢子团黑色，粉状。黑粉孢子球形、近球形、椭圆形或卵圆形，14~20×14~19 μm，暗褐色，有瘤，扫描电镜下可见瘤常联结和会合，外有无色胶质鞘包围，偶见表面有渐尖突起。不育细胞近球形，12.5~15×10~12.5 μm，浅褐色，光滑。

寄生在禾本科 Poaceae 植物上：

糙野青茅 *Deyeuxia scabrescens* (Griseb.) Munro ex Duthie，陕西：佛坪(71754)。

野青茅 *Deyeuxia sylvatica* (Schrad.) Kunth，陕西：佛坪(62757)。

疏花野青茅 *Deyeuxia sylvatica* (Schrad.) Kunth. var. *laxiflora* Rendle，河南：嵩山(Wang CS, K，模式)。

世界分布：中国。

讨论：凌立(1945)描述此新种时，记载黑粉孢子较大，18.5~26×16~24.5 μm。作者研究了保藏在英国邱园(K)的模式标本后，未见个体大的黑粉孢子。

在野青茅 *Deyeuxia* 属植物上，全球有 4 个种：①*Tilletia deyeuxiae* L. Ling；②野青茅生黑粉菌 *Ustilago deyeuxicola* Vánky & L. Guo (2001)；③野青茅黑粉菌 *Ustilago deyeuxiae* L. Guo (1993)；④*Tilletia inolens* McAlpine (1896)。中国有前 3 个种。

20. 稻腥黑粉菌　　图 33~34

Tilletia horrida Takah., Bot. Mag. (Tokyo) 10: 20, 1896; Ling, Farlowia 4: 308, 1953; Wang, Ustilaginales of China. p. 92, 1963; Teng, Fungi of China. p. 310, 1963; Tai, Sylloge Fungorum Sinicorum. p. 743, 1979.

Neovossia horrida (Takah.) Padwick & A. Khan, Mycol. Papers 10: 2, 1944.

孢子堆生在少数子房中，不引起明显的肿胀。孢子团黑色，粉状。黑粉孢子球形、近球形、宽椭圆形或椭圆形，21.5~33×20~30 μm，暗褐色，不透明，粗瘤，外有无色胶质鞘包围，偶见表面有尾状突起。不育细胞近球形或卵圆形，12.5~18×12~17.5 μm，无色或浅黄色。

寄生在禾本科 Poaceae 植物上：

稻 *Oryza sativa* L.，江苏：南京(11864, 74113)、松江(14608)；浙江：杭州(14607)；江西：南昌(84670)；四川：江津(14605)、成都(14606)。

世界分布：中国、日本、缅甸、泰国、菲律宾、印度尼西亚、印度、俄罗斯、美国。

21. 小麦光腥黑粉菌　　图 35~36

Tilletia laevis J.G. Kühn, *in* Rabenhorst, Fgi. Europ. Exs. No. 1697, 1873; Hedwigia 12: 152, 1873; Guo & Xi, Acta Mycol. Sin. 8: 275, 1989; Guo, *in* Mao & Zhuang (eds.), Fungi of the Qinling Mountains. p. 14, 1997; Guo, *in* Zhuang (ed.), Fungi of Northwestern China. p. 295, 2005.

Erysibe foetida Wallr., Flora Cryptogamica Germaniae. Pars II, Vol. IV. p. 213, 1833 [nomen novum illegitimum pro *Caeoma sitophilum* (Ditmar) Link, et pro *Uredo caries* DC.].

Tilletia foetida (Wallr.) Liro, Suomen Maanviljelys-taloudellinen Koelaitos. Vuosikirja

1915~1916. p. 27, 1920; Ling, Farlowia 4: 307, 1953; Wang, Ustilaginales of China. p. 90, 1963; Teng, Fungi of China. p. 310, 1963; Tai, Sylloge Fungorum Sinicorum. p. 742, 1979.

Ustilago foetens Berk. & M. A. Curtis, *in* Ravenel, Fgi. Carol. exs. 5, no. 100, 1860 (nomen nudum).

Tilletia foetens (Berk. & M. A. Curtis) J. Schröt., *in* Cohn, Beitr. Biol. Pfl. 2: 365, 1877.

孢子堆生在全部的子房中，长 4~6 mm，宽 2~3.5 mm，部分藏在颖片中。孢子团红褐色或黑褐色，粉状。黑粉孢子球形、近球形、卵圆形、椭圆形或不规则形，15~22.5(~25)×12.5~17 μm，浅黄色或浅褐色，光滑；壁厚 1~1.5 μm。不育细胞近球形或卵圆形，13~16.5×11.5~15 μm，无色或浅黄色。

寄生在禾本科 Poaceae 植物上：

小麦 *Triticum aestivum* L.，北京：西直门(11054)；内蒙古：临河(160356)；河北：沙岭子(8448)；山西：怀仁(18041)；吉林：白城(26436)；黑龙江：平江(14604)、红星农场(26483)；江苏：南京(14603)；甘肃：兰州(4733)、张掖(9123)、迭部(67926)；新疆：托里(24972)、乌鲁木齐(54488, 54489)、察布查尔(80676, 80677)、博乐(169913)；四川：乾宁(8416)、通化(14618)；云南：东川(1376)；西藏(HKAS 5166)。

世界分布：中国、日本、印度、哈萨克斯坦、乌兹别克斯坦、土库曼、阿塞拜疆、巴基斯坦、阿富汗、巴勒斯坦、塞浦路斯、土耳其、丹麦、挪威、瑞典、芬兰、俄罗斯、波兰、捷克、斯洛伐克、匈牙利、德国、瑞士、英国、法国、西班牙、葡萄牙、罗马尼亚、保加利亚、希腊、埃及、津巴布韦、南非、澳大利亚、新西兰、加拿大、美国、墨西哥、智利、阿根廷、乌拉圭。

讨论：通过使用农药拌种和小麦抗病品种控制小麦腥黑粉病是非常有效的。采用杀真菌剂和生物学方法，例如，尝试用芽孢杆菌控制这种病害(Vánky 1994)。

在小麦上，腥黑粉属在中国有 2 个种，即小麦光腥黑粉菌和小麦网腥黑粉菌。这两个种区别明显，前者黑粉孢子表面光滑；后者黑粉孢子表面有网纹。

22. 臭味腥黑粉菌　　图 37~38

Tilletia olida (Riess) J. Schröt., *in* Cohn, Beitr. Biol. Pfl. 2: 366, 1877; Guo & Xi, Acta Mycol. Sin. 8: 275, 1989; Guo, *in* Zhuang (ed.), Fungi of Northwestern China. p. 295, 2005.

Uredo olida Riess, *in* Rabenhorst, Herb. Viv. Myc. 1695, 1852; Bot. Zeitung 10: 304, 1852.

Ustilago olida (Riess) Cif., Flora Italica Cryptogama. Fasc. 17, p. 296, 1938.

孢子堆生在叶上，形成长条纹。孢子团黑褐色，粉状。黑粉孢子球形、近球形、卵圆形或椭圆形，16.5~26×14~21 μm，黄色或暗褐色，网纹，网脊高1~1.5 μm；壁厚1~1.5 μm。不育细胞球形或近球形，10~16×8~15 μm，无色，光滑。

寄生在禾本科 Poaceae 植物上：

羽状短柄草 *Brachypodium pinnatum* (L.) Beauv.，新疆：裕民(54490, 73922)、奎屯(54491)。

世界分布：中国、日本、芬兰、俄罗斯、波兰、匈牙利、德国、奥地利、瑞士、比利时、英国、法国、西班牙、意大利、前南斯拉夫、保加利亚。

讨论:在短柄草属 *Brachypodium* 植物上,全世界腥黑粉菌属有 6 个种(Vánky 2004): ①短柄草腥黑粉菌 *Tilletia brachypodii* Mundk.。②墨西哥短柄草腥黑粉菌 *Tilletia brachypodii-mexicani* Vánky。③多分枝短柄草腥黑粉菌 *Tilletia brachypodii-ramosi* Zogg。④哥伦比亚腥黑粉菌 *Tilletia colombiana* Vánky。⑤莱腥黑粉菌 *Tilletia lyei* Vánky。⑥ *Tilletia olida* (Riess) J. Schröt.。在上述 6 种黑粉菌中,多分枝短柄草腥黑粉菌和臭味腥黑粉菌寄生在叶上,其他 4 种都寄生在子房中。迄今为止,中国仅有臭味腥黑粉菌一个种。

23. 稗腥黑粉菌　　图 39~40

Tilletia pulcherrima Ellis & L. D. Galloway ex G. P. Clinton, Proc. Boston Soc. Nat. Hist. 31: 441, 1904; Ling, Farlowia 4: 309, 1953; Wang, Ustilaginales of China. p. 96, 1963.

Neovossia pulcherrima (Ellis & L. D. Galloway ex G. P. Clinton) Vánky, Mycotaxon, 38: 272, 1990.

孢子堆生在少数子房中,卵圆形,长约 2 mm,部分包藏在颖片中。孢子团黑色,粉状。黑粉孢子球形、近球形或宽椭圆形,17.5~27.5(~30)×16.5~26.5(~28) μm,栗褐色,半透明,有瘤,瘤高 1~1.5 μm,壁厚 1.5~2 μm;外有无色胶质鞘包围,有时表面有渐尖突起。不育细胞近球形、卵圆形、椭圆形或梨形,8~23×8~22.5 μm,浅黄色,光滑;壁厚 2~3.5 μm。

寄生在禾本科 Poaceae 植物上:

稗 *Echinochloa crusgalli* (L.) Beauv.,四川:温江(14617)。

世界分布:中国、俄罗斯、美国。

讨论:此种被某些黑粉菌专家(Durán & Fischer 1961,Kakishima 1982)作为 *Tilletia barclayana* (Bref.) Sacc. & P. Syd.的异名。但是,稗腥黑粉菌的黑粉孢子比较大,(20~)22~28(~32)×20~28(~32) μm(Vánky 1990),而 *Tilletia barclayana* (Bref.) Sacc. & P. Syd. 的黑粉孢子比较小,16.5~26.5×15~23.5 μm。本书将上述两种作为不同的种。

戴芳澜(1979)曾经将稗腥黑粉菌 *Tilletia pulcherrima* Ellis & L. D. Galloway ex G. P. Clinton 作为聚多腥黑粉菌 *Tilletia sydowii* Sacc. & Trotter 的异名。但是,根据 Zundel(1953) 和 Vánky (1994) 的记载,聚多腥黑粉菌 *Tilletia sydowii* Sacc. & Trotter 应该是 *Tilletia pulcherrima* Syd. & P. Syd.的异名。Sydow H 和 Sydow P (1912)命名的 *Tilletia pulcherrima* Syd. & P. Syd.与 Ellis & Galloway 命名的 *Tilletia pulcherrima* Ellis & L. D. Galloway ex G. P. Clinton 不是同一个种。前者的寄主植物是 *Ammochloa* 属,分布于非洲北部;而后者的寄主植物是稗属 *Echinochloa* 等,分布于中国、俄罗斯和美国。到目前为止,中国还没有发现聚多腥黑粉菌。

24. 狗尾草腥黑粉菌　　图 41

Tilletia setariae L. Ling, Mycol. Papers 11: 2, 1945; Ling, Farlowia 4: 309, 1953; Wang, Ustilaginales of China. p. 95, 1963; Tai, Sylloge Fungorum Sinicorum. p. 743, 1979; Vánky & Guo, Acta Mycol. Sin. Suppl. 1: 229, 1986.

Tilletia makutensis Thirum. & Safeeulla, Sydowia 5: 440, 1951.

Neovossia setariae (L. Ling) T. F. Yu & L. H. Lou, Acta Agr. Univ. Pek. 3: 47, 1957.

孢子堆生在少数子房中，部分藏在颖片中，卵圆形或宽椭圆形，长 2~6.5 mm，宽 2~3 mm，初期外面有绿色膜包围，后期膜自顶端破裂。孢子团黑色，粉状。黑粉孢子球形、近球形或椭圆形，21~33×20~30 μm，多数暗红褐色，不透明，少数黄色，有瘤，瘤长 1.5~2.5 μm，外有无色胶质鞘包围，少数表面有尾状突起。不育细胞近球形、卵圆形或椭圆形，8~25×8~24 μm，无色或浅黄色，光滑；壁厚 2~4 μm。

寄生在禾本科 Poaceae 植物上：

金色狗尾草 *Setaria glauca* (L.) Beauv.，福建(168533)；四川：成都(IMI 499，模式)。

世界分布：中国、印度。

讨论：此种与 *Tilletia setariae-viridis* Vánky 的区别是黑粉孢子大。在狗尾草属 *Setaria* 植物上，全世界共有 6 种腥黑粉菌(Vánky 2001 b)：①*Tilletia setariae* L. Ling(1945)；② *Tilletia setariae-viridis* Vánky(2001 b)；③棕叶狗尾草腥黑粉菌 *Tilletia setariae-palmifoliae* Mishra(1956)；④狗尾草生腥黑粉菌 *Tilletia setaricola* Pavgi & Thirum.(1952)；⑤西氏腥黑粉菌 *Tilletia thirumalachari* Gandhe(Gandhe & Gandhe 1999)；⑥曾德尔腥黑粉菌 *Tilletia zundelii* Hirschh.(1943)。中国仅有前两个种。

Tilletia setariae L. Ling 曾经被俞大绂和娄隆后(1957)组合为狗尾草尾孢黑粉菌 *Neovossia setariae* (L. Ling) T. F. Yu & L. H. Lou，其黑粉孢子直径为 21.6~32.4 μm，采集地点为北京。作者未见到标本。

25. 狗尾草小孢腥黑粉菌　　图 42~43

Tilletia setariae-viridis Vánky, Mycotaxon 78: 316, 2001.

孢子堆生在少数子房中，肿胀，卵圆形或宽椭圆形，长 2~6 mm，宽 1.5~3 mm，初期外面有绿色膜包围，后期膜褐色，不规则破裂。孢子团黑褐色，粉状。黑粉孢子球形、近球形或椭圆形，19~28×18.5~25 μm，暗栗褐色或黄褐色，通常不透明，有瘤，瘤长 1.5~2.5 μm，外有无色胶质鞘包围，少数表面有尾状突起。不育细胞近球形、卵圆形或椭圆形，8~25×8~24 μm，无色或浅黄色，光滑；壁厚 1.5~4 μm。

寄生在禾本科 Poaceae 植物上：

大狗尾草 *Setaria faberii* R. A. W. Herrmann，江苏：南京(172124)。

粟 *Setaria italica* (L.) Beauv.，北京：罗道庄(19277, 26439, 168555)；吉林：九站(7790)、梨树(18063)、公主岭(61996)。

狗尾草 *Setaria viridis* (L.) Beauv.，北京：西山(38724，主模式)、植物园(50056)、圆明园(50057，副模式)、金山(50058)、戒台寺(78705)、鹫峰(146436)、潭柘寺(147574)、罗道庄(168554)；江苏：南京(172124)。

世界分布：中国、日本、印度。

黑粉菌亚纲 Ustilaginomycetidae Jülich

Bibl. Mycol. 85: 54, 1981,
emend. R. Bauer & Oberw., *in* Bauer, Oberwinkler & Vánky, Can. J. Bot. 75: 1311, 1997.

具有膨大的相互作用区，隔膜孔有膜帽，或者成熟后无孔。

条黑粉菌目 Urocystidales R. Bauer & Oberw.
in Bauer, Oberwinkler & Vánky, Can. J. Bot. 75: 1311, 1997.

具有膨大的相互作用区。有简单的隔膜孔。有吸器。

虚球黑粉菌科 Doassansiopsaceae Begerow, R. Bauer & Oberw.
Can. J. Bot. 75: 2052, 1998 (1997).

简单的隔膜孔，有两个膜帽和两个无膜的内板靠近孔。黑粉孢子无色。

模式属：虚球黑粉菌属 *Doassansiopsis* (Setch.) Dietel。

讨论：虚球黑粉菌科 Doassansiopsaceae 与实球黑粉菌科 Doassansiaceae 在形态和生态上接近，在系统演化上相差很远。

全球虚球黑粉菌科有 1 个属，虚球黑粉菌属。

虚球黑粉菌属 *Doassansiopsis* (Setch.) Dietel
in Engler & Prantl, Die Natürlichen Pflanzenfamilien. I(1), p. 21, 1897.

孢子堆生在沼泽生或水生植物的叶、叶柄和茎上，嵌入寄主组织中，形成斑点或引起肿胀。孢子球中心由薄壁细胞组成，外有紧密连接的黑粉孢子围绕，表面有不育细胞层。黑粉孢子萌发属于腥黑粉菌属类型。寄主–寄生物相互作用通过吸器产生。具有简单隔膜孔，接近孔处有膜帽和 2 个非膜质的板。

模式种：水生虚球黑粉菌 *Doassansiopsis hydrophila* (Dietrich) Lavrov。

讨论：此属全球有 11 个种。中国有 2 个种。

虚球黑粉菌属 *Doassansiopsis* 分种检索表

1. 孢子堆不肿胀，不引起寄主植物变形；黑粉孢子小(9~12.5×5~10 μm)，椭圆形黑粉孢子常常横切面排列；皮层细胞不明显 ·· 广东虚球黑粉菌 *D. guangdongensis*

1. 孢子堆肿胀，引起寄主植物变形；黑粉孢子大(10~18×6~11.5 μm)，椭圆形黑粉孢子纵向排列；皮层

26. 变形虚球黑粉菌　　图44

Doassansiopsis deformans (Setch.) Dietel, *in* Engler, Die Natürl. Pflanzenfam. 1(1): 21, 1897.

Doassansia deformans Setch., Proc. Amer. Acad. Arts 26: 17, 1891.

Doassansiopsis horiana (Henn.) C. I. Shen, Sinensia 4: 319, 1934; Ling, Farlowia 4: 314, 1953; Wang, Ustilaginales of China. p. 103, 1963; Teng, Fungi of China. p. 311, 1963; Tai, Sylloge Fungorum Sinicorum. p. 451, 1979; Guo, *in* Zhuang (ed.), Higher Fungi of Tropical China. P. 389, 2001; Guo, *in* Zhuang (ed.), Fungi of Northwestern China. p. 292, 2005.

Doassansia horiana Henn., Bot. Jahrb. Syst. 37: 157, 1906.

Doassansiopsis horiana (Henn.) Nishikado, Bericht. Ohara Inst. Landw. Forsch. 7: 419, 1936.

孢子堆生在叶和叶柄上，嵌入寄主组织中，形成半球形，梭形至圆柱形肿胀，初期黄白色，后期褐色，长 0.3~2 mm，宽 1~5 mm，引起受害植物变形。孢子球卵圆形、球形、近球形、椭圆形或不规则形，120~244×100~210 μm，暗褐色，中心由薄壁细胞组成，外有紧密连接的黑粉孢子围绕，表面有一层不育细胞层。黑粉孢子带角椭圆形、卵圆形、近球形或不规则形，10~18×6~11.5 μm，黄褐色或褐色，光滑。薄壁细胞近球形或不规则形，大小变化大，8~20(~22.5)×7~13.5(~16) μm，浅橄榄褐色，壁薄。表面的不育细胞不规则形，5.5~10×4~5 μm，褐色。

寄生在泽泻科 Alismataceae 植物上：

慈姑 *Sagittaria sagittifolia* L.，北京(163791)、西苑(23658，23659，23660)；广西：阳朔(BPI 178360, BPI 178361)；贵州：贵阳(43727, 169914)；云南：蒙自(238)、开远(239)、呈贡(240)、石屏(2181)、大庄(2196)、文山(31286)、保山(143693)、剑川(175162)。

野慈姑 *Sagittaria trifolia* L.，北京西苑(26409)；宁夏：银川(77936, 78693)。

慈姑属 *Sagittaria* spp.，北京：西郊(6898)、西苑(23661)；安徽：滁县(172116)。

世界分布：中国、日本、俄罗斯、加拿大、美国、洪都拉斯。

讨论：Setchell(1891)描述产自加拿大的 *Doassansia deformans* Setch.引起寄主植物明显肿胀和变形。1897 年，Dietel 将这个种放在 *Doassansiopsis* 属。Hennings(1906)描述一个来自日本的寄生在 *Sagittaria sagittifolia* L.植物上的相似的真菌，定名为 *Doassansia horiana* Henn.。沈其益(1934)将这个种放在 *Doassansiopsis* 属。Vánky(2007)比较了 *Doassansiopsis deformans* (Setch.) Dietel 和 *Doassansiopsis horiana* (Henn.) C. I. Shen 模式标本，发现前者的不育细胞较大，后者的孢子球较大，认为这种变异属于种内的变化，将后者视为前者的异名。

凌立(1953)在描述 *Doassansiopsis horiana* (Henn.) C. I. Shen 时，认为孢子球表面的不育细胞有 3 或 4 层。邓叔群(1963)认为孢子球表面的不育细胞有 4 或 5 层，但是，作者在研究上述引证标本时，仅见有一层不育细胞层。

在慈姑属 *Sagittaria* 植物上，中国还有一种暗淡实球黑粉菌 *Doassansia opaca* Setch.。变形虚球黑粉菌与暗淡实球黑粉菌的区别是，后者的孢子球表面为不育细胞，中心为黑粉孢子，而前者的孢子球中心为薄壁细胞，在系统演化上区别较大。

27. 广东虚球黑粉菌　　图 45

Doassansiopsis guangdongensis S. H. He & L. Guo, Mycotaxon 101: 2, 2007.

(MycoBank 510755)

孢子堆生在叶上，嵌入寄主组织中，形成点状小突起，浅褐色，直径约 2 mm，不肿胀，不引起受害植物变形。孢子球近球形，椭圆形或不规则形，169~260(~344)× 108~184 μm，褐色，中心由真菌薄壁细胞组成，外有稍稀疏连接的黑粉孢子围绕，表面有一层不明显的不育细胞。黑粉孢子椭圆形、卵圆形、近球形或不规则形，排列不规则，常常具有椭圆形黑粉孢子横切面排列，9~12.5×5~10 μm，褐色，光滑；壁厚 1~2 μm。薄壁细胞卵圆形、椭圆形、近球形或不规则形，7~14×5.5~10 μm，黄褐色，壁薄。

寄生在泽泻科 Alismataceae 植物上：

慈姑属 *Sagittaria* sp.，广东(17625，主模式)。

世界分布：中国。

讨论：此标本在中国科学院微生物研究所菌物标本馆中原来被鉴定为中间实球黑粉菌 *Doassansia intermedia* Setch.[现用名：中间虚球黑粉菌 *Doassansiopsis intermedia* (Setch.) Vánky]，寄生在 *Sagittaria* sp.植物的叶上，不形成肿胀，不引起寄主植物变形。黑粉孢子在孢子球中单行排列，皮层细胞不明显；*Doassansiopsis intermedia* 的孢子球有 2~5 层的黑粉孢子(Vánky 1994)，因此，这个标本鉴定为中间实球黑粉菌是明显的错误鉴定。在 *Doassansiopsis* 中，原来仅有暗黑虚球黑粉菌 *Doassansiopsis furva* (Davis) Vánky 不形成肿胀，不引起寄主植物变形。这个种与广东虚球黑粉菌是近似种。通过向美国农部菌物标本馆(BPI)借调 *Doassansiopsis furva* 的标本研究(模式标本未找到)，发现这个种具有椭圆形黑粉孢子纵向放射状排列，外层不育细胞明显，直径为 6~17 μm(Fischer 1953)，与广东虚球黑粉菌有区别。

条黑粉菌科 Urocystidaceae Begerow, R. Bauer & Oberw.
Can. J. Bot. 75: 2052, 1998 (1997).

简单隔膜孔，具有 2 个膜帽和 2 个非膜质内板。黑粉孢子有色。

模式属：条黑粉菌属 *Urocystis* Rabenh. ex Fuckel

讨论：此科全球共有 4 个属：异孢黑粉菌属 *Mundkurella*、条黑粉菌属 *Urocystis*、褐双孢黑粉菌属 *Ustacystis* 和范基黑粉菌属 *Vankya*。中国仅有条黑粉菌属。

条黑粉菌属　*Urocystis* Rabenh. ex Fuckel
Jahrb. Nassauischen Vereins Naturk. 23-24: 41, 1870 (nomen conserv.).

Urocystis Rabenh., *in* Rabenhorst, Herb. Viv. Myc. ed. 2, no. 393, 1857 (nomen nudum).

Tuburcinia Fr., Systema Mycologicum, etc. Sectio 2. Gryphiswaldae. p. 439, 1832.

Polycystis Lév., Ann. Sci. Nat. Bot., Sér. 3, 5: 269, 1846.

Polysaccopsis Henn., Hedwigia, Beibl. 37: 206, 1898.

Ginanniella Cif., Ustilaginales, Flora Italica Cryptogama, Pars I. Fungi, Fasc.17, p. 150, 1938.

孢子堆多数生在叶、叶鞘和茎上，少数生在花和种子上，偶尔也生在根内，形成条纹或肿胀，通常初期由表皮覆盖，后期表皮破裂。孢子团褐色、黑褐色或黑色，粉状。多为系统侵染。孢子球由一至多个深色、可育的黑粉孢子和外部浅色、稍小的不育细胞组成。黑粉孢子萌发属于腥黑粉菌属类型。寄主–寄生物相互作用通过吸器产生，具有膨大的相互作用区。隔膜孔简单，在接近孔处具有膜帽和 2 个非膜质的膜版。在某些种中存在无性型时期。

模式种：隐条黑粉菌 *Urocystis occulta* (Wallr.) Rabenh. ex Fuckel。

讨论：关于中国条黑粉菌属的分类研究，凌立(1953)描述了 4 个种，即冰草条黑粉菌[别称：秆黑粉菌 *Urocystis agropyri* (Preuss) J. Schröt.]、银莲花条黑粉菌 [别称：白头翁黑粉菌 *Urocystis anemones* (Pers.: Pers.) Winter]、薯蓣条黑粉菌(别称：山药黑粉菌 *Urocystis dioscoreae* Syd.)和日本条黑粉菌 [别称：秋牡丹黑粉菌 *Urocystis japonica* (Henn.) L. Ling]。*Urocystis anemones* (Pers.: Pers.) Winter 寄主植物是银莲花属 *Anemone*，关于这个种的孢子球中黑粉孢子的数目，不同的黑粉菌学者有不同的记载。Ito(1936)、Fischer(1953)、凌立(1953)和王云章(1963)描述此种孢子球有 1~6 个黑粉孢子，由不完全不育细胞包围，有时不育细胞缺乏。而 Zundel (1953), Mordue 和 Ainsworth (1984), Vánky (1994) 和 Azbukina 和 Karatygin (1995)则记录此种孢子球有 1(~3)个黑粉孢子，仅由少数不育细胞包围，有时不育细胞缺乏。Vánky(1994)研究了产自德国的模式标本，其孢子球中黑粉孢子数目少，有 1(~3)个。作者研究了保藏在中国科学院微生物研究所菌物标本馆(HMAS)的黑粉菌标本和本人采集的新鲜标本，未发现在 *Anemone* 植物上，孢子球中有 1(~3)个黑粉孢子的标本。到目前为止，中国未发现银莲花条黑粉菌。

在凌立(1953)研究工作的基础上，王云章(1963)记载中国条黑粉菌属有 11 个种，增加了 7 个种，即芸苔条黑粉菌(别称：冲菜根黑粉菌 *Urocystis brassicae* Mundk.)、玉竹条黑粉菌[别称：黄精条黑粉菌 *Urocystis colchici* (Schltdl.) Rabenh.]、薹草条黑粉菌 *Urocystis fischeri* Körn. ex G. Winter、羽茅粒黑粉菌 *Urocystis multispora* Y. C. Wang (1962)、重楼条黑粉菌 [别称：王孙黑粉菌 *Urocystis paridis* (Unger) Thüm.]、孢堆条黑粉菌(别称：白篷草黑粉菌 *Urocystis sorosporioides* Körn. ex A. A. Fisch. Waldh.)和针茅条黑粉菌(别称：羽茅条黑粉菌 *Urocystis stipae* McAlpine)。其中，*Urocystis multispora* Y. C. Wang 成为 *Urocystis granulosa* G. P. Clinton 的异名(Vánky 1991)。根据 Vánky(1994)的记载，*Urocystis colchici* (Schltdl.) Rabenh.寄生在百合科秋水仙属 *Colchicum* 植物上，孢子球由 1~3(~4)个黑粉孢子组成。而保藏在本所标本馆定名为 *Urocystis colchici* (Schltdl.) Rabenh.的黑粉菌标本，其寄生植物是轮叶黄精 *Polygonatum verticillatum* (L.) All.，孢子球由 1~4(~6 或 7)个黑粉孢子组成，孢子球中黑粉孢子数目多。中国的标本与 Vánky(1994)描述的标本不同，因此，作者将我国寄生在轮叶黄精植物上的两份标本命名为贺兰条黑粉菌 *Urocystis helanensis* L. Guo 新种。

戴芳澜(1979)报道中国条黑粉菌属有 13 个种。增加了洋葱条黑粉菌 *Urocystis cepulae* Frost(现用名：葱条黑粉菌 *Urocystis magica* Pass.)和隐条黑粉菌 *Urocystis occulta* (Wallr.)

Rabenh.。

Vánky(Vánky & Guo 1986，Vánky 2004)在我国云南和四川发现了条黑粉菌属 2 个新种，即假稻条黑粉菌 *Urocystis leersiae* Vánky 和星叶草条黑粉菌 *Urocystis circaeasteri* Vánky。

郭林(1988, 1991, 1992, 1993, 1997, 1999, 2001, 2002, 2002 a, 2003, 2003 a, 2005, 2005 a, 2006 b)、郭林和张虎成(2005)描述了条黑粉菌属的许多新种和中国新记录种。郭林和刘铁志(2006)报道了寄生在十字花科植物上的条黑粉菌属的 1 个新种。何双辉和郭林(2007 a，2007 b)发现了寄生在禾本科植物上的条黑粉菌属的 2 个新种和 1 个中国和亚洲新记录种。

郭林和惠友为(1989)曾经在我国新疆发现了条黑粉菌属的 8 个中国新记录种。

杨志鹏等(2007)发现了在蔷薇科植物上的蚊子草条黑粉菌 *Urocystis filipendulae* (Tul.) J. Schröt.的中国新记录种。

条黑粉菌属形成一个自然类群，容易与其他属区分。全球约有 145 个种寄生在 22 科植物上，包括 6 个单子叶植物的科和 16 个双子叶植物的科(Vánky 2002 a)。中国有 50 个种，寄主植物有 10 个科。条黑粉菌属在形态上区别少，寄主的范围在种的划定中起重要作用(Vánky 1994)。本书采用这种分类系统。

条黑粉菌属 *Urocystis* 分种检索表

1. 寄生于石蒜科 Amaryllidaceae 鸢尾蒜属 *Ixiolirion* ·······························尼氏条黑粉菌 *U. nevodovskyi*

1. 寄生于其他科 ···2

2. 寄生于十字花科 Brassicaceae···3

2. 寄生于其他科···5

3. 寄生于独行菜属 *Lepidium*，孢子堆生于茎部，不形成菌瘿。孢子球中有 1~3 个黑粉孢子·······
···赤峰条黑粉菌 *U. chifengensis*

3. 寄生于芸苔属 *Brassica*，孢子堆生于根部，形成菌瘿。孢子球中个黑粉孢子数目多·····················4

4. 孢子球中有 1~6(~8)个黑粉孢子 ··芸苔条黑粉菌 *U. brassicae*

4. 孢子球中有 1~11 个黑粉孢子 ··云南条黑粉菌 *U. yunnanensis*

5. 寄生于莎草科 Cyperaceae 薹草属 *Carex* ·························薹草条黑粉菌 *U. fischeri*

5. 寄生于其他科 ···6

6. 寄生于薯蓣科 Dioscoreaceae 薯蓣属 *Dioscorea*·················薯蓣条黑粉菌 *U. dioscoreae*

6. 寄生于其他科 ···7

7. 寄生于百合科 Liliaceae···8

7. 寄生于其他科 ···11

8. 寄生于葱属 *Allium* ···葱条黑粉菌 *U. magica*

8. 寄生于其他属 ···9

9. 寄生于七筋菇属 *Clintonia* 和扭柄花属 *Streptopus*·················七筋菇条黑粉菌 *U. clintoniae*

9. 寄生于其他属 ···10

10. 寄生于重楼属 *Paris*。孢子球 24~73×19~58 μm，有 1~30(至更多)个黑粉孢子 ·······························

28. 芨芨草条黑粉菌　　图 46~47

Urocystis achnatheri L. Guo, Mycotaxon 81: 431, 2002; Guo, *in* Zhuang (ed.), Fungi of
　　Northwestern China. p. 296, 2005.

孢子堆生在叶和叶鞘上，通常多生在植株上部幼叶上，初期由表皮覆盖，后期表皮
破裂。受感染的植株不抽穗。孢子团黑褐色或黑色，粉状。孢子球近球形、椭圆形、卵
圆形或长形，15~55(~60)×14~40 μm，由 1~7(~10)个黑粉孢子组成，完全由不育细胞包围。
黑粉孢子近球形、卵圆形或椭圆形，9.5~17.5(~20)×7.5~15 μm，黄褐色或红褐色。不育
细胞近球形或椭圆形、6~15×5~9 μm，黄褐色；壁不均匀增厚，1~2(~2.5) μm，光滑。

寄生在禾本科 Poaceae 植物上：

醉马草 *Achnatherum inebrians* (Hance) Keng，青海：湟源(62829)。

中井芨芨草 *Achnatherum nakaii* (Honda) Tateoka，青海：乐都(31438)。

羽茅 *Achnatherum sibiricum* (L.) Keng，内蒙古：锡林浩特(34347)；青海：乐都(31440)、
民和(31442，主模式；31439，130337，130351)、循化(91949，92902)。

芨芨草属 *Achnatherum* spp.，甘肃：天祝(87795，88246)、兰州(132654)。

世界分布：中国。

讨论：在世界范围内，在针茅属 *Stipa* 植物上，Vánky(1991)报道了条黑粉菌属 4 个
种，即弗氏条黑粉菌 *Urocystis fraserii* G. P. Clinton、颗粒条黑粉菌 *Urocystis granulosa* G. P.
Clinton、针茅条黑粉菌 *Urocystis stipae* McAlpine 和 *Urocystis corsica* (Mayor & Terrier)
Vánky。因为芨芨草条黑粉菌新种的发现(Guo 2002)，在芨芨草属和针茅属植物上，全球
共有 5 种条黑粉菌。中国发现了 3 个种。芨芨草条黑粉菌与颗粒条黑粉菌的孢子球都是
由 1~10 个黑粉孢子组成，其区别是芨芨草条黑粉菌的孢子堆生在叶和叶鞘上，颗粒条黑
粉菌的孢子堆生在小穗上。针茅条黑粉菌与芨芨草条黑粉菌的区别是前者孢子球中黑粉
孢子数目少，有 1~5(~6)个黑粉孢子，孢子球较小，16~39×15~33 μm；芨芨草条黑粉菌
的孢子球比较大，15~55(~60)×14~40 μm。这两个种易于区分。而 *Urocystis fraserii* 和
Urocystis corsica 孢子球分别由 8~20 个和 6~15(~20)个黑粉孢子组成，与中国已知种区别
较大。

Urocystis achnatheri L. Guo 孢子球中黑粉孢子的百分比为：1=9%，2=17%，3=28%，
4=19%，5=10%，6=8%，7=4%，8=3%，9=1%，10=1%，孢子球中 3 个黑粉孢子的数目占多数。

本书作者曾经于2004年8月参加由中国科学院微生物研究所真菌地衣重点实验室组
织的科考队，赴青海等地采集黑粉菌标本，发现民和西沟林场海拔约 2550 m 处，寄生在
羽茅植物上的芨芨草条黑粉菌非常普遍，成片的芨芨草条黑粉菌使植物不抽穗，感染非
常严重。

29. 冰草条黑粉菌　　图 48~49

Urocystis agropyri (Preuss) A. A. Fisch. Waldh., Bull. Soc. Imp. Naturalistes Moscou 40: 258, 1867; Guo & Xi, Acta Mycol. Sin. 8: 275, 1989; Guo, *in* Mao & Zhuang (eds.), Fungi of the Qinling Mountains. p. 15, 1997; Anon., Fungi of Xiaowutai Mountains in Hebei Province. p. 133, 1997; Guo, *in* Zhuang (ed.), Fungi of Northwestern China. p. 297, 2005.

Uredo agropyri Preuss, *in* Sturm, Deutschlands Flora, etc. Abt. III, Heft 25 & 26, p. 1, 1848.

Urocystis agropyri (Preuss) J. Schröt., Abh. Schels. Ges. Vaterl. Cult., Abth. Naturwiss. 1869/1972: 7, 1869; Ling, Farlowia 4: 312, 1953; Wang, Ustilaginales of China. p. 106, 1963; Teng, Fungi of China. p. 311, 1963; Tai, Sylloge Fungorum Sinicorum. p. 775, 1979.

Tuburcinia agropyri (Preuss) Liro, Ann. Univ. Fenn. Abo. A. 1(1): 15, 1922.

孢子堆生在叶、叶鞘和茎上，也可以蔓延至花序轴，形成条纹，初期由表皮覆盖，后期表皮破裂。孢子团黑褐色，粉状。孢子球球形、近球形、卵圆形或椭圆形，17.5~38.5(~41)×12.5~35.5 μm，由(0~)1~3(~5)个黑粉孢子组成，完全由不育细胞包围或接近完全由不育细胞包围。黑粉孢子球形、近球形、卵圆形或椭圆形，(10~)12.5~19(~20)×10~16.5 μm，红褐色。不育细胞近球形、卵圆形或椭圆形，5~12.5×4~11 μm，壁厚均匀，为 0.5~1.5 μm，浅黄色或浅褐色。

寄生在禾本科 Poaceae 植物上：

冰草 *Agropyron cristatum* (L.) Gaertn.，青海：乌兰(31430)。

冰草属 *Agropyron* spp.，浙江：杭州(11014)；青海：湟源(73687)。

短芒披碱草 *Elymus breviaristatus* (Keng) Keng f.，青海：祁连(79222)。

披碱草 *Elymus dahuricus* Turcz.，内蒙古：加格达奇(80879)、巴林右旗(82463)；宁夏：银川(77933)；青海：祁连(78696)、共和(143665)。

垂穗披碱草 *Elymus nutans* Griseb.，内蒙古：巴林右旗(82461)。

老芒麦 *Elymus sibiricus* L.，内蒙古：加格达奇(80866，80869)、巴林右旗(82741)。

披碱草属 *Elymus* spp.，内蒙古：兴安(73691)；甘肃：武都(71751)。

窄颖赖草 *Leymus angustus* (Trin.) Pilg.，甘肃：迭部(80471)。

羊草 *Leymus chinensis* (Trin.) Tzvel.，河北：小五台山(61998)、沽源(172387，172388)；内蒙古：巴林右旗(82465，82468，82469)、锡林浩特(88103，88237，89157，130377)；甘肃：临洮(159637)；青海：乐都(140525)。

多枝赖草 *Leymus multicaulis* (Kar. & Kir.) Tzvel.，新疆：裕民(60135)；青海：门源(143659)、祁连(143664)。

大赖草 *Leymus racemosus* (Lam.) Tzvel.，青海：祁连(143571)。

赖草 *Leymus secalinus* (Georgi) Tzvel.，河北：小五台山(67923)；宁夏：固原(78710)、六盘山(77928)、贺兰山(77934，77937)；甘肃：张掖(88105，88240)、武威(88104，88239，88245)、天祝(88217，88220)、榆中(88233，88234，137475)、嘉峪关(88231)、山丹(88230)、东乡(137474)、兰州(137494)、夏河(155703)、合作(157335)、临洮(159560)；青海：德令哈(33426)、互助(140522，140523)、祁连(140536)；新疆：裕民(77919)。

赖草属 *Leymus* spp.，内蒙古：巴林右旗(82462，82464)；甘肃：临洮(159561)、嘉

峪关(169912)。

新麦草 *Psathyrostachys juncea* (Fisch.) Nevski，甘肃：玛曲(136428)。

涞源鹅观草 *Roegneria aliena* Keng，宁夏：六盘山(77921)。

狭颖鹅观草 *Roegneria angustiglumis* (Nevski) Nevski，新疆：喀纳斯(54492)。

长芒鹅观草 *Roegneria dolichathera* Keng，云南：丽江(58885, 58888)。

多叶鹅观草 *Roegneria foliosa* Keng，内蒙古：阿尔山(80699)。

河北鹅观草 *Roegneria hondai* Kitag.，河北：小五台山(79224)。

竖立鹅观草 *Roegneria japonensis* (Honda) Keng，甘肃：张掖(88238)。

光花鹅观草 *Roegneria leiantha* Keng，青海：香日德(25691)。

短芒鹅观草 *Roegneria mutabilis* (Drob.) Hyl.，新疆：和静(172151)。

缘毛鹅观草 *Roegneria pendulina* Nevski，甘肃：临洮(159551)。

密丛鹅观草 *Roegneria praecaespitosa* (Nevski) Nevski，新疆：喀纳斯(54493)。

中华鹅观草 *Roegneria sinica* Keng ex Y. L. Chen & S. L. Chen var. *sinica*，青海：乐都(140515)、互助(140548)、门源(140549)。

中间鹅观草 *Roegneria sinica* Keng ex Y. L. Chen & S. L. Chen var. *media* Keng，甘肃：嘉峪关(171941)；青海：祁连(171942)。

直穗鹅观草 *Roegneria turczaninovii* (Drob.) Nevski, 河北：小五台山(67922)；内蒙古：锡林浩特(171884)。

多变鹅观草 *Roegneria varia* Keng，内蒙古：兴安(79220)。

鹅观草属 *Roegneria* spp.，河北：小五台山(79225)；内蒙古：兴安(73692)、阿尔山(82742，82743，82744)；甘肃：合作(137476)、张掖(172142)；青海：互助(140521)；新疆：新源(172146)、布尔津(172149)。

世界分布：中国、日本、哈萨克斯坦、吉尔吉斯斯坦、乌兹别克斯坦、土库曼斯坦、土耳其、冰岛、丹麦、挪威、芬兰、爱沙尼亚、拉脱维亚、立陶宛、俄罗斯、乌克兰、波兰、捷克、斯洛伐克、匈牙利、德国、奥地利、瑞士、荷兰、英国、爱尔兰、法国、西班牙、葡萄牙、保加利亚、澳大利亚、加拿大、美国。

讨论：Vánky(1994)记载 *Urocystis agropyri* (Preuss) A.A. Fisch. Waldh.的孢子球和黑粉孢子稍小，其长度分别为16~32 μm 和12~17.5×9.5~15 μm。他记录了寄生在偃麦草 *Elytrigia repens* (L.) Nevski [异名：*Elymus repens* (L.) Gould]植物上孢子球中黑粉孢子的百分比：0=0.5%, 1=55%, 2=35.5%, 3=7.5%, 4=1%, 5=0.5%。寄生在 *Leymus secalinus* (Georgi) Tzvel. 植物上的中国标本，有的孢子球和黑粉孢子稍大，分别达到41 μm 和20 μm。孢子球中黑粉孢子的比例基本与 Vánky(1994)报道的相同。例如，甘肃张掖的 HMAS 88105 标本，孢子球中黑粉孢子的百分比是：1=66%, 2=26%, 3=7%, 4=1%，甘肃榆中的 HMAS 137475 标本，孢子球中黑粉孢子的百分比是：1=55%, 2=36%, 3=7%, 4=2%。

冰草条黑粉菌在我国北方分布相当广泛，寄主范围也比较广，是常见种。

30. 冰草大孢条黑粉菌　　图 50

Urocystis agropyri-campestris (Massenot) H. Zogg, Cryptogamica Helvetica 16: 112, 1985 (1986); Guo, Mycotaxon 77: 92, 2001; Guo, *in* Zhuang (ed.), Fungi of Northwestern

China. p. 297, 2005.

Tuburcinia agropyri-campestris Massenot, *in* Guyot *et al.*, Rev. Pathol. Vég. Entomol. Agric. France 34: 193, 1955.

孢子堆生在叶上，形成长条纹，初期由表皮覆盖，后期表皮破裂。孢子团黑褐色，粉状。孢子球近球形、卵圆形、椭圆形或稍不规则形，(16~)25~45×(15~)20~35 μm，由 1~4(~5)个黑粉孢子组成，完全由不育细胞包围。黑粉孢子近球形、卵圆形、椭圆形或稍不规则形，(12~)15~22.5×10~16.5 μm，红褐色；壁厚约 1 μm。不育细胞卵圆形或椭圆形，5.5~13.5×5~7.5 μm，浅黄褐色，扫描电镜下可见小疣。

寄生在禾本科 Poaceae 植物上：

羊草 *Leymus chinensis* (Trin.) Tzvel，新疆：奎屯(79212)。

赖草 *Leymus secalinus* (Georgi) Tzvel.，甘肃：张掖(87826)。

赖草属 *Leymus* sp.，内蒙古：锡林浩特(162679)。

世界分布：中国、西班牙。

讨论：*Urocystis agropyri-campestris* (Massenot) H. Zogg 与 *Urocystis agropyri* (Preuss) A.A. Fisch. Waldh.是近似种，其区别是前者黑粉孢子稍大，13~21(~24)×12~16 μm，孢子球中黑粉孢子的百分比是：1=36%，2=46%，3=13%，4=4.5%，5=0.5%(Vánky 1994)，孢子球中 2 个黑粉孢子占多数。内蒙古锡林浩特的标本 HMAS 162679，孢子球中黑粉孢子的百分比为：1=39%，2=45%，3=14%，4=2%，基本与 Vánky(1994)报道的比例接近；*Urocystis agropyri* (Preuss) A. A. Fisch. Waldh.的黑粉孢子稍小，12.5~19(~20)×10~16.5 μm，孢子球中 1 个黑粉孢子占多数。

31. 剪股颖条黑粉菌　　图 51

Urocystis agrostidis (Lavrov) Zundel, The Ustilaginales of the World. p. 307, 1953; Guo & Xi, Acta Mycol. Sin. 8: 275, 1989; Guo, *in* Mao & Zhuang (eds.), Fungi of the Qinling Mountains. p. 15, 1997; Guo, *in* Zhuang (ed.), Fungi of Northwestern China. p. 297, 2005.

Tuburcinia agrostidis Lavrov, Sist. Zametki Mater. Gerb. Krylova Tomsk. Gosud. Univ. Kujbyševa 11: 2, 1937.

孢子堆生在叶和叶鞘上，形成长条纹，初期由表皮覆盖，后期表皮破裂。孢子团黑褐色，粉状。孢子球球形、近球形、卵圆形、椭圆形或稍不规则形，18.5~43×(12.5~)17~33 μm，由 1~4(~5)个黑粉孢子组成，完全由不育细胞包围。黑粉孢子球形、近球形、卵圆形或稍不规则形，12.5~20×11.5~15.5 μm，橄榄褐色。不育细胞近球形或卵圆形，7.5~13×5~10.5 μm，黄色。

寄生在禾本科 Poaceae 植物上：

巨序剪股颖 *Agrostis gigantea* Roth，青海：门源(171943)；四川：松潘(69217)。

细弱剪股颖 *Agrostis tenuis* Sibth.，新疆：巩留(55275)。

剪股颖属 *Agrostis* spp.，甘肃：天祝(171885)、民乐(172135)、山丹(172136)；新疆：新源(87792, 87959)。

世界分布：中国、哈萨克斯坦、乌兹别克斯坦、土耳其、立陶宛、俄罗斯、匈牙利、罗马尼亚、美国。

讨论：在 *Agrostis* 植物上，欧洲还有一种条黑粉菌，*Urocystis tessellata* (Liro) Zundel，它的孢子球由 1~10(~16) 个黑粉孢子组成，模式产地是芬兰，在中国还没有发现这个种。它与 *Urocystis agrostidis* (Lavrov) Zundel 的区别较大。

32. 看麦娘条黑粉菌　　图 52~53

Urocystis alopecuri A.B. Frank, Die Krankheiten der Pflanzen. Pilze, p. 440, 1880; Guo & Zhang, Mycotaxon 90: 388, 2004; Guo, *in* Zhuang (ed.), Fungi of Northwestern China. p. 297, 2005.

Tuburcinia alopecuri (A.B. Frank) Liro, Ann. Univ. Fenn. Aboen., Ser. A. 1(1): 24, 1922.

Tuburcinia occulta (Wallr.) Rabenh. var. *alopecuri* (A.B. Frank) Cif., Quaderno Ist. Bot. Univ. Pavia 27: 317, 1963.

孢子堆生在叶和叶鞘上，初期由表皮覆盖，后期表皮破裂。孢子团黑褐色，粉状。孢子球近球形或卵圆形，18.5~35(~40)×15~30.5 μm，由 1~3 个黑粉孢子组成，几乎完全由不育细胞包围。黑粉孢子近球形、椭圆形、卵圆形或近多角形，14~20×12~17 μm，褐色，壁厚 0.8~1 μm。不育细胞近球形、卵圆形或椭圆形，6.5~13×5~10 μm，黄色，壁厚为 0.5~1 μm，光滑，扫描电镜下可见细瘤。

寄生在禾本科 Poaceae 植物上：

看麦娘属 *Alopecurus* sp.，新疆：和静(89267)。

世界分布：中国、立陶宛、俄罗斯、匈牙利、德国、罗马尼亚。

讨论：在新疆和静发现的看麦娘条黑粉菌孢子球中黑粉孢子的比例为：1=69%，2=28%, 3=3%，1 个黑粉孢子占多数。

33. 大火草条黑粉菌　　图 54

Urocystis antipolitana Magnus, Verhandl. Bot. Sec. 52 Versamml. Deutsch. Nat. Baden 52: 214, 1879; Guo, J. Anhui Agr. Univ. 26: 390, 1999; Guo, *in* Zhuang (ed.), Fungi of Northwestern China. p. 297, 2005.

Tuburcinia antipolitana (Magnus) Liro, Ann. Univ. Fenn. Abo. A. 1(1): 63, 1922.

孢子堆生在叶和叶柄上，形成泡状肿胀，初期由表皮覆盖，后期表皮破裂。孢子团黑褐色，粉状。孢子球近球形或椭圆形，21~40×20~33 μm，由 1~6(~7) 个黑粉孢子组成，几乎完全由不育细胞包围。黑粉孢子球形、近球形或椭圆形，12.5~16.5×11.5~ 13.5 μm，褐色。不育细胞卵圆形或椭圆形，6.5~11.5×5~7.5 μm，黄褐色。

寄生在毛茛科 Ranunculaceae 植物上：

大火草 *Anemone tomentosa* (Maxim.) Pei，甘肃：腊子口(76286)、舟曲(78706)。

世界分布：中国、瑞士、法国、意大利、马耳他、希腊。

讨论：在银莲花属 *Anemone* 植物上，*Urocystis antipolitana* Magnus 和 *Urocystis anemones* (Pers.: Pers.) Winter 孢子球中黑粉孢子的数目少，区别是前者孢子球由 1~6(~7) 个黑粉孢子组成，几乎完全由不育细胞包围；后者孢子球由 1(~3) 个黑粉孢子组成(Winter 1880，Vánky 1994)，少数不育细胞包围。

34. 阿尔山条黑粉菌　　图 55~56

Urocystis arxanensis L. Guo, Nova Hedw. 81: 200, 2005.

孢子堆生在叶和叶鞘上，初期由表皮覆盖，后期破裂。孢子团黑褐色，粉状。孢子球近球形、卵圆形、椭圆形或伸长形，21.5~40×15~30 μm，由 1~4(~6)个黑粉孢子组成，通常完全由不育细胞包围。黑粉孢子近球形、卵圆形、椭圆形或不规则形，12~19×10~14 μm；壁厚约 1 μm，红褐色或黄褐色。不育细胞近球形或椭圆形，6~13×5~9 μm，黄褐色，光滑，扫描电镜下可见小疣。

寄生在禾本科 Poaceae 植物上：

披碱草属 *Elymus* sp.，内蒙古：阿尔山 (88026，主模式)。

世界分布：中国。

讨论：在 *Elymus* 植物上，条黑粉菌属全世界有 3 个种：冰草条黑粉菌、冰草大孢条黑粉菌和阿尔山条黑粉菌。这 3 种条黑粉菌的主要区别是阿尔山条黑粉菌孢子球有1~4(~6)个黑粉孢子(1=36%, 2=35%, 3=16%, 4=9%, 5=2%, 6=2%)，1 个和 2 个的黑粉孢子占多数。冰草条黑粉菌孢子球有 1~3(~5) 个黑粉孢子(0=0.5%, 1=55%, 2=35.5%, 3=7.5%, 4=1%, 5=0.5%, Vánky 1994)，1 个黑粉孢子占多数，黑粉孢子稍小。冰草大孢条黑粉菌孢子球有 1~3(~5)个黑粉孢子(1=36%, 2=46%, 3=13%, 4=4.5%, 5=0.5%, Vánky 1994)，2 个黑粉孢子占多数，黑粉孢子稍大。

35. 北京条黑粉菌　　图 57~58

Urocystis beijingensis L. Guo, Mycotaxon 77: 91, 2001.

孢子堆生在叶上，形成或长或短条纹，初期由表皮覆盖，后期破裂。孢子团黑褐色，粉状。孢子球近球形、卵圆形、椭圆形或稍不规则形，23~47.5(~55)×16.5~33 μm，由 1~5(~6)个黑粉孢子组成，完全由不育细胞包围。黑粉孢子近球形、卵圆形或椭圆形，13.5~20×10.5~15 μm；壁厚约 1.5μm，红褐色。不育细胞近球形或椭圆形，7~12.5×5~7.5 μm，浅黄褐色，光滑，扫描电镜下可见小疣。

寄生在禾本科 Poaceae 植物上：

光稃香草 *Hierochloe glabra* Trin.，北京：松山(80547，主模式)；新疆：布尔津(88027，132669，172140)。

世界分布：中国。

讨论：此种与茅香条黑粉菌 *Urocystis hierochloae* (Murashk.) Vánky 都寄生在茅香属 *Hierochloe* 植物上，是近似种，其区别是后者孢子球小，16.5~34(~40)×15~30 μm，孢子球中黑粉孢子数目少，由 1~4(~5)个黑粉孢子组成(Vánky 1994)，而北京条黑粉菌的孢子球大，孢子球中黑粉孢子数目多，由 1~5(~6)个黑粉孢子组成。

36. 黑麦草条黑粉菌　　图 59~60

Urocystis bolivari Bubák & Gonz. Frag., *in* Bubák, Bol. Soc. Esp. Hist. Nat. 22: 205, 1922 ; Guo & Xi, Acta Mycol. Sin. 8: 275, 1989; Guo, *in* Zhuang (ed.), Fungi of Northwestern China. p. 297, 2005.

Tuburcinia bolivari (Bubák & Gonz. Frag.) Gonz. Frag., *in* Ciferri, Nuovo Giorn. Bot. Ital., N.

S. 40: 267, 1933.

孢子堆生在叶、叶鞘、茎和花序上，形成长条纹，初期由表皮覆盖，后期表皮破裂。孢子团黑褐色，粉状。孢子球球形、近球形、卵圆形、椭圆形或稍不规则形，20~47×16~34.5 μm，由 1~4(~6)个黑粉孢子组成，完全由不育细胞包围。黑粉孢子球形、近球形、椭圆形、卵圆形或稍不规则形，15~22.5×10~17 μm，黄褐色或红褐色。不育细胞近球形或椭圆形，7.5~15×5.5~9 μm，黄褐色。

寄生在禾本科 Poaceae 植物上：

黑麦草 *Lolium perenne* L.，内蒙古：伊尔施(62807)；新疆：奎屯(54494)。

世界分布：中国、俄罗斯、波兰、西班牙。

37. 芸苔条黑粉菌　　图 61

Urocystis brassicae Mundk., Phytopathology 28: 141, 1938; Wang, Ustilaginales of China. p. 111, 1963; Tai, Sylloge Fungorum Sinicorum. p. 776, 1979; Guo, *in* Zhuang (ed.), Higher Fungi of Tropical China. P. 391, 2001.

Tuburcinia brassicae (Mundk.) Gutner, Golovnevye Griby. p. 311, 1941.

Tuburcinia coralloides (Rostr.) Liro var. *cantonensis* Cif., Atti. Ist. Bot. Univ. Pavia, Ser. 5, 14: 93, 1957.

孢子堆生在根内，形成菌瘿状肿胀，直径 0.5~2.2 cm。孢子团黑色，半黏结。孢子球椭圆形、卵圆形或近球形，27~56.5×20~42.5 μm，由 1~6(~8)个黑粉孢子组成，几乎完全由不育细胞包围。黑粉孢子近球形、卵圆形或椭圆形，14~21.5×12~18 μm，红褐色或黑褐色。不育细胞近球形或椭圆形，9.5~13×5.5~7 μm，黄褐色。

寄生在十字花科 Cruciferae 植物上：

芥菜 *Brassica juncea* Czern.，广东(30606)、广州(62696)；云南(25102)。

芜青 *Brassica rapa* L.，广东：新会(21418)。

世界分布：中国、印度。

讨论：植株被芸苔条黑粉菌浸染后，开花早，叶黄，荚果中空，形成少数种子或不形成种子。

38. 雀麦条黑粉菌　　图 62~63

Urocystis bromi (Lavrov) Zundel, The Ustilaginales of the World. p. 312, 1953; Guo & Xi, Acta Mycol. Sin. 8: 275, 1989; Guo, *in* Zhuang (ed.), Fungi of Northwestern China. p. 297, 2005.

Tuburcinia bromi Lavrov, Sist. Zametki Mater. Gerb. Krylova Tomsk. Gosud. Univ. Kujbyševa 11: 2, 1937.

孢子堆生在叶和叶鞘上，形成长条纹，初期由表皮覆盖，后期表皮破裂。孢子团黑褐色，粉状。孢子球近球形、卵圆形、椭圆形、长形或稍不规则形，15~41.5×13.5~ 26.5 μm，由 1~4 个黑粉孢子组成，由不连续至连续的不育细胞包围。黑粉孢子球形、近球形、卵圆形、椭圆形或稍不规则形，12.5~21×9.5~15.5 μm，黄褐色或红褐色；壁厚约 2 μm。不育细胞近球形或椭圆形，7.5~13.5×5~7.5 μm，黄色或浅褐色，光滑，扫描电镜下可见表面有细疣。

寄生在禾本科 Poaceae 植物上：

无芒雀麦 *Bromus inermis* Leyss.，内蒙古：阿尔山(62824，84668)、锡林浩特(132659)、额尔古纳(133237)；新疆：喀纳斯(54495，80470，80472，80701)。

耐酸草 *Bromus pumpellianus* Scribn.，内蒙古：锡林浩特(132632)。

雀麦属 *Bromus* spp.，新疆：吉木萨尔(132643)、喀纳斯(172150)。

世界分布：中国、哈萨克斯坦、乌兹别克斯坦、亚美尼亚、立陶宛、俄罗斯、乌克兰、波兰、匈牙利、罗马尼亚。

讨论：雀麦条黑粉菌与茅香条黑粉菌 *Urocystis hierochloae* (Murashk.) Vánky 的区别特征为：前者孢子球中有 1~4 个黑粉孢子(1 = 59%，2=32%，3=6%，4=3%)，1 个黑粉孢子占多数，孢子球由不连续至连续的不育细胞包围。后者孢子球中有 1~4(~5)个黑粉孢子(1 = 30%，2=45%，3=22%，4=2%，5=1%)，2 个黑粉孢子的数目最多，1 个黑粉孢子的数目次之，孢子球由连续的不育细胞包围。这两个种的寄主分别是雀麦属和茅香属。

39. 拂子茅条黑粉菌　　图 64

Urocystis calamagrostidis (Lavrov) Zundel, The Ustilaginales of the World. p. 312, 1953; Guo & Xi, Acta Mycol. Sin. 8: 275, 1989; Guo, *in* Zhuang (ed.), Fungi of Northwestern China. p. 297, 2005.

Tuburcinia calamagrostidis Lavrov, Sist. Zametki Mater. Gerb. Krylova Tomsk. Gosud. Univ. Kujbyševa 11: 2, 1937.

Tuburcinia calamagrostidis Liro, Ann. Acad. Sci. Fenn., Ser. A, 42(1): 447, 1938 (later homonym).

孢子堆生在叶和叶鞘上，形成长条纹，初期由表皮覆盖，后期表皮破裂。孢子团黑褐色，粉状。孢子球近球形、卵圆形或椭圆形，15~38×12.5~31.5 μm，由 1~4(~5)个黑粉孢子组成，完全由不育细胞包围。黑粉孢子球形、近球形、卵圆形、椭圆形或稍不规则形，11~21×9.5~16 μm，黄褐色或红褐色。不育细胞近球形、椭圆形或卵圆形，7.5~12.5×5.5~9 μm，黄色或浅褐色；壁厚约 1 μm。

寄生在禾本科 Poaceae 植物上：

拂子茅属 *Calamagrostis* sp.，新疆：奎屯(79221)。

小叶章 *Deyeuxia angustifolia* (Kom.) Chang，内蒙古：兴安(73681)，五岔沟(80679，82273)；吉林：长白山(40797)。

大叶章 *Deyeuxia langsdorffii* (Link) Kunth，新疆：塔城(55278)。

野青茅属 *Deyeuxia* sp.，内蒙古：阿尔山(79218)。

世界分布：中国、芬兰、爱沙尼亚、拉脱维亚、立陶宛、俄罗斯、乌克兰、罗马尼亚。

40. 赤峰条黑粉菌　　图 65~67

Urocystis chifengensis L. Guo & T. Z. Liu, Mycotaxon 98: 193, 2006.

(MycoBank 51029)。

孢子堆生在茎上，长度可以达到 10 cm，初期由银灰色的膜覆盖，后期露出。孢子团黑色，粉状。孢子球近球形、卵圆形、椭圆形或不规则形，37~66.5×32.5~53 μm，由1~3个黑粉孢子组成，由少数不育细胞包围，或者不育细胞缺乏。黑粉孢子近球形、卵圆形、椭圆形或稍不规则形，32~49×29.5~46.5 μm，黑褐色，不透明；壁厚(1~)2~3.5 μm，在光镜下表面光滑，扫描电镜下可见小而密的疣。不育细胞近球形、椭圆形或伸长形，11~30×7.5~22 μm，无色或褐色；壁厚为 0.5~1 μm，光滑。

寄生在十字花科 Brassicaceae 植物上：

独行菜 Lepidium apetalum Willd., 内蒙古：赤峰(143932，主模式)。

世界分布：中国。

讨论：在十字花科植物上，条黑粉菌属在全球有 5 个种(Vánky 1991, Guo 2003, Guo & Liu 2006)：①赤峰条黑粉菌 Urocystis chifengensis L. Guo & T. Z. Liu(2006)；②Urocystis coralloides Rostr. (1881)；③芸苔条黑粉菌 Urocystis brassicae Mundk. (1938)；④Urocystis sophiae Griffiths (1907)；⑤云南条黑粉菌 Urocystis yunnanensis L. Guo (2003)。赤峰条黑粉菌与其余 4 个种的差别大，其孢子堆寄生在茎部，不寄生在根部，不形成肿胀。孢子球中黑粉孢子数目少，由 1~3 个黑粉孢子组成。而其余 4 种条黑粉菌全部寄生在根部，引起肿胀。孢子球中黑粉孢子数目多。

41. 星叶草条黑粉菌　　图 68~69

Urocystis circaeasteri Vánky, Mycotaxon 89: 56, 2004.

孢子堆生在花柄和花序上，通常侵染全部花序，引起肿胀，倒卵形或椭圆形，长 2~3 mm，宽 1~2 mm, 在顶端有花器残片，初期由铅色寄主组织薄膜包围，后期膜不规则破裂。偶尔，孢子堆也生在叶上，形成不规则长形或分叉小泡。孢子团黑褐色，粉状。孢子球球形、近球形、椭圆形或稍不规则形，17~32(~37)×15~27(~30) μm，由(0~)1~2(~3)个黑粉孢子组成，通常由不连续的不育细胞包围，偶尔少数不育细胞包围。黑粉孢子球形、近球形、卵圆形或椭圆形，稀少边缘变扁，14.5~20(~21.5)×12~16.5 μm，黄褐色或浅红褐色；壁厚均匀，0.5~1 μm，光滑，扫描电镜下可见小点状细密瘤。不育细胞近球形、卵圆形、椭圆形或长形，经常在接触边缘变扁，大小变化大，5~12(~16)×4~8 μm，浅黄褐色，壁厚均匀或不均匀，0.5~1.5(~2.5) μm，光滑。

寄生在毛茛科 Ranunculaceae 植物上：

星叶草 Circaeaster agrestis Maxim., 四川：炉霍(98960，主模式)。

世界分布：中国。

讨论：此种孢子球中黑粉孢子的比例为：0=2%, 1 = 90%, 2=7%, 3=1%, 1 个黑粉孢子的数目最多。

根据 Vánky(2004)记载，在毛茛科植物上，条黑粉菌属在全球共有 34 个种。它们寄生在下列 21 属植物上(拉丁学名后面括号内的数字表示条黑粉菌属种的数目)：乌头属 Aconitum(1)、类叶升麻属 Actaea 和升麻属 Cimicifuga(1)、侧金盏花属 Adonis(1)、银莲花属 Anemone(5)、耧斗菜属 Aquilegia(1)、Barneoudia(1)、美花草属 Callianthemum(1)、角果毛茛属 Ceratocephalus(1)、星叶草属 Circaeaster(1)、铁线莲属 Clematis(1)、翠雀属 Delphinium(1)、菟葵属 Eranthis(1)、铁筷子属 Helleborus(1)、獐耳细辛属 Hepatica(1)、扁果草属 Isopyrum(1)、白头翁属 Pulsatilla(2)、毛茛属 Ranunculus(10)、唐松草属

Thalictrum(1)、*Trautvetteria*(1)以及金莲花属 *Trollius*(1)。在乌头属、银莲花属、星叶草属、翠雀属、白头翁属、毛茛属和唐松草属植物上，条黑粉菌属中国有 11 个种。

42. 七筋菇条黑粉菌　　图 70~72

Urocystis clintoniae (Kom.) Vánky, Mycotaxon 38: 271, 1990; Guo, Mycosystema 5: 157, 1992; Guo, *in* Mao & Zhuang (eds.), Fungi of the Qinling Mountains. p. 15, 1997; Guo, *in* Zhuang (ed.), Fungi of Northwestern China. p. 297, 2005.

Tuburcinia clintoniae Kom., *in* Jaczewski, Komarov, Tranzschel, Fungi Rossiae Exsiccati. No. 260, 1899.

孢子堆生在叶上，近圆形或椭圆形，直径 2~14 mm，由表皮覆盖，不外露。孢子团黑色，黏结或粉状。孢子球球形、近球形、卵圆形、椭圆形或稍不规则形，25~56×22.5~52 μm，由 6~22(或更多)个黑粉孢子组成，由一层不明显不育细胞包围。黑粉孢子球形、近球形、椭圆形或楔形，12.5~18×10~12.5 μm，暗红褐色，常常不透明；壁厚 2~2.5 μm。

寄生在百合科 Liliaceae 植物上：

七筋菇 *Clintonia udensis* Trautv. & Mey，吉林：长白山(40798，62198)。

扭柄花 *Streptopus obtusatus* Fassett，陕西：太白山(62753)。

世界分布：中国、日本、俄罗斯、加拿大、美国。

讨论：Vánky(1990)对此种进行新组合时，未列出基原异名的年代，属于文献引证错误(参见国际植物命名法规 33.2 条)。

43. 翠雀条黑粉菌　　图 73~75

Urocystis delphinii Golovin, Bot. Mater. (Not. Syst. Sect. Crypt. Inst. Bot. Acad. Sci. U.S.S.R.) 8: 110, 1952; Guo, Mycosystema 4: 95, 1991; Guo, *in* Zhuang (ed.), Fungi of Northwestern China. p. 297, 2005.

孢子堆生在叶和叶柄上，偶尔也生在茎上，形成泡状肿胀，初期由表皮覆盖，后期破裂。孢子团黑褐色，粉状。孢子球近球形、卵圆形、椭圆形或长形，16~42(~60)×14~32(~45) μm，由 1~5(~7 或更多)个黑粉孢子组成，由连续不育细胞或不连续不育细胞包围。黑粉孢子近球形、卵圆形、椭圆形、长形或不规则形，12~18(~20.5)×9.5~15 μm，红褐色或暗褐色。不育细胞近球形，椭圆形或长形，8~13×5~8.5 μm，黄褐色。

寄生在毛茛科 Ranunculaceae 植物上：

翠雀 *Delphinium grandiflorum* L.，辽宁：阜新(62008)。

船苞翠雀花 *Delphinium naviculare* W. T. Wang，新疆：昭苏(31435)。

澜沧翠雀花 *Delphinium thibeticum* Finet et Gagnep.，四川：乡城(175193)。

世界分布：中国、哈萨克斯坦、吉尔吉斯斯坦、塔吉克斯坦、乌兹别克斯坦、土库曼斯坦、罗马尼亚、美国。

讨论：此种孢子球中黑粉孢子的数目有不同记载。Golovin(1952)描述模式孢子球有 1~3(~5)个黑粉孢子。Vánky(1994)记载罗马尼亚的标本的孢子球有 1~10(~11)个黑粉孢子。在中国，孢子球中有 1~5(~7 或更多)个黑粉孢子。此种孢子球中黑粉孢子数目需要进一步澄清。

44. 薯蓣条黑粉菌　　图 76~77

Urocystis dioscoreae Syd. & P. Syd., Ann. Mycol. 7: 173, 1909; Ling, Farlowia 4: 312, 1953; Wang, Ustilaginales of China. p. 108, 1963; Tai, Sylloge Fungorum Sinicorum. p. 776, 1979.

Tuburcinia dioscoreae (Syd.) Liro, Ann. Univ. Fenn. Abo. A. 1(1): 38, 1922.

孢子堆生在叶和叶柄上，沿着叶脉形成泡状突起，初期由表皮覆盖，后期破裂。孢子团黑色，粉状。孢子球近球形、长形或不规则形，20~38×16.5~25 μm，由 1(~3)个黑粉孢子组成，完全由不育细胞包围。黑粉孢子近球形、卵圆形、椭圆形或稍不规则形，10.5~19.5×10~12.5 μm，红褐色。不育细胞近球形或椭圆形，6.5~14×5.5~7.5 μm，黄褐色。

寄生在薯蓣科 Dioscoreaceae 植物上：

穿龙薯蓣 *Dioscorea nipponica* Makino，河南：卢氏(18093，31436)。

世界分布：中国、日本、俄罗斯。

45. 敦煌条黑粉菌　　图 78~79

Urocystis dunhuangensis S. H. He & L. Guo, Mycotaxon 101: 1, 2007.

(MycoBank 510754)

孢子堆生在叶和叶鞘上，形成长条纹，初期由表皮覆盖，后期表皮破裂。孢子团黑褐色，粉状。孢子球近球形、椭圆形、卵圆形或稍不规则形，22~51.5×17~39 μm，由(0~)1~6(~8)个黑粉孢子组成，完全由不育细胞包围。黑粉孢子椭圆形、卵圆形、近球形或稍不规则形，11~20(~22)×10~15 μm，红褐色或黄褐色。不育细胞近球形、椭圆形或卵圆形，8.5~14×6~11 μm，黄褐色；壁厚 1~1.5 μm，光滑，扫描电镜下可见密的细疣。

寄生在禾本科 Poaceae 植物上：

拂子茅 *Calamagrostis epigejos* (L.) Roth，甘肃：敦煌(168528，主模式)。

世界分布：中国。

讨论：在拂子茅属 *Calamagrostis* 植物上，条黑粉菌属全球有 2 个种，*Urocystis dunhuangensis* S. H. He & L. Guo 和 *Urocystis calamagrostidis* (Lavrov) Zundel，其区别是：前者孢子球中黑粉孢子数目多，由(0~)1~6(~8)个黑粉孢子组成，比例为：0=1%，1=14%，2=31%，3=29%，4=11%，5=6%，6=4%，7=2%，8=2%；后者的孢子球中黑粉孢子数目少，由 1~5 个黑粉孢子组成。

46. 蚊子草条黑粉菌　　图 80

Urocystis filipendulae (Tul.) J. Schröt., Abh. Schels. Ges. Vaterl. Cult. Abth. Naturwiss 1869/1872: 7, 1869; Yang *et al.*, Mycosystema 26: 463, 2007.

Polycystis filipendulae Tul., Ann. Sci. Nat. Bot., Sér. 4, 2: 163, 1854.

Urocystis filipendulae (Tul.) Fuckel, Jahrb. Nassauischen Vereins Naturk. 25-26: 293, 1871.

Tuburcinia filipendulae (Tul.) Liro, Ann. Univ. Fenn. Abo. A.1(1): 87, 1922.

Tuburcinia pacifica Lavrov, Sist. Zametki Mater. Gerb. Krylova Tomsk. Gosud. Univ.

Kujbyseva 11: 3, 1937.

Urocystis pacifica (Lavrov) Zundel, The Ustilaginales of the World. p. 330, 1953.

孢子堆生在叶柄和叶脉上，受害部位肿胀，叶片畸形，初期包藏在表皮下，后期破裂。孢子团黑褐色，粉状。孢子球近球形、卵圆形、椭圆形或不规则形，(15~42)×(12~34.5) μm，由 1~8 个黑粉孢子组成，周围有少数不育细胞包围或无不育细胞。黑粉孢子近球形、卵圆形、伸长形、椭圆形或稍不规则形，12~20×8~15 μm，褐色或黄褐色，壁厚 1~2μm。不育细胞近球形、椭圆形或卵圆形，6~14×5.5~8 μm，浅褐色。

寄生在蔷薇科 Rosaceae 植物上：

光叶蚊子草 *Filipendula palmata* (Pall.) Maxim. var. *glabra* Ldb. ex Kom.，吉林：吉林 (136436)。

世界分布：中国、芬兰、爱沙尼亚、立陶宛、俄罗斯、波兰、斯洛伐克、匈牙利、英国、法国、罗马尼亚。

讨论：此种是首次在蔷薇科植物上发现的黑粉菌中国新记录种(杨志鹏等 2007)。

47. 薹草条黑粉菌　　图 81~82

Urocystis fischeri Körn. ex G. Winter *in* Rabenhorst, Kryptogamen-Flora von Deutschland, Oesterreich und der Schweiz. 2. Aufl., 1. Pilze, I. Abt., p.120, 1881; Guo, *in* Zhuang (ed.), Fungi of Northwestern China. p. 298, 2005.

Urocystis fischeri Körn., Hedwigia 16: 34, 1877; Wang, Ustilaginales of China. p. 107, 1963; Tai, Sylloge Fungorum Sinicorum. p. 776, 1979 (nomen nudum).

Tuburcinia fischeri (Körn. ex G. Winter) Liro, Ann. Univ. Fenn. Abo. A. 1(1): 29, 1922.

孢子堆生在叶上，形成或长或短的条纹，由表皮覆盖。孢子团黑色，粉状。孢子球近球形、椭圆形或长形，21~40×19~27.5 μm，由 1(~3)个黑粉孢子组成，完全由不育细胞包围。黑粉孢子球形、近球形、卵圆形或椭圆形，12~18×11.5~15 μm，红褐色。不育细胞近球形、椭圆形或稍不规则形，7.5~12.5×4~8 μm，黄褐色。

寄生在莎草科 Cyperaceae 植物上：

薹草属 *Carex* spp.，青海：乌兰(31437)；新疆：和静(87796)。

世界分布：中国、吉尔吉斯斯坦、冰岛、丹麦、挪威、芬兰、爱沙尼亚、立陶宛、俄罗斯、波兰、捷克、匈牙利、德国、奥地利、瑞士、英国、爱尔兰、西班牙、加拿大、美国。

讨论：迄今为止，在莎草科植物上，条黑粉菌属在全球有 3 个种(Vánky & Shivas 2003)：①*Urocystis fischeri* Körn. ex G. Winter，模式产地是德国；②*Urocystis littoralis* (Lagerh.) Zundel，模式产地是挪威；③*Urocystis chorizandra* Cunningt, Shivas & Vánky，模式产地是澳大利亚。中国仅发现 1 个种。

48. 颗粒条黑粉菌　　图 83

Urocystis granulosa G. P. Clinton, J. Mycol. 8: 151, 1902; Guo, *in* Zhuang (ed.), Fungi of Northwestern China. p. 298, 2005.

Tuburcinia granulosa (G. P. Clinton) Liro, Ann. Univ. Fenn. Abo. A. 1(1): 25, 1922.

Urocystis multispora Y. C. Wang, Acta Bot. Sin. 10: 136, 1962; Ustilaginales of China. p. 105,

1963; Tai, Sylloge Fungorum Sinicorum. p. 776, 1979.

孢子堆生在小穗上，卵圆形或长圆形，长 3~5 mm，宽约 1 mm。孢子团黑色，粉状。孢子球近球形、卵圆形或长形，(17.5~58)×(15~43) μm，由 1~10 个黑粉孢子组成，完全由不育细胞包围。黑粉孢子球形、近球形、卵圆形或椭圆形，有时带角，12.5~18×10~15 μm，暗红褐色。不育细胞近球形或椭圆形，4.5~12.5×3~7.5 μm；壁厚 1~1.5 μm，黄褐色。

寄生在禾本科 Poaceae 植物上：

疏花针茅 *Stipa laxiflora* Keng，青海：都兰(26443, 52070)。

世界分布：中国、美国。

讨论：Vánky (1991) 将羽茅粒黑粉菌 *Urocystis multispora* Y. C. Wang 列为颗粒条黑粉菌的异名。

49. 贺兰条黑粉菌   图 84~86

Urocystis helanensis L. Guo, Mycotaxon 81: 432, 2002; Guo, *in* Zhuang (ed.), Fungi of Northwestern China. p. 298, 2005.

Urocystis colchici auct. non Rabenhorst: Wang, Ustilaginales of China. p. 110, 1963; Tai, Sylloge Fungorum Sinicorum. p. 776, 1979.

Urocystis miyabeana auct. non Togashi & Onuma: Guo, Mycosystema 5: 157, 1992.

孢子堆生在根状茎上，引起肿胀，初期由表皮覆盖，后期破裂。孢子团黑色，颗粒状至粉状。孢子球球形、近球形、椭圆形、卵圆形或不规则形，16~38(~49)×13~28.5 μm，由 1~4(~6 或 7)个黑粉孢子组成，完全由不育细胞包围。黑粉孢子近球形、卵圆形、椭圆形或稍不规则形，12.5~20×10~15 μm，红褐色或黑褐色。不育细胞近球形或椭圆形，5~12×5~9 μm，黄褐色；壁厚 1~2 μm，光滑。

寄生在百合科 Liliaceae 植物上：

轮叶黄精 *Polygonatum verticillatum* (L.) All.，宁夏：贺兰山(62200，主模式；31578，等模式)。

世界分布：中国。

讨论：贺兰条黑粉菌与宫部条黑粉菌 *Urocystis miyabeana* Togashi & Onuma 和黄精条黑粉菌 *Urocystis colchici* (Schltdl.) Rabenh.的区别是后二者的孢子球中黑粉孢子数目少，由 1~3(~4)个黑粉孢子组成。

50. 茅香条黑粉菌   图 87

Urocystis hierochloae (Murashk.) Vánky, Symb. Bot. Upsal. 24(2): 165, 1985; Guo & Xi, Acta Mycol. Sin. 8: 275, 1989; Anon., Fungi of Xiaowutai Mountains in Hebei Province p. 133, 1997; Guo, *in* Zhuang (ed.), Fungi of Northwestern China. p. 298, 2005.

Tuburcinia hierochloae Murashk., Mater. Mikol. Fitopatol. 5(2): 4, 1926.

孢子堆生在叶和叶鞘上，形成长条纹，常常会合，初期由表皮覆盖，后期破裂。孢子团黑褐色，粉状。孢子球近球形、卵圆形、椭圆形或稍不规则形，16.5~38.5(~42)×15~34 μm，由 1~4(~5)个黑粉孢子组成，由连续的不育细胞包围。黑粉孢子近球形、卵圆形、椭圆形或不规则形，11~19(~21.5)×8~16.5μm，黄褐色或红褐色。不育细胞近球形或椭圆形，5.5~14.5(~15.5)×4.5~10μm；壁厚 0.5~2.5μm，浅黄褐色。

寄生在禾本科 Poaceae 植物上：

毛鞘茅香 Hierochloe bungeana Trin.，北京：百花山(31427，31428)；新疆：喀纳斯(80469)。

光稃香草 Hierochloe glabra Trin.，北京：马甸(60065)、洼边(87953，88106)；河北：小五台山(62701)；内蒙古：克什克腾旗(87799，130376)、锡林浩特(88218)、满洲里(92011)、呼伦贝尔(133236)、额尔古纳(133239)；甘肃：迭部(69225)、积石山(136651，136657)合作(137266，137820)、榆中(137478)、东乡(137480)、康乐(137823，137824，137825)；青海：循化(92393，92871，132679)、大通(130329)、民和(132687)、互助(132691)；新疆：喀纳斯(161139)。

茅香 Hierochloe odorata (L.) Beauv.，甘肃：武威(89158)、榆中(95454)、张掖(96367，130378)；新疆：阿勒泰(60139)、喀纳斯(132641，132646)。

茅香属 Hierochloe spp.，甘肃：张掖(172134)；青海：循化(91943，92037)。

世界分布：中国、哈萨克斯坦、俄罗斯。

讨论：Vánky(1994)记载茅香条黑粉菌不育细胞壁厚，1.5~2.5 μm。而中国的标本，有的不育细胞壁比较薄，为 0.5~1μm，有的不育细胞壁比较厚，为 1.5~2.5 μm。有时在同一个孢子球中，例如，采自甘肃合作的标本(HMAS 137266)，不育细胞壁有的厚，有的比较薄，不育细胞壁的厚度变异大。Vánky (1994) 记录的孢子球比较小，20~35×15~25 μm。中国标本的孢子球变化幅度大，16.5~38.5(~42)×15~34 μm，与 Vánky(1994)描述的来自俄罗斯的标本略有差异。

茅香条黑粉菌的特点是孢子球由 1~4(~5)个黑粉孢子组成，多数为 1~3 个黑粉孢子，其中 2 个黑粉孢子的数目最多，1 个黑粉孢子的数目次之。该菌寄生在光稃香草植物上，产自北京洼边村、青海循化、大通等地的标本，孢子球中黑粉孢子的比例为：1 = 30%，2=45%，3=22%，4=2%，5=1%。

作者曾经于 2004 年 8 月赴我国西北地区采集黑粉菌标本，发现青海循化孟达天池海拔约 2600 m 处，茅香条黑粉菌非常普遍，几乎全部的光稃香草植物都被茅香条黑粉菌感染。

51. 不规则条黑粉菌　　图 88

Urocystis irregularis (G. Winter) Săvul., Bul. Şti. Acad. Republ. Populare Române 3: 220, 1951; Guo, Mycotaxon 81: 434, 2002.

Urocystis sorosporioides Körn. f. *irregularis* G. Winter, Hedwigia 19: 2, 1880.

Urocystis irregularis (G. Winter) Zundel, The Ustilaginales of the World. p. 321, 1953.

孢子堆生在叶、叶柄、花和茎上，引起肿胀，初期由表皮覆盖，后期破裂。孢子团黑褐色，黏结。孢子球近球形、长形或不规则形，20~55(~59)×15~34 μm，由 1~7 个黑粉孢子组成，由不连续不育细胞包围。黑粉孢子近球形、卵圆形、不规则形或近多角形，15~23×9~15 μm，红褐色或黑褐色。不育细胞椭圆形，7.5~15×5~10 μm，黄褐色。

寄生在毛茛科 Ranunculaceae 植物上：

细叶黄乌头 Aconitum barbatum Pers.，北京：百花山(80700)。

世界分布：中国、日本、哈萨克斯坦、挪威、瑞典、芬兰、俄罗斯、匈牙利、德国、奥地利、瑞士、法国、意大利、罗马尼亚、保加利亚、美国。

讨论：Wang 和 Zeng(2006)在甘肃天祝发现这个种还可以寄生在乌头 *Aconitum carmichaelii* Debeaux 上。

52. 日本条黑粉菌　　图 89~91

Urocystis japonica (Henn.) L. Ling, Mycol. Papers 11: 3, 1945; Farlowia 4: 312, 1953; Wang, Ustilaginales of China. p. 109, 1963; Tai, Sylloge Fungorum Sinicorum. p. 776, 1979; Guo, Mycotaxon 61: 47, 1997; Guo, *in* Mao & Zhuang (eds.), Fungi of the Qinling Mountains. p. 16, 1997; Guo, *in* Zhuang (ed.), Fungi of Northwestern China. p. 298, 2005.

Urocystis anemones (Pers.) Winter var. *japonica* Henn., Hedwigia 43: 150, 1904.

Tubercinia japonica (Henn.) Liro, Ann. Univ. Fenn. Abo. A. 1(1): 65, 1922.

Urocystis japonica (Henn.) Zundel, The Ustilaginales of the World. p. 322, 1953.

孢子堆生在叶、叶柄和茎上，肿胀，形成泡状突起，初期由表皮覆盖，后期表皮破裂。孢子团黑色或黑褐色，黏结至粉状。孢子球近球形、椭圆形、卵圆形、长形或不规则形，17~68×16.5~53 μm，由(1~)2~6(~10)个黑粉孢子组成，主要由连续不育细胞包围。黑粉孢子近球形、卵圆形、椭圆形或稍不规则形，11.5~20×8~15.5 μm，黄褐色，红褐色或栗褐色。不育细胞近球形、卵圆形或椭圆形，7~17.5(~23)×5~10 μm，浅褐色或黄褐色；壁厚 1~3 μm，通常不均匀增厚。

寄生在毛茛科 Ranunculaceae 植物上：

打破碗花花 *Anemone hupehensis* Lem.，陕西：镇坪(69231, 71603)；四川：巫山(26442)。

水棉花 *Anemone hupehensis* Lem. var. *alba* W. T. Wang，四川：天全(31433)。

小花草玉梅 *Anemone rivularis* Buch.-Ham. ex DC. var. *flore-minore* Maxim.，山西：(58887)；陕西：太白山(25693)；青海：乐都(25692)。

大火草 *Anemone tomentosa* (Maxim.) Pei，陕西：太白山(20596, 20597)、佛坪(23677)；四川：康定(31434)。

野棉花 *Anemone vitifolia* Buch.-Ham. ex DC.，四川：城口(156154)；陕西：太白山(23676)。

银莲花属 *Anemone* sp.，陕西：太白山(169911)。

世界分布：中国、日本、俄罗斯。

讨论：Hennings(1904)最初描述银莲花条黑粉菌日本变种 *Urocystis anemones* (Pers.) Winter var. *japonica* Henn.的孢子球有三至多个黑粉孢子。凌立(Ling 1945)将此变种组合为日本条黑粉菌，记载孢子球由 3~12 个黑粉孢子组成。但是，关于日本条黑粉菌孢子球中黑粉孢子的数目，不同的专家有不同的报道。Ito(1936)记载 *Tubercinia japonica* (Henn.) Liro 的孢子球由(1~)3~5(~7)个黑粉孢子组成。Kakishima (1982) 描述孢子球通常由 3~5 个黑粉孢子组成。Azbukina 和 Karatygin(1995)记录孢子球由(1~2)3~5 个黑粉孢子组成。Zundel (1953) 记载孢子球由(1~)3~6 个黑粉孢子组成。Denchev 等(2000 a) 记录孢子球中有(1~)2~6(~10)个黑粉孢子。

53. 溚草条黑粉菌　　图 92~93

Urocystis koeleriae L. Guo, Mycotaxon 92: 269, 2005.

孢子堆生在叶上，形成长条纹，初期由表皮覆盖，后期破裂。孢子团黑褐色，粉状。孢子球椭圆形、卵圆形、近球形或不规则形，19.5~38.5×15~30 μm，由(0~)1~4(~5)个黑粉孢子组成，几乎完全由不育细胞包围。黑粉孢子球形、近球形、椭圆形、卵圆形或长形，11~19(~20.5)×10~15 μm，红褐色。不育细胞近球形，椭圆形或长形，5.5~13×5~10 μm，黄褐色；壁厚 0.5~1.5 μm，光滑。

寄生在禾本科(Poaceae)植物上：

芒溚草 *Koeleria litvinowii* Dom.，青海：门源(99993，主模式)、互助(133212)。

世界分布：中国。

讨论：Fischer(1953)将寄生在 *Koeleria cristata* (L.) Pers.植物上的条黑粉菌定名为冰草条黑粉菌 *Urocystis agropyri* (Preuss) A. A. Fisch. Waldh.。但是，Vánky (1994) 报道冰草条黑粉菌的孢子球主要由 1 个黑粉孢子组成，孢子球中黑粉孢子的比例为：0=0.5%，1=55%，2=35.5%，3=7.5%，4=1%，5=0.5%，而 *Urocystis koeleriae* L. Guo 孢子球主要由 2 个黑粉孢子组成，孢子球中黑粉孢子的比例为：0=4%，1=38%，2=44%，3=10%，4=3%，5=1%，此二种有区别。

54. 假稻条黑粉菌　　图 94

Urocystis leersiae Vánky, *in* Vánky & Guo, Acta Mycol. Sin. Suppl. 1: 231, 1986; Guo, *in* Zhuang (ed.), Higher Fungi of Tropical China. P. 391, 2001.

孢子堆生在叶上，形成长条纹，初期被表皮覆盖，后期破裂。孢子团黑色，粉状。孢子球椭圆形、卵圆形、近球形或不规则形，18~34(~38)×16.5~30 μm，由1~6 个黑粉孢子组成，几乎完全由不育细胞包围。黑粉孢子多数球形、卵圆形或长形，稀少稍不规则形，12.5~18×10~15 μm，红褐色。不育细胞在形状和大小上变异大，长 4~10 μm，浅黄褐色。

寄生在禾本科 Poaceae 植物上：

李氏禾 *Leersia hexandra* Swartz，云南：西双版纳(50024，主模式)。

世界分布：中国、埃塞俄比亚、乌干达。

讨论：此种孢子球中黑粉孢子的比例为：1 = 15%，，2=43%，3=27%，4=9%，5=4.5%，6=1.5%，2 个黑粉孢子的数目最多。它是在假稻属 *Leersia* 植物上仅有的条黑粉菌。Vánky(2005 a)在埃塞俄比亚和乌干达发现了假稻条黑粉菌的新分布。

55. 葱条黑粉菌　　图 95

Urocystis magica Pass., *in* Thümen, Mycotheca Universalis. No. 223, 1875; Flora 59: 204, 1876.

Tubercinia magica (Pass.) Liro, Ann. Univ. Fenn. Abo. A. 1(1): 49, 1922.

Urocystis cepulae Frost, *in* Farlow, Annual Rep. Secretary Mass. State Board Agric. 24: 175,

1877; Tai, Sylloge Fungorum Sinicorum. p. 776, 1979.

Tubercinia cepulae (Frost) Liro, Ann. Univ. Fenn. Abo. A. 1(1): 47, 1922.

Urocystis colchici (Schltdl.) Rabenh. f. *allii-subhirsuti* Beltrani, *in* Thümen, Mycotheca Universalis. no. 1219, 1878.

Urocystis allii Schellenb., Beitr. Kryptogamenfl. Schweiz 3(2): 141, 1911.

Tubercinia allii (Schellenb.) Liro, Ann. Univ. Fenn. Abo. A. 1(1): 50, 1922.

Tubercinia oblonga Massenot, Rev. Mycol. (Paris) N. S. 18: 53, 1953.

Urocystis oblonga (Massenot) H. Zogg, Cryptogamica Helvetica 16: 120, 1986.

孢子堆生在叶和鳞茎上，初期由表皮覆盖，后期破裂。孢子团黑色，粉状。孢子球椭圆形、卵圆形或近球形，16~20×12.5~17.5 μm，由 1~2 个黑粉孢子组成，由连续或不连续不育细胞包围。黑粉孢子球形、近球形、卵圆形或椭圆形，12.5~17×10~12 μm，红褐色。不育细胞长 4~7 μm，浅黄褐色。

寄生在百合科 Liliaceae 植物上：

葱 *Allium fistulosum* L.，辽宁：沈阳(67921)。

世界分布：中国、日本、哈萨克斯坦、乌兹别克斯坦、土库曼斯坦、格鲁吉亚、阿塞拜疆、土耳其、芬兰、俄罗斯、波兰、捷克、德国、奥地利、瑞士、英国、法国、西班牙、葡萄牙、意大利、美国、加拿大。

56. 臭草条黑粉菌　　图 96~97

Urocystis melicae (Lagerh. & Liro) Zundel, The Ustilaginales of the World. p. 326, 1953; Guo, Mycosystema 6: 53, 1993.

Tubercinia melicae Lagerh. & Liro, *in* Liro, Ann. Univ. Fenn. Abo. A. 1(1): 23, 1922.

Tubercinia mussatii Massenot, Rev. Mycol. (Paris) N. S. 20: 181, 1955 (as '*mussati*').

孢子堆生在叶上，形成长条纹，初期由表皮覆盖，后期破裂。孢子团黑色，粉状。孢子球椭圆形或近球形，18~30×12.5~26.5 μm，由 1~2(~3)个黑粉孢子组成，几乎完全由不育细胞包围。黑粉孢子近球形、卵圆形、多角形或稍不规则形，11.5~16×8~14.5 μm，红褐色。不育细胞球形、卵圆形或椭圆形，7~14×5~9 μm，浅黄褐色。

寄生在禾本科 Poaceae 植物上：

细叶臭草 *Melica radula* Fr.，内蒙古：阿尔山(66640)。

臭草属 *Melica* sp.，北京：松山(55283)。

世界分布：中国、日本、哈萨克斯坦、丹麦、挪威、芬兰、法国、俄罗斯。

讨论：Vánky(1994)研究了臭草条黑粉菌的等模式，孢子球中有 1~3(~5)个黑粉孢子(1=40%,，2=45%, 3=11%, 4=3%, 5=1%)，与我国北京和内蒙古的标本孢子球中黑粉孢子的数目有差异。

57. 尼氏条黑粉菌　　图 98~99

Urocystis nevodovskyi Schwarzman, Flora Sporovych Rastenij Kazachstana, II, p. 327, 1960; Guo & Xi, Acta Mycol. Sin. 8: 275, 1989; Guo, *in* Zhuang (ed.), Fungi of Northwestern China. p. 298, 2005.

Ustilago ixiolirii L. Guo, Mycosystema 1: 222, 1988.

孢子堆生在蒴果内。孢子团黑色，粉状。孢子球球形、近球形或椭圆形，12.5~35×10~21 μm，由 1(~3)个黑粉孢子组成，由连续不育细胞包围。黑粉孢子多数球形或近球形，少数卵圆形或椭圆形，10~15.5×9.5~13.5 μm，红褐色或暗褐色。不育细胞椭圆形或不规则形，5~12.5×3~5 μm，浅黄褐色。

寄生于石蒜科 Amaryllidaceae 植物上：

鸢尾蒜 *Ixiolirion tataricum* (Pall.) Herb.，新疆：裕民(51934)。

世界分布：中国、哈萨克斯坦。

讨论：此种与鸢尾蒜条黑粉菌 *Urocystis ixioliri* Zaprom.是近似种，二者的区别是后者的孢子球大，25~50×22~35 μm。Vánky(1989)将 *Ustilago ixiolirii* L. Guo 列为 *Urocystis nevodovskyi* Schwarzman 的异名。

58. 隐条黑粉菌　　图 100

Urocystis occulta (Wallr.) Rabenh. ex Fuckel, Jahrb. Nassauischen Vereins Naturk. 23-24: 41, 1870; Tai, Sylloge Fungorum Sinicorum. p. 776, 1979.

Erysibe occulta Wallr. α *secales*, Flora Cryptogamica Germaniae. Pars II. Vol. IV. p. 212, 1833.

Polycystis occulta (Wallr.) Schltdl., Bot. Zeitung (Berlin) 10: 602, 1852.

Ustilago occulta (Wallr.) Rabenh. *in* Rabenh., Herb. viv. myc.1898, 1854.

Urocystis occulta (Wallr.) Rabenh. *in* Rabenh., Herb. viv. myc.ed. 2, 393, 1857 (nomen nudum).

Uredo parallela Berk., *in* Hooker, English Flora 5(2): 375, 1836.

Polycystis parallela (Berk.) Fr., Summa vegetabilium Scandinaviae. Sectio posterior. p. 516, 1849.

Polycystis parallela (Berk.) Berk. & Broome, Ann. Mag. Nat. Hist., Ser. 2, 5: 464, 1850.

Urocystis parallela (Berk.) A. A. Fisch. Waldh., Jahrb.Wiss. Bot. 7: 107, 1869/1870.

Tuburcinia hordei Cif., Ann. Mycol. 29: 13, 1931.

Urocystis hordei (Cif.) Zundel, The Ustilaginales of the World. p. 320, 1953.

Tuburcinia secalis Uljan., Steblevaya golovnya pshenitsy. p.5, 1939 (invalidly published, no Latin diagnosis); Vánky, Mycotaxon 99: 58, 2007.

孢子堆生在叶、叶鞘、茎、小穗和花序轴上，条纹状，常常会合，初期由表皮覆盖，后期破裂。孢子团黑褐色，粉状。孢子球近球形、椭圆形、卵圆形或不规则形，14.5~35×13~23.5 μm，由 1~3(~5)个黑粉孢子组成，由不连续不育细胞包围或几乎缺乏不育细胞。黑粉孢子近球形、卵圆形、椭圆形或稍不规则形，11~17.5×9~13.5 μm，红褐色。不育细胞近球形或椭圆形，7~12.5×4.5~10 μm，浅黄褐色。

寄生在禾本科 Poaceae 植物上：

黑麦 *Secale cereale* L.，湖北：神农架(57266)。

世界分布：中国、日本、哈萨克斯坦、土耳其、丹麦、挪威、瑞典、芬兰、爱沙尼亚、拉脱维亚、俄罗斯、波兰、捷克、匈牙利、德国、奥地利、瑞士、荷兰、英国、意大利、加拿大、美国、澳大利亚、阿根廷。

讨论：此种与冰草条黑粉菌 *Urocystis agropyri* (Preuss) A. A. Fisch. Waldh.孢子球都有1~3(~5)个黑粉孢子，但是，前者孢子球中 1 个黑粉孢子的百分比略低。Vánky (1976) 报道了 *Urocystis occulta* (Wallr.) Rabenh. ex Fuckel 孢子球中黑粉孢子的比例为：1=49.5%，2=35%，3=13%，4=2%，5=0.5%。冰草条黑粉菌孢子球中 1 个黑粉孢子的百分比可以达到 66%。*Urocystis occulta* (Wallr.) Rabenh. ex Fuckel 另一个重要的特征是孢子球由不连续不育细胞包围或几乎缺乏不育细胞，而冰草条黑粉菌孢子球由连续不育细胞包围。

59. 重楼条黑粉菌　　图 101

Urocystis paridis (Unger) Thüm., *in* Woronin, Abh. Senckenberg. Naturf. Ges. 12: 573, 1881(1882); Guo, *in* Mao & Zhuang (eds.), Fungi of the Qinling Mountains. p. 16, 1997; Guo, *in* Zhuang (ed.), Fungi of Northwestern China. p. 298, 2005.

Protomyces paridis Unger, Die Exantheme der Pflanzen, etc. p. 344, 1833.

Sorosporium paridis (Unger) Winter, *in* Rabenhorst, Kryptogamen-Flora von Deutschland, Oesterreich und der Schweiz. 2. Aufl., 1. Pilze, I. Abt., p.102, 1881.

Tuburcinia paridis (Unger) Vestergr., Bih. Kongl. Svenska Vetensk.-Akad. Handl., Afd. 3, 22(6): 9, 1896.

Urocystis paridis (Unger) Wang, Ustilaginales of China. p. 110, 1963; Tai, Sylloge Fungorum Sinicorum. p. 777, 1979.

孢子堆生在叶上，形成椭圆形或不规则形病斑，直径 0.5~2.8 cm，也生在茎上，形成梭形肿胀，长 1~3 cm，由表皮覆盖。孢子团黑色，粉状或半黏结。孢子球近球形、椭圆形、卵圆形或稍不规则形，24~73×19~58 μm，由 1~30(至更多)个黑粉孢子组成，完全由不育细胞包围。黑粉孢子近球形、卵圆形、不规则形或多角形，10~23×9~14.5 μm，黄褐色或红褐色；壁厚 1.5~2 μm。不育细胞近球形、卵圆形或不规则形，7~11×4~7 μm，浅黄褐色。

寄生在百合科 Liliaceae 植物上：

北重楼 *Paris verticillata* M. Bieb.，陕西：太白山(31364)。

世界分布：中国、日本、瑞典、爱沙尼亚、俄罗斯、德国、奥地利、瑞士、法国。

60. 早熟禾条黑粉菌　　图 102

Urocystis poae (Liro) Padwick & A. Khan, Mycol. Papers 10: 2, 1944; Guo & Xi, Acta Mycol. Sin. 8: 276, 1989; Guo, *in* Zhuang (ed.), Fungi of Northwestern China. p. 298, 2005.

Tuburcinia poae Liro, Ann. Univ. Fenn. Abo. A. 1(1): 22, 1922.

孢子堆生在叶和叶鞘上，初期由表皮覆盖，后期表皮破裂。孢子团黑色或黑褐色，粉状。孢子球近球形、椭圆形、卵圆形或稍不规则形，17~38×13.5~31.5 μm，由 1~2(~4)个黑粉孢子组成，完全或几乎完全由不育细胞包围。黑粉孢子近球形、卵圆形、椭圆形或稍不规则形，12.5~17.5(~20)×10~15(~16) μm，浅褐色；壁厚约 1 μm。不育细胞近球形、卵圆形或椭圆形，5~12.5×4~9 μm，黄色；壁厚 0.5~1 μm。

寄生在禾本科 Poaceae 植物上：

草地早熟禾 *Poa pratensis* L.，宁夏：泾源(77920)；新疆：塔城(54497)。

早熟禾属 *Poa* spp.，北京：洼边(171967)；甘肃：玛曲(136437，137261)、碌曲(137698，137699)；青海：乌兰(34346)；新疆：乌鲁木齐(54496)、裕民(58889)、和静(89425)、布尔津(89426)。

世界分布：中国、日本、哈萨克斯坦、吉尔吉斯斯坦、乌兹别克斯坦、土库曼斯坦、格鲁吉亚、瑞典、拉脱维亚、立陶宛、俄罗斯、波兰、斯洛伐克、德国、罗马尼亚、加拿大、美国。

讨论：Vánky (1976) 记载了早熟禾条黑粉菌模式孢子球中黑粉孢子的比例：1=67%，2=31%，3=1.75%，4=0.25%。中国甘肃玛曲(HMAS 136437)的标本的孢子球中黑粉孢子的比例是：1=69%，2=26%，3=4%，4=1%。新疆和静(HMAS 89425)的标本的孢子球中黑粉孢子的比例是：1=72%，2=24%，3=3%，4=1%，基本符合 Vánky 研究的模式孢子球中黑粉孢子的比例。但是，Vánky (1994) 描述这个种的黑粉孢子较小，12~16(~17)×10.5~13.5 μm，黑粉孢子完全由不育细胞包围；而中国的标本可以发现黑粉孢子较大的，12.5~17.5(~20)×10~15(~16) μm，黑粉孢子完全或几乎完全由不育细胞包围。

此种侵染寄主植物后，引起植物不孕。

在 *Poa* 植物上还有一种条黑粉菌，即泽地早熟禾条黑粉菌 *Urocystis poae-palustris* Vánky，其孢子球由 1~5 个黑粉孢子组成，黑粉孢子在孢子球中所占比例为：1=33%，2=46.5%，3=14.5%，4=4%，5=2%(Vánky 1976)，2 个黑粉孢子的比例较高，分布在罗马尼亚、阿根廷和中国。

61. 泽地早熟禾条黑粉菌　　图 103

Urocystis poae-palustris Vánky, Bot. Not. 129: 119, 1976; He & Guo, Mycotaxon 101：100，2007.

Urocystis permagna Roiv., Karstenia 17: 6, 1977.

孢子堆生在叶和叶鞘上，形成或短或长、窄的条纹，初期由表皮覆盖，后期表皮纵向破裂。孢子团黑色，粉状。孢子球近球形、椭圆形、卵圆形或稍不规则形，12.5~40×11~32 μm，由 1~5 个黑粉孢子组成，由不连续不育细胞或连续不育细胞包围。黑粉孢子近球形、卵圆形、椭圆形或不规则形，12.5~18.5(~20)×8.5~15 μm，浅褐色；壁厚约 1 μm，光滑。不育细胞近球形、卵圆形、伸长形或不规则形，5~12.5×4~7 μm，浅黄褐色；壁厚 0.5~1.5 μm。

寄生在禾本科 Poaceae 植物上：

仰卧早熟禾 *Poa supina* Schrad.，新疆：吉木萨尔(172141)。

世界分布：中国、罗马尼亚、阿根廷。

讨论：*Urocystis poae-palustris* Vánky 是中国和亚洲的新记录种。

62. 报春条黑粉菌　　图 104

Urocystis primulicola Magnus, Verh. Bot. Vereins Prov. Brandenburg (Sitzb.) 20: 53, 1878; Guo & Xi, Acta Mycol. Sin. 8: 276, 1989; Guo, *in* Zhuang (ed.), Fungi of Northwestern China. p. 298, 2005.

Tuburcinia primulicola (Magnus) Rostr., Festskr. Bot. Foren. Kjøbenhavn. 1890: 150, 1890.

Ginanniella primulicola (Magnus) Cif., Flora Italica Cryptogama, Pars I. Fungi, Ustilaginales.

Fasc. 17, p. 152, 1938.

孢子堆生在子房中。孢子团黑色，粉状。孢子球球形、卵圆形或不规则形，25~62×16~45.5 μm，由(1~)3~15 (或更多)个黑粉孢子组成，完全由不育细胞包围。黑粉孢子球形、近球形、卵圆形或伸长形，10~18×8~12 μm，暗红褐色。不育细胞球形、近球形、椭圆形或不规则形，8.5~16×6~10 μm，浅红褐色。

寄生在报春花科 Primulaceae 植物上：

大萼报春花 *Primula macrocalyx* Bunge，新疆：裕民(52056)。

世界分布：中国、瑞典、爱沙尼亚、俄罗斯、白俄罗斯、波兰、意大利、保加利亚。

讨论：此种与大球报春条黑粉菌 *Urocystis primulae* (Rostr.) Vánky 是近似种，孢子球都由(1~)3~15 (或更多)个黑粉孢子组成，其主要区别是后者孢子球大，40~88×32~60 μm。

63. 假银莲花条黑粉菌　　图 105

Urocystis pseudoanemones Denchev, Kakish. & Y. Harada, Mycoscience 41: 453, 2000; Guo, Mycotaxon 86: 100, 2003; Guo, *in* Zhuang (ed.), Fungi of Northwestern China. p. 298, 2005.

孢子堆生在叶、叶柄和茎上，引起肿胀，形成泡状突起，初期由表皮覆盖，后期表皮破裂。孢子团黑色或黑褐色，粉状。孢子球近球形、椭圆形、长形或不规则形，15~54×14~34 μm，由 1~6(~11)个黑粉孢子组成，主要由不连续不育细胞包围，有的孢子球仅有少数不育细胞。黑粉孢子近球形、卵圆形、椭圆形、长形或不规则形，9.5~17.5×7.5~12.5 μm，红褐色或栗褐色。不育细胞近球形或椭圆形，7.5~14×5~8.5 μm，黄褐色；壁厚 1~1.5 μm，光滑。

寄生在毛茛科 Ranunculaceae 植物上：

展毛银莲花 *Anemone demissa* Hook. f. & Thoms.，陕西：太白山(23673, 23674)。

草玉梅 *Anemone rivularis* Buch.-Ham. ex DC.，甘肃：榆中(139750, 139751)；西藏：波密(84671)。

小花草玉梅 *Anemone rivularis* Buch.-Ham. ex DC. var. *flore-minore* Maxim.，山西：五台山(31432)。

大花银莲花 *Anemone silvestris* L.，北京：松山(55284)。

世界分布：中国、日本。

讨论：Denchev 等(2000 a) 发表 *Urocystis pseudoanemones* Denchev, Kakish. & Y. Harada 新种时，对于孢子球中黑粉孢子的数目记载不明确，在不同的段落中曾经报道 *Urocystis pseudoanemones* Denchev, Kakish. & Y. Harada 的孢子球由 1~5(~11)个和 1~5 个黑粉孢子组成。他们推测在中国甘肃报道的 *Urocystis antipolitana* Magnus(Guo 1999)可能是 *Urocystis pseudoanemones* Denchev, Kakish. & Y. Harada。然而，*Urocystis antipolitana* Magnus 的孢子球中有 1~6(~7)个黑粉孢子，比 *Urocystis pseudoanemones* Denchev, Kakish. & Y. Harada 孢子球中黑粉孢子的数目少。在中国甘肃报道的 *Urocystis antipolitana* Magnus(Guo 1999)与 Vánky(1994)的记载相同。

Urocystis japonica (Henn.) L. Ling 与 *Urocystis pseudoanemones* Denchev, Kakish. & Y. Harada 相似，其区别是前者的孢子球主要由连续不育细胞包围，后者主要由不连续不育细胞包围。

64. 碱茅条黑粉菌　　图 106~107

Urocystis puccinelliae L. Guo & H. C. Zhang, Mycotaxon 90: 387, 2004.

孢子堆生在叶和叶鞘上，初期由表皮覆盖，后期表皮破裂。孢子团黑褐色，粉状。孢子球近球形、椭圆形、卵圆形或不规则形，17.5~37.5×12.5~31 μm，由 1~4(~5)个黑粉孢子组成，完全由不育细胞包围。黑粉孢子近球形、卵圆形或椭圆形，11.5~20×9.5~15 μm，红褐色或黄褐色。不育细胞卵圆形、近球形或椭圆形，5~11.5×5~7.5 μm，黄褐色，壁厚0.5~1(~2) μm，光滑，扫描电镜下可见细瘤。

寄生在禾本科 Poaceae 植物上：

星星草 *Puccinellia tenuiflora* (Griseb.) Scribn. et Merr.，内蒙古：锡林浩特(89268，主模式)。

世界分布：中国。

讨论：在碱茅属 *Puccinellia* 植物上，Azbukina 和 Karatygin (1995) 报道俄罗斯有一种条黑粉菌：*Urocystis atropidis* (Lavrov) Zundel (1953)，孢子球小，21~22(~31)×17~24 μm，黑粉孢子小，9~14(~19)×7~9 μm，孢子球中有 1~2(~4)个黑粉孢子；而在中国发现的碱茅条黑粉菌孢子球大，黑粉孢子宽，孢子球中有 1~4(~5)个黑粉孢子，比例为：1=27%，2=45%，3=20%，4=6%，5=2%。此二种有差异。

65. 白头翁条黑粉菌　　图 108

Urocystis pulsatillae (Bubák) Moesz, A Kárpát-medence Üszöggombái. (Les Ustilaginales du Bassin des Carpathes). p. 211, 1950.

Urocystis anemones (Pers.) Winter f. *pulsatillae* Bubák, Arch. Pir. Vyzk. Cech. 15(3): 68, 1912.

Tuburcinia pulsatillae Liro, Ann. Univ. Fenn. Abo. A. 1(1): 64, 1922.

Urocystis pulsatillae (Liro) Zundel, The Ustilaginales of the World. p. 308, 1953.

孢子堆生在叶、叶柄和茎上，肿胀，形成泡状突起，初期由表皮覆盖，后期表皮破裂。孢子团黑色，粉状。孢子球近球形、卵圆形、椭圆形、长形或稍不规则形，15~45×14~35 μm，由 1~5(~7)个黑粉孢子组成，由不连续不育细胞或连续不育细胞包围。黑粉孢子近球形、卵圆形、椭圆形或稍不规则形，12~20×9~12.5 μm，栗褐色。不育细胞近球形、卵圆形或椭圆形，7.5~12.5(~18)×5~10 μm，褐色。

寄生在毛茛科 Ranunculaceae 植物上：

白头翁 *Pulsatilla chinensis* (Bge.) Regel，北京：百花山(23675, 23678, 38692)；江苏：南京(3060)；河南：信阳(11053)、栾川(23679)、洛宁(31431, 31590)。

世界分布：中国、哈萨克斯坦、吉尔吉斯斯坦、俄罗斯、乌克兰、波兰、捷克、斯洛伐克、匈牙利、罗马尼亚、保加利亚、澳大利亚、美国。

讨论：寄生在白头翁植物上的白头翁条黑粉菌曾经被列为银莲花条黑粉菌 *Urocystis anemones* (Pers.: Pers.) Winter 的异名(Ling 1953，王云章 1963)。根据 Vánky(1994)的记载，银莲花条黑粉菌的孢子球由 1(~3)个黑粉孢子组成；而白头翁条黑粉菌的黑粉孢子数目多，由 1~5 个黑粉孢子组成。此二种被认为是不同的种。

Vánky (1994) 描述白头翁条黑粉菌的孢子球多数由不连续不育细胞包围，少数由连续不育细胞包围；Lindeberg (1959) 记载此种的孢子球几乎全部由连续不育细胞包围，黑粉孢子数目少，由 1~4 个黑粉孢子组成。而中国的标本中不育细胞包围孢子球的状况依不同的标本而不同，有的标本多数由不连续不育细胞包围，有的标本多数由连续不育细胞包围。孢子球有 1~5(~7)个黑粉孢子。

66. 青海条黑粉菌　　图 109

Urocystis qinghaiensis L. Guo, Mycotaxon 82: 148, 2002; Guo, *in* Zhuang (ed.), Fungi of Northwestern China. p. 298, 2005.

孢子堆生在叶和叶柄上，初期由表皮覆盖，后期表皮破裂。孢子团黑色，粉状。孢子球近球形、卵圆形、椭圆形或不规则形，14~50×13~35 μm，由 1~10 个黑粉孢子组成，由连续不育细胞或不连续不育细胞包围。黑粉孢子近球形、卵圆形、椭圆形或不规则形，9~17×7~12.5 μm，黄褐色或黑褐色；壁厚 1~2 μm。不育细胞近球形或椭圆形，7.5~13×4.5~8 μm，黄褐色；壁厚不均匀，0.5~1.5 μm，光滑。

寄生在毛茛科 Ranunculaceae 植物上：

白头翁 *Pulsatilla chinensis* (Bge.) Regel，青海：湟源(24557，主模式)。

世界分布：中国。

讨论：青海条黑粉菌与白头翁条黑粉菌的区别是孢子球中黑粉孢子数目不同，前者多，有 1~10 个黑粉孢子；后者少，有 1~5(~7)个黑粉孢子。

迄今为止，在 Ranunculaceae 植物上，中国有 11 种条黑粉菌：①大火草条黑粉菌 *Urocystis antipolitana* Magnus(Guo 1999)；②星叶草条黑粉菌 *Urocystis circaeasteri* Vánky；③翠雀条黑粉菌 *Urocystis delphinii* Golovin(Guo 1991)；④日本条黑粉菌 *Urocystis japonica* (Henn.) L. Ling；⑤不规则条黑粉菌 *Urocystis irregularis* (G. Winter) Săvul.；⑥假银莲花条黑粉菌 *Urocystis pseudoanemones* Denchev, Kakish. & Y. Harada；⑦白头翁条黑粉菌 *Urocystis pulsatillae* (Bubák) Moesz；⑧青海条黑粉菌 *Urocystis qinghaiensis* L. Guo；⑨毛茛条黑粉菌 *Urocystis ranunculi* (Lib.) Moesz；⑩中国条黑粉菌 *Urocystis sinensis* L. Guo；⑪孢堆条黑粉菌 *Urocystis sorosporioides* Körn. ex A. A. Fisch. Waldh.。

67. 毛茛条黑粉菌　　图 110~111

Urocystis ranunculi (Lib.) Moesz, A Kárpát-medence Üszöggombái. (Les Ustilaginales du Bassin des Carpathes). p. 213, 1950; Guo, Mycotaxon 82: 148, 2002.

Sporisorium ranunculi Lib., Plantae Cryptogamicae quas in Arduenna Collegit, ed. 2, no. 195, 1832.

Tuburcinia ranunculi (Lib.) Liro, Ann. Univ. Fenn. Abo. A. 1(1): 69, 1922.

Tuburcinia ranunculi-muricati Viennot-Bourgin, Bull. Soc. Mycol. France 84: 500, 1968.

孢子堆生在叶和叶柄上，形成泡状突起，初期由表皮覆盖，后期表皮破裂。孢子团黑色，粉状。孢子球近球形、长形或不规则形，14~38×12.5~29 μm，由 1~3(~5)个黑粉孢子组成，不育细胞缺乏或由少数不育细胞包围。黑粉孢子近球形、卵圆形、椭圆形或不规则形，12.5~22.5×10~15 μm，浅褐色或暗褐色。不育细胞近球形、卵圆形或不规则形，8~15×6.5~10 μm，黄褐色；壁厚 1~1.5 μm。

寄生在毛茛科 Ranunculaceae 植物上：

毛茛 *Ranunculus japonicus* Thunb.，北京：松山(55285)；河北：小五台山(67919)。

世界分布：中国、日本、印度、伊朗、哈萨克斯坦、乌兹别克斯坦、土库曼斯坦、格鲁吉亚、阿塞拜疆、巴基斯坦、丹麦、挪威、瑞典、芬兰、俄罗斯、乌克兰、波兰、捷克、斯洛伐克、匈牙利、德国、奥地利、瑞士、荷兰、英国、爱尔兰、法国、西班牙、意大利、罗马尼亚、保加利亚、摩洛哥。

讨论：Mordue 和 Ainsworth(1984)将毛茛条黑粉菌作为银莲花条黑粉菌 *Urocystis anemones* (Pers.: Pers.) Winter 的异名，但是毛茛条黑粉菌的孢子球由 1~3(~5)个黑粉孢子组成，而银莲花条黑粉菌的孢子球由 1(~3)个黑粉孢子组成。此二种有区别。

毛茛条黑粉菌的隔膜是简单隔膜(Bauer *et al.* 1997)。

68. 鬼灯檠条黑粉菌　　图 112

Urocystis rodgersiae (Miyabe ex S. Ito) Zundel, The Ustilaginales of the World. p. 332, 1953;
　　Guo, Mycosystema 1: 269, 1988.

Tuburcinia rodgersiae Miyabe ex S. Ito, *in* S. Ito, Trans. Sapporo Nat. Hist. Soc. 14: 96, 1935.

Urocystis rodgersiae (Miyabe ex S. Ito) Denchev & Kakish., Mycotaxon 75: 216, 2000
　　(superfluous combination).

孢子堆生在叶下，主要在叶脉处，形成泡状突起，也生在叶柄上，形成梭形肿胀，长 4~22 mm，宽 4~8 mm，初期由表皮覆盖，后期表皮破裂。孢子团黑色，粉状。孢子球球形、近球形、卵圆形、椭圆形或长形，27~75×25~57 μm，由(1~)3~6(~9)个黑粉孢子组成，由完全或近乎完全不育细胞包围。黑粉孢子近球形、椭圆形、卵圆形或稍不规则形，14~20×10~14 μm，暗褐色；壁厚 1~1.5 μm。不育细胞近球形或椭圆形，10~15×9~10 μm，浅褐色或黄褐色；壁厚 1~2 μm。

寄生在虎耳草科 Saxifragaceae 植物上：

鬼灯檠 *Rodgersia aesculifolia* Batal.，云南：丽江(51936)。

世界分布：中国、日本。

讨论：对于此种孢子球的大小，不同作者的记载稍有不同。Ito(1936)记录孢子球大小为 26~40(~70) μm，由 1~6(~7)个黑粉孢子组成。Denchev 和 Kakishima (2000) 记录孢子球为 21~70×18~51 μm，有(1~)2~6(~9)个黑粉孢子。在中国发现的孢子球稍大，为 27~75×25~57 μm。

Miyabe 第一次提出 *Urocystis rodgersiae* Miyabe 名称是在标本的标签上，属于无效发表。Ito(1935)将此种作为 *Tuburcinia rodgersiae* Miyabe ex S. Ito 合格发表。Zundel(1953)提出 *Urocystis rodgersiae* 名称，并列出基原异名。对于此种，Denchev 和 Kakishima (2000)曾经提出一个新组合，即 *Urocystis rodgersiae* (Miyabe ex S. Ito) Denchev & Kakish.。但是，这个新组合是一个多余组合。正确命名人应该是 Zundel，即 *Urocystis rodgersiae* (Miyabe ex S. Ito) Zundel。

迄今为止，在全球范围内，鬼灯檠条黑粉菌仅在两种鬼灯檠属植物上发现，在中国是鬼灯檠，在日本是日本鬼灯檠 *Rodgersia podophylla* A. Gray。

69. 四川条黑粉菌　　图 113~114

Urocystis sichuanensis L. Guo, Mycotaxon 86: 99, 2003.

孢子堆生在子房、颖片、外稃和内稃。孢子团黑褐色，粉状。孢子球近球形、卵圆形、椭圆形、长形或不规则形，15.5~50×14~35 μm，由 1~6(~9)个黑粉孢子组成，由完全不育细胞包围。黑粉孢子近球形、椭圆形、卵圆形、长形或不规则形，10.5~22.5×10~15.5 μm，黄褐色或红褐色；壁厚 1~1.5 μm。不育细胞近球形或椭圆形，6~12×4~7 μm，黄褐色，光滑。

寄生在禾本科 Poaceae 植物上：

小麦 *Triticum aestivum* L.，四川：绒坝岔(84433，主模式)。

世界分布：中国。

讨论：此种与小麦条黑粉菌 *Urocystis tritici* Körn.都寄生在小麦上。二者在孢子堆的寄生部位、孢子球的黑粉孢子数目和大小上有区别。小麦条黑粉菌寄生在叶、叶鞘和茎上，孢子球小，18~41.5×15~34 μm，由 1~3(~5)个黑粉孢子组成；而四川条黑粉菌寄生在子房、颖片、外稃和内稃上，孢子球大，15.5~50×14~35 μm，由 1~6(~9)个黑粉孢子组成。

70. 中国条黑粉菌　　图 115~116

Urocystis sinensis L. Guo, Mycotaxon 92: 270, 2005.

孢子堆生在叶、叶柄和茎上，引起肿胀，形成泡状突起，初期由表皮覆盖，后期表皮破裂。孢子团黑褐色，粉状。孢子球球形、近球形、椭圆形、卵圆形、长形或不规则形，19~58(~63)×15~43 μm，由 1~8(~14)个黑粉孢子组成，由连续或不连续不育细胞包围。黑粉孢子近球形、卵圆形、椭圆形或长形，10~17×8.5~12.5 μm，褐色或红褐色。不育细胞卵圆形，近球形或椭圆形，7~11×5~8 μm，淡褐色或黄褐色；壁厚 0.5~2 μm，光滑。

寄生在毛茛科 Ranunculaceae 植物上：

草玉梅 *Anemone rivularis* Buch.-Ham. ex DC.，甘肃：榆中(94853，主模式)。

大火草 *Anemone tomentosa* (Maxim.) Pei，甘肃：康乐(139755)。

世界分布：中国。

讨论：迄今为止，在 *Anemone* 植物上，条黑粉菌属全球有 3 个种孢子球中黑粉孢子数目多，即假银莲花条黑粉菌 *Urocystis pseudoanemones* Denchev, Kakish. & Y. Harada(2000 a)、日本条黑粉菌 *Urocystis japonica* (Henn.) L. Ling(1945)和中国条黑粉菌(Guo 2005)。这 3 个种的差异为：假银莲花条黑粉菌孢子球中有 1~6(~11) 个黑粉孢子(1=24%, 2=37%, 3=20%, 4=10%, 5=5%, 6=1.8%, 7=1.1%, 8=0.5%, 9=0.1%, 10=0.2%, 11=0.2%, Denchev *et al.* 2000 a)，孢子球主要由不连续不育细胞包围；日本条黑粉菌黑粉菌孢子球中有(1~)2~6(~10) 个黑粉孢子(1=4%, 2=17%, 3=32%, 4=23%, 5=11%, 6=6%, 7=3.5%, 8=2%, 9=1.5%, 10=0.5%, Denchev *et al.* 2000 a)，孢子球主要由连续不育细胞包围；中国条黑粉菌孢子球中有 1~8(~14) 个黑粉孢子(1=6%, 2=10%, 3=20%, 4=14%, 5=12%, 6=10%, 7=10%, 8=7%, 9=4%, 10=2%, 11=2%, 12=1%, 13=1%, 14=1%)，孢子球

由连续或不连续不育细胞包围，大约有 60%为连续不育细胞包围，由此区别这 3 个种。

71. 孢堆条黑粉菌　　图 117~118

Urocystis sorosporioides Körn. ex A. A. Fisch. Waldh., Aperçu Systématique des Ustilaginées Leurs Plantes Nourricières et al Localisation de Leurs Spores. p. 41, 1877; Guo, *in* Zhuang (ed.), Fungi of Northwestern China. p. 298, 2005.

Urocystis sorosporioides Körn., *in* Fuckel, Jahrb. Nassauischen Vereins Naturk. 29-30: 10, 1876; Wang, Ustilaginales of China. p. 109, 1963; Tai, Sylloge Fungorum Sinicorum. p. 777, 1979 (nomen nudum).

Tuburcinia sorosporioides (Körn.) Liro, Ann. Univ. Fenn. Abo. A. 1(1): 77, 1922.

孢子堆生在叶和茎上，形成泡状肿胀，初期由表皮覆盖，后期表皮破裂。孢子团黑色，粉状。孢子球近球形、卵圆形、椭圆形或不规则形，18~51(~54.5)×12~44 μm，由 1~10 个黑粉孢子组成，由完全或近乎完全不育细胞包围。黑粉孢子近球形、椭圆形、卵圆形或稍不规则形，10.5~23×7.5~17 μm，红褐色或暗褐色。不育细胞近球形、卵圆形或椭圆形，8.5~15×4.5~10 μm，浅黄褐色；壁厚 1~1.5 μm。

寄生在毛茛科 Ranunculaceae 植物上：

瓣蕊唐松草 *Thalictrum petaloideum* L.，宁夏：贺兰山(31443)。

展枝唐松草 *Thalictrum squarrosum* Steph. ex Willd.，内蒙古：锡林浩特(62697)。

唐松草属 *Thalictrum* sp.，新疆：哈密(179266)。

世界分布：中国、蒙古、日本、印度、哈萨克斯坦、俄罗斯、乌克兰、德国、英国、罗马尼亚、保加利亚、美国。

72. 针茅条黑粉菌　　图 119

Urocystis stipae McAlpine, The Smuts of Australia. p. 198, 1910；Wang, Ustilaginales of China. p. 106, 1963; Tai, Sylloge Fungorum Sinicorum. p. 777, 1979; Guo, Mycotaxon 81: 432, 2002; Guo, *in* Zhuang (ed.), Fungi of Northwestern China. p. 298, 2005.

孢子堆生在叶、叶鞘和茎上，形成条纹，初期由表皮覆盖，后期表皮破裂。孢子团黑色，粉状。孢子球近球形、椭圆形、卵圆形或伸长形，16~39×15~33 μm，由 1~5(~6) 个黑粉孢子组成，完全由不育细胞包围。黑粉孢子球形、近球形、卵圆形、椭圆形或不规则形，11~18×9~15 μm，黄褐色或红褐色；壁厚 1~1.5 μm。不育细胞近球形、卵圆形或椭圆形，6.5~12.5×5~9 μm，黄褐色；壁厚约 1 μm，光滑。

寄生在禾本科 Poaceae 植物上：

羽茅 *Achnatherum sibiricum* (L.) Keng，内蒙古：锡林浩特(87794)。

芨芨草 *Achnatherum splendens* (Trin.) Nevski，青海：乌兰 (31441)。

世界分布：中国、印度、俄罗斯、澳大利亚。

讨论：针茅条黑粉菌与芨芨草条黑粉菌 *Urocystis achnatheri* L. Guo 的区别是前者孢子球中黑粉孢子的数目少，有 1~5(~6)个黑粉孢子，孢子球小，16~39×17~33 μm；而后者孢子球的数目多，由 1~10 个黑粉孢子组成，孢子球大，15~55×14~40 μm。

在中国，针茅条黑粉菌仅寄生在 *Achnatherum* 属植物上，未在 *Stipa* 属植物上发现。

73. 小麦条黑粉菌　　图 120

Urocystis tritici Körn., Hedwigia 16: 33, 1877; Guo, *in* Zhuang (ed.), Fungi of Northwestern China. p. 298, 2005; Vánky, Mycotaxon 99: 59, 2007.

Tuburcinia tritici (Körn.) Liro, Ann. Univ. Fenn. Abo. A. 1(1): 17, 1922.

Tuburcinia hispanica Syd., Ann. Mycol. 22: 290, 1924.

Urocystis hispanica (Syd.) Zundel, The Ustilaginales of the Would. p. 320, 1953.

孢子堆生在叶、叶鞘和茎上，形成长条纹，初期由表皮覆盖，后期表皮破裂。孢子团黑褐色或黑色，粉状。孢子球近球形、椭圆形、卵圆形或长形，18~41.5×15~34 μm，由 1~3(~5)个黑粉孢子组成，完全由不育细胞包围。黑粉孢子近球形、卵圆形、椭圆形或稍不规则形，通常有角，11.5~20×10~15.5 μm，黄褐色，红褐色或褐色。不育细胞近球形、椭圆形或卵圆形，8~14×5~10 μm，黄褐色；壁厚不均匀，1~2.5 μm。

寄生在禾本科 Poaceae 植物上：

小麦 *Triticum aestivum* L.，北京：海淀(6934)；天津(14594)；河北：保定(11922)、石家庄(14588)、清苑(14595)、定县(14661)；山西：太古(14583)、榆次(14586)、临汾(14591)、太原(14619)、介休(14658)、西井(14671)；内蒙古：准格尔旗(34345)；山东：曲阜(14582)、济宁(14584)、即墨(14622)、济南(14647)、高密(14657)、邹平(14668)、德州(14669)、牟平(18100)；江苏：下蜀(10749)、南京(11866)、吴县(14585)、扬州(14587)、江阴(14620)、镇江(14621)、无锡(14646)、铜山(14663)；安徽：怀远(14592)、宣城(14593)、合肥(14656)、宿县(14670)、萧县(14674)；浙江：黄岩(13640)、兰溪(14662)；台湾(14677)；河南：商丘(14589)、开封(14648)、许昌(14649)、长葛(14650)、淮阳(14651)、博爱(14655)、洛阳(14664)、信阳(14665)、安阳(14666)、郾城(14667)；湖北：襄阳(14652)、孝感(14654)；陕西：武功(20595)、西安(22527)；甘肃：兰州(4733)、窑店(14659)；青海：湟源(18079)；四川：绒坝岔(11918)；云南：东川(255)、昭通(256)、昆明(257)。

世界分布：中国、日本、印度、巴勒斯坦、哈萨克斯坦、阿塞拜疆、阿富汗、俄罗斯、西班牙、埃及、南非、澳大利亚、加拿大、美国、墨西哥、智利。

讨论：控制小麦条黑粉菌的主要方法是作物轮作、运用杀真菌剂和选用小麦抗病品种(Vánky 1994)。

74. 羊茅条黑粉菌　　图 121

Urocystis ulei Magnus, *in* Rabenhorst, Fungi Eur. no. 2390, 1877; Guo, Mycotaxon 61: 48, 1997.

Urocystis festucae Ule, Verhandl. Bot. Vereins Prov. Brandenburg 25: 215, 1884.

孢子堆生在叶和叶鞘上，形成条纹，初期由表皮覆盖，后期表皮破裂。孢子团黑褐色，粉状。孢子球近球形、长形或不规则形，20~40×17.5~27.5 μm，由 1~3 个黑粉孢子组成，完全由不育细胞包围。黑粉孢子近球形、卵圆形或椭圆形，13.5~19.5×11~15 μm，红褐色。不育细胞近球形或椭圆形，7.5~14×6.5~7.5 μm，浅黄褐色。

寄生在禾本科 Poaceae 植物上：

大羊茅 *Festuca gigantea* (L.) Vill.，陕西：平利(71627)。

世界分布：中国、哈萨克斯坦、乌兹别克斯坦、瑞典、芬兰、俄罗斯、波兰、匈牙利、德国、罗马尼亚、保加利亚、新西兰、美国。

75. 王氏条黑粉菌　　图122~123

Urocystis wangii L. Guo, Mycosystema 25: 364, 2006.

孢子堆生在叶和叶鞘上，形成或长或短的条纹，初期由表皮覆盖，后期裂开。孢子团黑褐色，粉状。孢子球近球形、卵圆形、椭圆形或长形，18~44×15~34.5 μm，由(0~)1~6(~8)个黑粉孢子组成，完全或近乎完全由不育细胞包围。黑粉孢子近球形、卵圆形、椭圆形或稍不规则形，12~18×10~15 μm，红褐色。不育细胞近球形、椭圆形或卵圆形，6~14×5~10 μm，褐色；壁厚 0.5~1.5(~2) μm，表面光滑，扫描电镜下可见小疣。

寄生在禾本科(Poaceae)植物上：

落草属 *Koeleria* spp.，甘肃：夏河(139781，主模式；139782，139783，副模式)。

世界分布：中国。

讨论：在 *Koeleria* 属植物上，自青海和甘肃分别发现了两种条黑粉菌。一个是 *Urocystis koeleriae* L. Guo(2005)，另一个是 *Urocystis wangii* L. Guo(2006 b)。这两个种的主要区别是前者孢子球稍小，19.5~38.5×15~30 μm，由(0~)1~4(~5)个黑粉孢子组成；后者的孢子球稍大，18~44×15~34.5 μm，由(0~)1~6(~8)个黑粉孢子组成，孢子球中黑粉孢子数目多。

Urocystis wangii L. Guo 是庆祝王云章教授百年诞辰而命名的。王云章是中国著名真菌学家，是中国真菌学的开拓者之一，他著成《中国黑粉菌》(1963 年)一书，为中国黑粉菌的分类研究作出了贡献。

寄生在燕麦亚族(Aveninae)植物上，条黑粉菌属在全球有 8 个种(Guo 2006 b，Piatek 2006)：①*Urocystis avenae-elatioris* (Kochman) Zundel，模式寄主为 *Arrhenatherum elatius* (L.) P. Beauv. ex J. Presl & C. Presl；②*Urocystis avenastri* (Massenot) Nannf.，模式寄主为 *Avenula pubescens* (Huds.) Dumort.；③*Urocystis behboudii* (Esfand.) Vánky，模式寄主为 *Arrhenatherum kotschyi* Boiss.；④*Urocystis koeleriae* L. Guo，模式寄主为 *Koeleria litvinowii* Domin；⑤*Urocystis rostrariae* M. Piatek，模式寄主为 *Rostraria cristata* (L.) Tzvelev；⑥*Urocystis rytzii* (Massenot) J. Müll.，模式寄主为 *Avenula versicolor* (Vill.) M. Lainz；⑦*Urocystis triseti* (Cif.) Zundel，模式寄主为 *Trisetum spicatum* (L.) K. Richt.；⑧*Urocystis wangii* L. Guo，模式寄主为 *Koeleria* sp.。

Urocystis rostrariae M. Piatek 与其他 7 种条黑粉菌的区别是孢子球大，(50~)60~80×(40~)50~60(~85) μm，孢子球中黑粉孢子数目多，由(6~)10~20(~40)个黑粉孢子组成。*Urocystis avenae-elatioris* (Kochman) Zundel 孢子球的直径为 16~36 μm，由 1~3(~4)个黑粉孢子组成，寄主植物局限于 *Arrhenatherum elatius* (L.) P. Beauv. ex J. Presl & C. Presl，仅仅在欧洲发现(Vánky 1994)。*Urocystis avenastri* (Massenot) Nannf.孢子球的直径为 20~35 μm，由 1~4(~5)个黑粉孢子组成，寄主植物局限于 *Avenula pubescens* (Huds.) Dumort.，仅仅在欧洲的少数地点发现(Vánky 1994)。*Urocystis behboudii* (Esfand.) Vánky 孢子球的直径为 17~50 μm，由 1~3(~4)个黑粉孢子组成，寄主植物为 *Arrhenatherum kotschyi* Boiss.，仅仅在模式标本采集地伊朗发现(Esfandiari & Petrak 1950, Vánky 1985)。*Urocystis rytzii* (Massenot) J. Müll.孢子球的直径为 17~51 μm，由 1~3(~5)个黑粉孢子组成，

寄主植物局限于 *Avenula versicolor* (Vill.) M. Lainz，仅仅在欧洲的 3 个地点发现(Müller 1991)。*Urocystis triseti* (Cif.) Zundel 孢子球的直径为 20~40 μm，由 1~6 个黑粉孢子组成，寄主植物为 *Trisetum alpestre* P. Beauv，*Trisetum flavescens* (L.) P. Beauv 和 *Trisetum spicatum* (L.) K. Richt. 在欧洲分布(Vánky 1994)。*Urocystis koeleriae* L. Guo 孢子球的大小为 19.5~38.5×15~30 μm，由(0~)1~4(~5)个黑粉孢子组成，寄主植物为 *Koeleria litvinowii* Domin，仅在中国青海发现(Guo 2005)。*Urocystis wangii* L. Guo 孢子球的大小为 18~44×15~34.5μm，由(0~)1~6(~8)个黑粉孢子组成，寄主植物为 *Koeleria* spp.，仅在中国甘肃发现(Guo 2006 b)。

76. 锡林浩特条黑粉菌　　图 124~125

Urocystis xilinhotensis L. Guo & H. C. Zhang, Nova Hedw. 81: 200, 2005.

孢子堆生在叶和叶鞘上，形成条纹，初期由表皮覆盖，后期表皮破裂。孢子团黑褐色，粉状。孢子球近球形、椭圆形、卵圆形或不规则形，17.5~43(~48)×15~34 μm，由 1~4(~6)个黑粉孢子组成，通常完全由不育细胞包围。黑粉孢子近球形、卵圆形、椭圆形或稍不规则形，12.5~19(~21)×10~15 μm，暗红褐色。壁厚约 1 μm。不育细胞近球形、椭圆形或不规则形，5.5~14.5×4~9 μm，黄褐色，光滑，扫描电镜下可见密的细瘤，瘤常会合。

寄生在禾本科 Poaceae 植物上：

无芒雀麦 *Bromus inermis* Leyss.，内蒙古：克什克腾旗(88029，副模式)。

耐酸草 *Bromus pumpellianus* Scribn.，内蒙古：锡林浩特(88028，主模式)。

世界分布：中国。

讨论：在 *Bromus* 属植物上，条黑粉菌属全球有 2 个种：*Urocystis xilinhotensis* L. Guo & H.C. Zhang 和 *Urocystis bromi* (Lavrov) Zundel。此二种的区别是前者孢子球中黑粉孢子的数目多，有 1~4(~6)个黑粉孢子(1=23%，2=44%，3=24%，4=5%，5=2%，6=2%)，孢子球中 2 个黑粉孢子占多数，扫描电镜下可见不育细胞表面瘤稍小而稀；*Urocystis bromi* (Lavrov) Zundel 孢子球中黑粉孢子的数目少，有 1~4 个黑粉孢子(1=59%，2=32%，3=6%，4=3%)，孢子球中 1 个黑粉孢子占多数，扫描电镜下可见不育细胞表面瘤稍大而密。

77. 云南条黑粉菌　　图 126~127

Urocystis yunnanensis L. Guo, Nova Hedw. 76: 222, 2003.

孢子堆生在根内，形成菌瘿状肿胀。孢子团黑褐色，粉状。孢子球近球形、椭圆形或卵圆形，22.5~58×20~45 μm，由 1~10(~11)个黑粉孢子组成，完全由不育细胞包围。黑粉孢子近球形、卵圆形或椭圆形，10.5~22×10~19 μm，黄褐色或红褐色；壁厚 1~2 μm。不育细胞卵圆形或椭圆形，8~13.5×6.5~8 μm，黄褐色，光滑。

寄生在十字花科 Cruciferae 植物上：

青菜 *Brassica chinensis* L.，云南：曲靖(30605，主模式)。

世界分布：中国。

讨论：迄今为止，在 Brassicaceae 植物上，条黑粉菌属在全球共有 5 个种，即①*Urocystis coralloides* Rostr.；②*Urocystis sophiae* Griffiths；③云南条黑粉菌 *Urocystis yunnanensis* L. Guo；④芸苔条黑粉菌 *Urocystis brassicae* Mundk.；⑤赤峰条黑粉菌 *Urocystis chifengensis*

L. Guo。前 4 种条黑粉菌全部寄生在植物的根上，形成菌瘤。云南条黑粉菌与其他 3 个种的主要区别是孢子球中黑粉孢子的数目不同。云南条黑粉菌的孢子球由 1~10(~11)个黑粉孢子组成，芸苔条黑粉菌孢子球中有 1~6(~8)个黑粉孢子，*Urocystis coralloides* Rostr. 和 *Urocystis sophiae* Griffiths 孢子球中有 1~5 个黑粉孢子。

附录 I 中国叶黑粉菌目资料补遗

由于缺少标本，以下 1 种黑粉菌未经本书作者研究，现抄录其原始描述，仅供参考。

78. 菊叶黑粉菌

Entyloma compositarum Farl., Bot. Gaz. 8: 275, 1883; Ling Farlowia 4: 310, 1953; Wang,
　　Ustilaginales of China. p. 100, 1963; Tai, Sylloge Fungorum Sinicorum. p. 452, 1979.

Entyloma senecionis Sawada, J. Taihoku Soc. Agr. Formosa 7: 27, 1934.

孢子堆生在叶内，形成有角的褐色斑点，长 0.5~1.5 mm，常互相会合。黑粉孢子球
形、卵圆形或椭圆形，10.5~15×7.5~12 μm，近无色或浅黄色；壁厚，0.5~1 μm，光滑。

寄生在菊科 Asteraceae 植物上：

台湾千里光 *Senecio formosanus* Kitam.，中国台湾 (凌立，1953)。

世界分布：中国、俄罗斯、加拿大、美国、哥斯达黎加、巴拿马。

附录 II 中国黑粉菌补遗

自中国真菌志黑粉菌科(郭林，2000)出版后，黑粉菌目又有大量新种和中国新记录
种被发现 [Guo 2002, 2004, 2005, 2006, 2006 a, 2006 b, 2007, Guo & Wang 2005, Guo &
Zhang 2004, He & Guo 2007 b, He & Guo 2008, 2008 a, 2009, Liu *et al*. 2009, Wang(*in* Wang
& Zeng 2006)，Wang & Piepenbring, 2002, Zhang & Guo, 2004]，在此补录，便于对中国黑
粉菌有全面的了解。

黑粉菌目 Ustilaginales G. Winter, *in* Rabenhorst, Krypt. Fl. 2 nd
ed.1(1.1): 73, 1880.
emend. R. Bauer & Oberw., *in* Bauer, Oberwinkler & Vánky, Can.
J. Bot. 75: 1311, 1997.

隔膜无孔。

炭黑粉菌科 Anthracoideaceae Denchev
Mycotaxon 65: 413, 1997.

胞内菌丝。孢子团黑色。担子 2 个细胞。孢子堆寄生在莎草科植物上。

模式属：炭黑粉菌属 *Anthracoidea* Bref.

79. 二蕊嵩草炭黑粉菌　　图 128~129

Anthracoidea bistaminatae L. Guo, Fung. Div. 21: 87, 2006.

孢子堆生在少数子房中，近球形，直径 1.2~2 mm，坚硬，初期有灰白色真菌薄膜包围，后期膜破裂。孢子团黑色，半黏结。黑粉孢子正面看近球形、椭圆形、卵圆形或稍不规则形，15~20×12.5~18 μm，侧面宽 10~13 μm，红褐色；壁厚均匀，1~1.5(~2) μm，无内突起，无光折射区，扫描电镜下表面正面可见点状突起，侧面有小疣。

寄生在莎草科 Cyperaceae，嵩草属 *Kobresia*，单穗嵩草组 *Elyna* 植物上：

二蕊嵩草 *Kobresia myosuroides* (Vill.) Fiori subsp. *bistaminata* (W. Z. Di & M. J. Zhong) S. R. Zhang，青海：称多 (133832，主模式)。

世界分布：中国。

讨论：迄今为止，在嵩草属 *Kobresia* 单穗嵩草组 *Elyna* 植物上，炭黑粉菌属在全球共有 5 个种：①嵩草炭黑粉菌 *Anthracoidea elynae* (Syd.) Kukkonen (1963)，黑粉孢子直径(14~)16~22(~25) μm，壁厚 1~2.5(~3) μm，表面光滑，模式寄主为嵩草 *Kobresia myosuroides* (Vill.) Fiori；②西藏炭黑粉菌 *Anthracoidea xizangensis* L. Guo (2005 b)，黑粉孢子 17~22.5×15~18 μm，模式寄主为线形嵩草 *Kobresia duthiei* C. B. Clarke；③二蕊嵩草炭黑粉菌 *Anthracoidea bistaminatae* L. Guo；④四川炭黑粉菌 *Anthracoidea setschwanensis* L. Guo，黑粉孢子 18.5~27.5(~30)×16~25.5 μm，模式寄主为四川嵩草 *Kobresia setschwanensis* Hand.-Mazz.；⑤米氏炭黑粉菌 *Anthracoidea mulenkoi* M. Piątek (2006 b)，黑粉孢子 18~23(~25)×16~20(~22) μm，模式寄主为线叶嵩草 *Kobresia capillifolia* (Decne.) C. B. Clarke。二蕊嵩草炭黑粉菌与西藏炭黑粉菌近似，其区别是前者黑粉孢子稍小，为 15~20×12.5~18 μm，黑粉孢子正面可见点状突起，侧面有小疣；西藏炭黑粉菌黑粉孢子较大，为 17~22.5×15~18 μm，表面全部为小疣。这 5 个种在中国都有分布。

炭黑粉菌属 *Anthracoidea* 往往寄生在莎草科同一亚属同一个组或相近组的植物上，种间区别较小(Kukkonen 1963, 1964, Nannfeldt 1977, 1979, Vánky 1979, 2005)。到目前为止，炭黑粉菌属在全球约有 86 个种(Kirk *et al.* 2001, Vánky 2005, Guo & Wang 2005, Guo 2005 b)，寄生在莎草科 8 个属(*Carex, Carpha, Fuirena, Kobresia, Schoenus, Scirpus, Trichophorum, Uncinia*)的植物上 (Vánky 2005)。炭黑粉菌属在中国有 37 个种，寄生植物为 *Carex* 和 *Kobresia*。

80. 寸草炭黑粉菌　　图 130~131

Anthracoidea duriusculae L. Guo, Fung. Div. 21: 86, 2006.

孢子堆生在少数子房中，近球形，直径 1.5~2.2 mm，坚硬，初期有灰白色真菌薄膜包围，后期膜破裂。孢子团黑色，半黏结。黑粉孢子正面看卵圆形、近球形或椭圆形，14~21(~24)×13~16.5(~19.5) μm，侧面宽 12~13 μm，红褐色；壁厚均匀，为 0.5~1 μm，无内肿胀，无光折射区，扫描电镜下瘤间可见小疣。

寄生在莎草科 Cyperaceae，薹草属 *Carex*，二柱薹草亚属 *Vignea*，烈味薹草组 *Foetidae* 植物上：

细叶薹草 Carex duriuscula C. A. Mey. subsp. *stenophylloides* (V. Krecz.) S.Y. Liang & Y.C. Tang，新疆：下野地(130322，主模式)。

世界分布：中国。

讨论：在二柱薹草亚属 Vignea 烈味薹草组 Foetidae 植物上，炭黑粉菌属在全球有 5 个种：①烈味薹草炭黑粉菌 Anthracoidea foetidae Zogg (1983, Vánky 1994)，黑粉孢子 (13~)14~20(~21)×(10~)11~18(~20) μm，壁厚(0.6~)0.8~1(~1.4) μm，模式寄主为烈味薹草 Carex foetidae All.；②卡氏炭黑粉菌 Anthracoidea karii (Liro) Nannf.(1977, Vánky 1994)，黑粉孢子 13~21(~22)×9~19 μm，壁厚 1~2 μm，模式寄主为 Carex brunnescens (Pers.) Poir.；③变异炭黑粉菌 Anthracoidea variabilis (S. Ito) Kakish. (1982)，黑粉孢子直径 14~24 μm，壁厚 1.5~2 μm，模式寄主为 Carex arenicola Fr. Schm.；④无味薹草炭黑粉菌 Anthracoidea pseudofoetidae L. Guo；⑤寸草炭黑粉菌 Anthracoidea duriusculae L. Guo。

Anthracoidea duriusculae L. Guo 与 Anthracoidea variabilis (S. Ito) Kakish.黑粉孢子大小相似，前者黑粉孢子壁薄，0.5~1 μm，表面瘤的形状、大小和分布变化小；后者黑粉孢子壁厚，1.5~2 μm，表面瘤的形状、大小和分布变化大。

Karatygin 和 Azbukina (1989) 记录了荸荠炭黑粉菌 Anthracoidea eleocharidis Kukkonen (Kukkonen 1964)，寄主为 Carex stenophylloides V. I. Krecz.。戴伦凯和梁松筠(2000)将 Carex stenophylloides V. I. Krecz.降为变种，即细叶薹草 Carex duriuscula C. A. Mey. subsp. stenophylloides (V. I. Krecz.) S. Y. Liang & Y. C. Tang。Anthracoidea duriusculae L. Guo 与 Anthracoidea eleocharidis Kukkonen 的区别是前者黑粉孢子扫描电镜下表面瘤间有小疣，后者无。

81. 丝杆薹草炭黑粉菌　　图 132~133

Anthracoidea filamentosae L. Guo, Fung. Div. 21: 89, 2006.

孢子堆生在少数子房中，近球形，长 2~2.5 mm，宽 1.2~2 mm，坚硬，初期有灰白色真菌薄膜包围，后期膜破裂。孢子团黑色，半黏结。黑粉孢子正面看卵圆形、椭圆形或不规则形，15~22(~24)×13.5~18.5(~21) μm，侧面宽 11~15 μm，红褐色；壁厚稍微不均匀，1.5~2(~2.5) μm，外突起 1~4 个，偶见 1 个光折射区，表面有瘤，扫描电镜下可见瘤常常会合，直径为 0.3~0.8(~1) μm。

寄生在莎草科 Cyperaceae，薹草属 Carex，薹草亚属 Carex，指状薹草组 Digitatae 植物上：

密生薹草 Carex crebra V. Krecz.，西藏：贡觉 (199994)。

丝杆薹草 Carex filamentosa K. T. Fu，甘肃：康乐 (133833，主模式)。

世界分布：中国。

讨论：在薹草亚属 Carex 指状薹草组 Digitatae 植物上，炭黑粉菌属在全球有 6 个种：①石薹草炭黑粉菌 Anthracoidea rupestris Kukkonen (1963)，黑粉孢子(15~)16~25(~26)×(11~)12~20(~21) μm，壁厚 1~3.5(~4) μm，模式寄主为 Carex rupestris All.；②低矮炭黑粉菌 Anthracoidea humilis Vánky (1983)，黑粉孢子 (17.5~)19~25.5(~27)×(14.5~)16~21(~22.5) μm，壁厚(1~)1.5~4(~5) μm，模式寄主为低矮薹草 Carex humilis Leyss.；③不规则炭黑粉菌 Anthracoidea irregularis (Liro) Boidol & Poelt (1963)，黑粉孢子

18~29(~34)×13~22 μm，壁厚 1~2.5(~3.5) μm，模式寄主为 *Carex digitata* L.；④陕西炭黑粉菌 *Anthracoidea shaanxiensis* L. Guo (2004)，黑粉孢子 17.5~21(~24)×13~19.5 μm，壁厚 1~2μm，模式寄主为陕西薹草 *Carex shaanxiensis* Wang et Tang ex P. C. Li；⑤条纹炭黑粉菌 *Anthracoidea striata* H.C. Zhang & L. Guo (2004)，黑粉孢子 15~30(~37.5)× 14~20 μm，壁厚 1~3.5 μm，模式寄主为柄状薹草 *Carex pediformis* C. A. Mey.；⑥丝杆薹草炭黑粉菌 *Anthracoidea filamentosae* L. Guo。

Anthracoidea filamentosae L. Guo 与 *Anthracoidea shaanxiensis* L. Guo 黑粉孢子大小相同，其区别是前者黑粉孢子表面瘤大，常常会合，直径为 0.3~0.8(~1) μm；而后者瘤小，直径为 0.2~0.4 μm。

82. 烈味薹草炭黑粉菌　　图 134~136

Anthracoidea foetidae H. Zogg, Bot. Helvetica 93: 99, 1983; Guo & Wang, Mycotaxon 93: 160, 2005.

孢子堆生在少数至多数子房中，卵圆形，长 2~3 mm，宽 1~2 mm，坚硬，初期有灰白色真菌薄膜包围，后期膜破裂。孢子团黑色，表面粉状。黑粉孢子正面看近球形、卵圆形、椭圆形或稍不规则形，(11~)12~20(~22)×(10~)11~17 μm，侧面宽 9~14 μm，红褐色或黄褐色；壁厚均匀，0.5~1 μm，无内肿胀，无光折射区，有瘤，扫描电镜下可见瘤部分会合，瘤间有小疣。

寄生在莎草科 Cyperaceae，薹草属 *Carex*，二柱薹草亚属 *Vignea*，烈味薹草组 *Foetidae* 植物上：

白颖薹草 *Carex duriuscula* C. A. Mey. subsp. *rigescens* (Franch.) S. Y. Liang & Y. C. Tang，甘肃：兴隆山(130320，主模式)。

细叶薹草 *Carex duriuscula* C. A. Mey. subsp. *stenophylloides* (V. Krecz.) S. Y. Liang & Y. C. Tang，甘肃：兴隆山(136435)。

世界分布：中国、瑞士。

讨论：*Anthracoidea foetidae* H. Zogg 与 *Anthracoidea duriusculae* L. Guo 的黑粉孢子在形态上相近，主要区别是后者黑粉孢子稍大，14~21(~24)×13~16.5(~19.5) μm，表面疣小而稀。

83. 红嘴薹草炭黑粉菌　　图 137~138

Anthracoidea haematostomae L. Guo, Fung. Div. 21: 83, 2006.

孢子堆生在少数子房中，近球形，直径 1.5~2 mm，坚硬，初期有灰白色真菌薄膜包围，后期膜破裂。孢子团黑色，半黏结。黑粉孢子正面看球形、近球形或阔椭圆形，19.5~22.5(~24.5)×15~22 μm，侧面宽 10~14 μm，红褐色；壁厚均匀，(2~)2.5~3 μm，正面常见胶质鞘，无内肿胀，无光折射区，表面有小疣。

寄生在莎草科 Cyperaceae，薹草属 *Carex*，薹草亚属 *Carex*，冻原薹草组 *Aulocystis* 植物上：

红嘴薹草 *Carex haematostoma* Nees，云南：德钦(132709，主模式)。

世界分布：中国。

讨论:在薹草亚属 *Carex* 冻原薹草组 *Aulocystis* 植物上,炭黑粉菌属在全球有 8 个种:①*Anthracoidea altera* Nannf. (1979),黑粉孢子 16~21×15~18 μm,壁厚约 1 μm,模式寄主为米萨薹草 *Carex misandra* R. Br.;②*Anthracoidea disciformis* (Liro) Zambett. (1978),黑粉孢子 16~22×15~19 μm,壁厚 1 μm,模式寄主为硬毛薹草 *Carex hirtella* Drej.;③米萨薹草炭黑粉菌 *Anthracoidea misandrae* Kukkonen (1963),黑粉孢子(17~)18~25(~26)×(12~)13~21(~23) μm,壁厚 0.7~1.5 μm (Vánky 1994),模式寄主为米萨薹草 *Carex misandra* R. Br.;④尼泊尔炭黑粉菌 *Anthracoidea nepalensis* Kakish. & Ono (1988),黑粉孢子 14~19×11~17 μm,壁厚 1~1.5 μm,模式寄主为钝鳞薹草 *Carex nakaoana* T. Koyama;⑤常绿炭黑粉菌 *Anthracoidea sempervirentis* Vánky (1979),黑粉孢子(16~)19~ 24(~27)×14~22 μm,壁厚 1.5~2.5(~4) μm,模式寄主为 *Carex sempervirens* Vill.;⑥刺毛薹草炭黑粉菌 *Anthracoidea setosae* L. Guo (2005 b),黑粉孢子 17.5~25(~27)×12.5~20 μm,壁厚 1~2.5(~3) μm,模式寄主为刺毛薹草 *Carex setosa* Boott;⑦细果薹草炭黑粉菌 *Anthracoidea stenocarpae* Chleb. (2002),黑粉孢子 15~17(~18)×14~17 μm,壁厚 1~1.5 μm,模式寄主为细果薹草 *Carex stenocarpa* Turcz. ex V. I. Krecz.;⑧红嘴薹草炭黑粉菌 *Anthracoidea haematostomae* L. Guo。根据国际植物命名法规 33.2 条款,*Anthracoidea disciformis* (Liro) Zambett.是不合格的发表。

Kakishima & Ono(1988)描述的尼泊尔炭黑粉菌模式标本的黑粉孢子小,14~19×11~17 μm,壁薄,1~1.5 μm。Vánky(2007)记载的尼泊尔炭黑粉菌黑粉孢子大,16.5~20(~21)×14.5~18.5 μm,壁厚,1.5~2.5(~3) μm,与原始描述有差异。Vánky (2007) 将 *Anthracoidea haematostomae* L. Guo 作为 *Anthracoidea nepalensis* Kakish. & Ono 的异名不妥。*Anthracoidea haematostomae* L. Guo 的黑粉孢子大,19.5~22.5(~24.5)×15~22 μm,壁厚,(2~)2.5~3 μm。

84. 异孢炭黑粉菌　　　图 139~140

Anthracoidea heterospora (B. Lindeb.) Kukkonen, Ann. Bot. Soc. Zool-Bot. Fenn. "Vanamo" 34(3): 63, 1963;He & Guo, Mycosystema 27: 143, 2008.

Cintractia heterospora B. Lindeb., *in* Nannfeld & Lindeberg, Svensk Bot. Tidskr. 51: 500, 1957.

Cintractia variabilis Lehtola, Acta Agralia Fenn. 42: 45, 1940 (non *Cintractia variabilis* S. Ito).

Uredo carpophila Schumach., Enumeratio plantarum in partibus Saellandiae, etc. Pars 2. Hafniae p. 234, 1803 (nomen nudum).

Cintractia carpophila (Schumach.) Liro, Ann. Acad. Sci. Fenn. Ser. A, 42(1): 27, 1938 (illegitimate combination).

Cintractia caricis (Pers.) Magnus var. *acutatum* Savile, Can. J. Bot. 30: 425, 1952.

孢子堆生在少数子房中,近球形或卵圆形,长 1.5~2 mm,宽 1~1.5 mm,坚硬,初期有灰白色真菌薄膜包围,后期膜破裂。孢子团黑色,半黏结。黑粉孢子正面看近球形、卵圆形、椭圆形或稍不规则形,(12.5~)15~19.5(~21)×12~17 μm,侧面宽 9~12.5 μm,褐色;壁厚稍不均匀,1~1.5(~2) μm,具有内肿胀 1~4 个,无光折射区,表面有细瘤。

寄生在莎草科 Cyperaceae，薹草属 Carex，薹草亚属 Carex，急尖薹草组 Phacocystis 植物上：

箭叶薹草 Carex ensifolia Turcz. ex Ledeb.，新疆：福海(172283)。

世界分布：中国、芬兰、爱沙尼亚、拉脱维亚、俄罗斯、白俄罗斯、波兰、斯洛伐克、罗马尼亚、澳大利亚、新西兰、加拿大。

讨论：此种不同的采集标本，甚至同一个孢子堆内，黑粉孢子的形状、大小、颜色和有无内肿胀存在很大的差异。

目前，在急尖薹草组 Phacocystis 组植物上，炭黑粉菌属在全球有 5 个种：①利罗炭黑粉菌 Anthracoidea liroi (Lehtola) Nannf. & B. Lindeb.(1965)；②异孢炭黑粉菌 Anthracoidea heterospora (B. Lindeb.) Kukkonen；③刺孢炭黑粉菌 Anthracoidea echinospora (Lehtola) Kukkonen(1963)；④变异炭黑粉菌 Anthracoidea variabilis (S. Ito) Kakish.(1982)；⑤比氏炭黑粉菌 Anthracoidea bigelowii Nannf. & B. Lindeb.(1965)。异孢炭黑粉菌与刺孢炭黑粉菌的区别是前者黑粉孢子瘤小而密，后者黑粉孢子刺大。异孢炭黑粉菌与其余 3 个种的区别是黑粉孢子小，其余 3 个种的黑粉孢子大。迄今为止，在急尖薹草组植物上，中国仅有异孢炭黑粉菌一个种。

85. 不规则炭黑粉菌　　图 141~142

Anthracoidea irregularis (Liro) Boidol & Poelt, Ber. Bayer. Bot. Ges. 36: 23, 1963；Guo, Mycotaxon 99: 228, 2007.

Cintractia irregularis Liro, *in* Mycoth. Fenn. no. 28, p. 11, 1934 (1935).

孢子堆生在少数子房中，近球形，直径 2~3 mm，坚硬，初期有灰白色真菌薄膜包围，后期膜破裂。孢子团黑色，半黏结。黑粉孢子正面看不规则形、多角形、近球形、椭圆形或卵圆形，(13~)16~30(~37)×(12.5~)16~23 μm，侧面宽 9~15 μm，暗红褐色；壁厚不均匀，1~2.5(~3.5) μm，具有许多外突起，内肿胀 1~3 个，具有光折射区，表面有瘤。

寄生在莎草科 Cyperaceae，薹草属 Carex，薹草亚属 Carex，指状薹草组 Digitatae 植物上：

大披针薹草 Carex lanceolata Boott，内蒙古：锡林浩特(164225)。

四花薹草 Carex quadriflora (Kük.) Ohwi，河北：雾灵山(165043)。

世界分布：中国、挪威、瑞典、芬兰、爱沙尼亚、立陶宛、俄罗斯、奥地利、罗马尼亚、保加利亚。

86. 喀纳斯炭黑粉菌　　图 143~145

Anthracoidea kanasensis H. C. Zhang & L. Guo, Mycotaxon 89: 307, 2004.

孢子堆生在少数子房中，近球形，长 1.5~2 mm，宽 1~1.5 mm，坚硬，初期有灰白色真菌薄膜包围，后期膜破裂。孢子团黑色，半黏结。黑粉孢子正面看近球形、椭圆形、卵圆形或不规则形，(10.5~)15~22.5(~25)×(10.5~)11~20 μm，侧面宽 9~12.5 μm，红褐色；壁厚不均匀，1~3 μm，在角处增厚。有的有外突起 1~4 个，内肿胀 1~4 个，光折射区 1~2 个，表面疣密，扫描电镜下可见疣常会合。

寄生在莎草科 Cyperaceae，薹草属 Carex，二柱薹草亚属 Vignea，卵形薹草组 Ovalis

植物上：

　　卵形薹草 *Carex leporina* L.，新疆：布尔津(86708，主模式；86709，副模式)。

　　世界分布：中国。

　　讨论：在卵形薹草组 *Ovalis* 植物上，炭黑粉菌属在全球有 3 个种：①*Anthracoidea uleiana* (Syd. & P. Syd) Vánky (1997) [异名：*Anthracoidea pannucea* (Liro) Vánky (1985)]，黑粉孢子直径 14~17 μm，模式寄主为 *Carex bonplandii* Kunth，产自巴西；②瘤炭黑粉菌 *Anthracoidea verrucosa* (Savile) Nannf. (1977)，黑粉孢子 14~23×13~17 μm，壁厚 1 μm，均匀增厚，模式寄主为 *Carex ebenea* Rydb.，产自美国；③喀纳斯炭黑粉菌 *Anthracoidea kanasensis* H. C. Zhang & L. Guo。喀纳斯炭黑粉菌与瘤炭黑粉菌的主要区别是前者黑粉孢子壁厚，不均匀增厚。

　　Carex leporina L.是植物中国新记录种(Zhang & Liang 2004)。

87. 大花嵩草炭黑粉菌　　图 146~147

Anthracoidea macranthae L. Guo & S. R. Wang, Mycotaxon 93: 160, 2005.

　　孢子堆生在少数子房中，近球形，直径 2~2.5 mm，坚硬，初期有灰白色真菌薄膜包围，后期膜破裂。孢子团黑色，半黏结。黑粉孢子正面看近球形、阔椭圆形或稍不规则形，15~18(~19.5)×13~17.5 μm，侧面宽 10~13.5(~15) μm，红褐色或黄褐色；壁厚均匀，0.5~1 μm，正面常见胶质鞘，无内肿胀，无光折射区，表面光滑。

　　寄生在莎草科 Cyperaceae，嵩草属 *Kobresia*，嵩草组 *Kobresia* 植物上：

　　大花嵩草 *Kobresia macrantha* Böcklr.，西藏：当雄(130318，主模式)；墨竹工卡(130317，副模式)。

　　世界分布：中国。

　　讨论：在炭黑粉菌属中，仅有少数种黑粉孢子表面光滑，例如，寄生在在嵩草属 *Kobresia* 单穗嵩草组 *Elyna* 植物上的嵩草炭黑粉菌 *Anthracoidea elynae* (H. Syd.) Kukkonen，黑粉孢子在光学显微镜下表面光滑，但是，在扫描电镜下，黑粉孢子正面可见点状突起，黑粉孢子稍大，17~22(~25)×(14~)15~18.5 μm(Vánky 1994)。在扫描电镜下，大花嵩草炭黑粉菌黑粉孢子正面未见点状突起，黑粉孢子稍小，15~18(~19.5)×13~17.5 μm，这两个种有区别。

88. 米萨薹炭黑粉菌　　图 148~149

Anthracoidea misandrae Kukkonen, Ann. Bot. Soc. Zool.-Bot. Fenn. "Vanamo" 34(3): 82, 1963; Guo, Mycotaxon 94: 48, 2005.

　　孢子堆生在少数子房中，椭圆形，长 2.5~3.5 mm，宽 1.5~2.5 mm，坚硬，初期有灰白色真菌薄膜包围，后期膜破裂。孢子团黑色，半黏结。黑粉孢子正面看近球形、椭圆形或卵圆形，17.5~25(~26)×15~20(~22) μm，侧面宽 10~14 μm，暗红褐色；壁厚均匀，约 1 μm，无内肿胀，无光折射区，表面有瘤。

　　寄生在莎草科 Cyperaceae，薹草属 *Carex*，薹草亚属 *Carex*，冻原薹草组 *Aulocystis* 植物上：

　　细果薹草 *Carex stenocarpa* Turcz. ex V. Krecz.，新疆：尼勒克(132710)。

世界分布：中国、挪威、瑞典、芬兰、俄罗斯、瑞士、意大利、罗马尼亚、格陵兰、加拿大。

讨论：郭林(2000)曾经将采自甘肃舟曲(67908)和四川峨眉山(34929, 34930)的标本错误地鉴定为米萨薹炭黑粉菌。这些标本被更正为刺毛薹草炭黑粉菌 Anthracoidea setosae L. Guo。

89. 米氏炭黑粉菌

Anthracoidea mulenkoi Piątek, Nova Hedw. 83: 110, 2006.

孢子堆生在少数子房中，近球形，直径 2~3 mm，初期有灰白色真菌薄膜包围，后期膜破裂。孢子团黑色，半黏结。黑粉孢子正面看近球形、阔椭圆形或卵圆形，16~23.5×(12.5~)16~21 μm，侧面宽 11~15 μm，褐色；壁厚均匀，1~2.5 μm，具有帽状无色突起，无内肿胀，无光折射区，表面稀疏小疣。

寄生在莎草科 Cyperaceae，嵩草属 Kobresia，单穗嵩草组 Elyna 植物上：

截形嵩草 Kobresia cuneata Kük.，四川：新龙(180704)。

世界分布：中国、巴基斯坦。

讨论：截形嵩草 Kobresia cuneata 是米氏炭黑粉菌 Anthracoidea mulenkoi 的新寄主植物。

90. 无味薹草炭黑粉菌　　图 150~151

Anthracoidea pseudofoetidae L. Guo, Fung. Div. 21: 84, 2006.

孢子堆生在少数子房中，近球形，直径 1.5~2 mm，坚硬，初期有灰白色真菌薄膜包围，后期膜破裂。孢子团黑色，半黏结。黑粉孢子正面看卵圆形、近球形、阔椭圆形或稍不规则形，9~12×8~11 μm，侧面宽 7~8 μm，红褐色；壁厚均匀，约 1 μm，内肿胀 1~3 个，偶尔可见 1 或 2 个光折射区，扫描电镜下表面可见小刺或小疣。

寄生在莎草科 Cyperaceae，薹草属 Carex，二柱薹草亚属 Vignea，烈味薹草组 Foetidae 植物上：

无味薹草 Carex pseudofoetida Kükenth.，西藏：革吉(130321，主模式)。

世界分布：中国。

讨论：在烈味薹草组植物上，无味薹草炭黑粉菌与其他 4 种炭黑粉菌的区别是黑粉孢子小 9~12×8~11 μm，表面纹饰为小刺或小疣。

91. 高山嵩草炭黑粉菌　　图 152~154

Anthracoidea pygmaea L. Guo, Mycotaxon 82: 147, 2002.

孢子堆生在少数子房中，近球形，坚硬，初期有灰白色真菌薄膜包围，后期膜破裂。孢子团黑色，半黏结至粉状。黑粉孢子正面看球形、近球形、阔椭圆形、卵圆形或不规则形，15.5~19.5(~22)×15~19 μm，侧面宽 9~13μm，红褐色；壁厚均匀，1~2(~2.5) μm，有胶质鞘，有光折射区，扫描电镜下可见稀疏小疣。

寄生在莎草科 Cyperaceae，嵩草属 Kobresia，异穗嵩草组 Hemicarex 植物上：

高山嵩草 Kobresia pygmaea C. B. Clarke ex Hook. f.，青海：祁连(24401，主模式；

24399，副模式)。

世界分布：中国。

讨论：迄今为止，在异穗嵩草组 *Hemicarex* 植物上，炭黑粉菌属在全球有 3 个种：①史密斯炭黑粉菌 *Anthracoidea smithii* Kukkonen，分布在中国和尼泊尔；②高山嵩草炭黑粉菌 *Anthracoidea pygmaea* L. Guo，分布在中国；③云南炭黑粉菌 *Anthracoidea yunnanensis* S. R. Wang & M. Piepenbr.，分布在中国。云南炭黑粉菌比史密斯炭黑粉菌和高山嵩草炭黑粉菌黑粉孢子大。高山嵩草炭黑粉菌和史密斯炭黑粉菌的区别是前者黑粉孢子具有胶质鞘和光折射区，在扫描电镜下黑粉孢子表面瘤小而稀；后者黑粉孢子未见胶质鞘和光折射区，在扫描电镜下黑粉孢子表面瘤稍大而密。

92. 喜马拉雅嵩草炭黑粉菌　　图 155~156

Anthracoidea royleanae L. Guo, Fung. Div. 21: 88, 2006.

孢子堆生在少数子房中，近球形，直径 1~2 mm，坚硬，初期有灰白色真菌薄膜包围，后期膜破裂。孢子团黑色，半黏结。黑粉孢子正面看近球形、阔椭圆形或卵圆形，15~21(~23)×12.5~18.5 μm，侧面宽 10~14 μm，红褐色；壁厚均匀，1~1.5 μm，正面偶见胶质鞘，无内肿胀，无光折射区，扫描电镜下正面可见点状突起或小疣，侧面有小疣。

寄生在莎草科 Cyperaceae，嵩草属 *Kobresia*，嵩草组 *Kobresia* 植物上：

喜马拉雅嵩草 *Kobresia royleana* (Nees) Boeck.，青海：称多(133834，主模式)。

世界分布：中国。

讨论：在嵩草组 *Kobresia* 植物上，炭黑粉菌属在全球有 5 个种：①疏穗嵩草炭黑粉菌 *Anthracoidea kobresiae* (Mundk.) Kukkonen (1963)，黑粉孢子 14~21×10~18(~19) μm，壁厚 0.7~2.5 μm，模式寄主为疏穗嵩草 *Kobresia laxa* Boeck.；②林氏炭黑粉菌 *Anthracoidea lindebergiae* (Kukkonen) Kukkonen(1963)，黑粉孢子直径 (14~)15~20(~22.5) μm，壁厚 0.7~2.5 μm，模式寄主为 *Kobresia simpliciuscula* (Wahlenb.) Mack.；③细叶嵩草炭黑粉菌 *Anthracoidea filifoliae* L. Guo (1995~1996)，黑粉孢子(13~)16.5~22.5×12~19 μm，壁厚 1~2.5 μm，模式寄主为丝叶嵩草 *Kobresia filifolia* (Turcz.) C. B. Clarke；④大花嵩草炭黑粉菌 *Anthracoidea macranthae* L. Guo & S. R. Wang (2005)，黑粉孢子 15~18(~19.5)×13~17.5 μm，壁厚 0.5~1 μm，模式寄主为大花嵩草 *Kobresia macrantha* Boeck.；⑤喜马拉雅嵩草炭黑粉菌 *Anthracoidea royleanae* L. Guo。

喜马拉雅嵩草炭黑粉菌与大花嵩草炭黑粉菌的区别是前者黑粉孢子大，15~21(~23)×12.5~18.5 μm，正面有点状突起或小疣，侧面有小疣；后者表面光滑。喜马拉雅嵩草炭黑粉菌与寄生在嵩草组 *Kobresia* 植物上其他 3 种炭黑粉菌的区别是前者黑粉孢子壁稍薄，1~1.5 μm；其他 3 种炭黑粉菌黑粉孢子的壁较厚，0.7~2.5 μm。

93. 石蒿草炭黑粉菌　　图 157~158

Anthracoidea rupestris Kukkonen, Ann. Bot. Soc. Zool.-Bot. Fenn. "Vanamo" 34(3): 47, 1963; Zhang & Guo, Mycotaxon 89: 310, 2004.

孢子堆生在少数子房中，近球形，长 2.2~3.5 mm，宽 2~3 mm，坚硬，初期有灰白色真菌薄膜包围，后期膜破裂。孢子团黑色，半黏结。黑粉孢子正面看近球形、卵圆形、椭圆形或不规则形，15~25.5 (~30.5)×14.5~22.5 μm，侧面宽 8~14 μm，红褐色或黄褐色；壁厚不均匀，1~3(~4) μm，在角处增厚，外突起 1~4 个，有 1 个光折射区，常见内肿胀，表面有瘤，扫描电镜下可见瘤常常会合。

寄生在莎草科 Cyperaceae，薹草属 *Carex*，薹草亚属 *Carex*，指状薹草组 *Digitatae* 植物上：

柄状薹草 *Carex pediformis* C. A. Mey.，新疆：布尔津 (86711、86712)。

世界分布：中国、挪威、瑞典、芬兰、俄罗斯、瑞士、法国、格陵兰、加拿大。

94. 常绿炭黑粉菌　　图 159~160

Anthracoidea sempervirentis Vánky, Bot. Not. 132: 225, 1979; Guo & Zhang, Mycotaxon 90: 390, 2004.

孢子堆生在少数子房中，近球形或卵圆形，长 1.5~2 mm，宽 1~1.8 mm，坚硬，初期有灰白色真菌薄膜包围，后期膜破裂。孢子团黑色，半黏结。黑粉孢子正面看近球形、椭圆形、卵圆形或不规则形，15~25(~28)×12.5~22 μm，侧面宽 10~15 μm，暗红褐色；壁厚不均匀，1~2.5(~3) μm，在角处增厚，有的有光折射区 1 或 2 个，表面密的小疣，在扫描电镜下可见疣常会合。

寄生在莎草科 Cyperaceae，薹草属 *Carex*，薹草亚属 *Carex*，冻原薹草组 *Aulocystis* 植物上：

糙喙薹草 *Carex scabrirostris* Kükenth.，陕西：太白山(89270)。

世界分布：中国、乌克兰、波兰、斯洛伐克、罗马尼亚、保加利亚。

95. 刺毛薹草炭黑粉菌　　图 161~162

Anthracoidea setosae L. Guo, Mycotaxon 94: 47, 2005.

孢子堆生在少数子房中，近球形或卵圆形，长 1.2~2 mm，宽 1.1~1.8 mm，坚硬，初期有灰白色真菌薄膜包围，后期膜破裂。孢子团黑色，半黏结。黑粉孢子正面看球形、椭圆形、稍不规则形或不规则形，17.5~25(~27)×12.5~20 μm，侧面宽 10~15 μm，黄褐色或黑褐色；壁厚均匀或不均匀，1~2.5(~3) μm，无内肿胀，无光折射区，表面小疣细而密。

寄生在莎草科 Cyperaceae，薹草属 *Carex*，薹草亚属 *Carex*，冻原薹草组 *Aulocystis* 植物上：

刺毛薹草 *Carex setosa* Boott，甘肃：舟曲(67908，主模式)；四川：峨眉山(34929、34930，副模式)。

世界分布：中国。

讨论：以上 3 号标本曾经被错误地鉴定为米萨薹炭黑粉菌 *Anthracoidea misandrae* Kukkonen(Guo 1994)。刺毛薹草炭黑粉菌与米萨薹炭黑粉菌和常绿炭黑粉菌的黑粉孢子大小相同。刺毛薹草炭黑粉菌与米萨薹炭黑粉菌的区别是前者黑粉孢子疣小，直径为 0.125~0.3 μm；后者的瘤大，直径为 (0.2~)0.4~0.8(~1) μm (Kukkonen 1963)。刺毛薹草炭黑粉菌与常绿炭黑粉菌的区别是前者的黑粉孢子表面的小疣有规律分布的；后者的瘤分布不规律，或稀，或密，或成结，或会合(Vánky 1979)。

96. 四川炭黑粉菌　　图 163~164

Anthracoidea setschwanensis L. Guo, Mycotaxon 99: 227, 2007.

MycoBank MB 510470

孢子堆生在少数子房中，卵圆形，长 1.8~2.2 mm，宽 1.5~2 mm，坚硬，初期有灰白色真菌薄膜包围，后期膜破裂。孢子团黑色，半黏结。黑粉孢子正面看近球形、椭圆形、卵圆形或稍不规则形，18.5~27.5(~30)×16~25.5 μm，侧面宽(12~16) μm，黄褐色或红褐色；壁厚均匀，1~2.5(~3.5) μm，偶尔有外突起，无内肿胀和光折射区，表面疣小而密，扫描电镜下可见疣有的会合。

寄生在莎草科 Cyperaceae，嵩草属 *Kobresia*，单穗嵩草组 *Elyna* 植物上：

四川嵩草 *Kobresia setschwanensis* Hand.-Mazz.，四川：贡嘎山(143945，主模式)。

世界分布：中国。

讨论：此种与 *Anthracoidea xizangensis* L. Guo (2005 b)、*Anthracoidea bistaminatae* L. Guo(2006)和 *Anthracoidea mulenkoi* M. Piątek(2006 b)的区别是该种黑粉孢子大。

四川嵩草 *Kobresia setschwanensis* Hand.-Mazz.是中国特有种植物，主要分布于四川西部和北部、云南西北部、西藏东部、青海东南部(戴伦凯和梁松筠 2000)。

97. 陕西炭黑粉菌　　图 165~166

Anthracoidea shaanxiensis L. Guo, Nova Hedw. 79: 508, 2004.

孢子堆生在少数子房中，近球形，长 1.5~2.2 mm，宽 1~1.8 mm，坚硬，初期有灰白色真菌薄膜包围，后期膜破裂。孢子团黑色，半黏结。黑粉孢子正面看近球形、椭圆形、多角形或不规则形，17.5~21(~24)×13~19.5 μm，侧面宽 10~14 μm，红褐色；壁厚不均匀，1~2 μm，外突起 1~4 个，有光折射区，扫描电镜下可见密的瘤。

寄生在莎草科 Cyperaceae，薹草属 *Carex*，薹草亚属 *Carex*，指状薹草组 *Digitatae* 植物上：

陕西薹草 *Carex shaanxiensis* Wang et Tang ex P. C. Li，陕西：太白山(84642，主模式)。

世界分布：中国。

讨论：*Anthracoidea shaanxiensis* L. Guo 与指状薹草组 *Digitatae* 植物上的炭黑粉菌属其他种的区别是黑粉孢子小，壁薄。

98. 条纹炭黑粉菌　　图 167~169

Anthracoidea striata H. C. Zhang & L. Guo, Mycotaxon 89: 308, 2004.

孢子堆生在少数子房中，近球形，长 1.5~2.5 mm，宽 1.5~2.2 mm，坚硬，初期有灰白色真菌薄膜包围，后期膜破裂。孢子团黑色，半黏结。黑粉孢子正面看近球形、椭圆形、卵圆形或不规则形，15~30(~37.5)×14~20 μm，侧面宽 10~13 μm，红褐色或黄褐色；壁厚不均匀，1~3.5 μm，在角处增厚，外突起 1~7 个，内肿胀 1~5 个，光折射区 1~3 个，扫描电镜下可见密的瘤，瘤常会合，部分形成条纹状。

寄生在莎草科 Cyperaceae，薹草属 *Carex*，薹草亚属 *Carex*，指状薹草组 *Digitatae* 植物上：

柄状薹草 *Carex pediformis* C. A. Mey.，新疆：布尔津(86710，主模式)。

世界分布：中国。

讨论：*Anthracoidea striata* H. C. Zhang & L. Guo 与 *Anthracoidea irregularis* (Liro) Boidol & Poelt 是近似种，其区别是前者黑粉孢子大。

99. 西藏炭黑粉菌　　图 170~171

Anthracoidea xizangensis L. Guo, Mycotaxon 94: 48, 2005.

孢子堆生在少数子房中，椭圆形或卵圆形，长 1~2 mm，宽 0.7~1 mm，坚硬，初期有灰白色真菌薄膜包围，后期膜破裂。孢子团黑色，半黏结。黑粉孢子正面看球形、椭圆形或卵圆形，17~22.5×15~18 μm，侧面宽 10~15 μm，黑褐色；壁厚均匀，1.5~2 μm，无内肿胀，无光折射区，扫描电镜下正面可见小而密的疣。

寄生在莎草科 Cyperaceae，嵩草属 *Kobresia*，单穗嵩草组 *Elyna* 植物上：

线形嵩草 *Kobresia duthiei* C. B. Clarke，西藏：定结(67973，主模式)。

嵩草 *Kobresia myosuroides* (Villars) Fiori，青海：天峻(26405)。

世界分布：中国。

讨论：HMAS 67973 和 HMAS 26405 标本曾经被作者(Guo 1995~1996)鉴定为细叶嵩草炭黑粉菌 *Anthracoidea filifoliae* L. Guo，目前更正为西藏炭黑粉菌 *Anthracoidea xizangensis* L. Guo。西藏炭黑粉菌与细叶嵩草炭黑粉菌的区别是前者黑粉孢子表面有小疣，寄主植物属于单穗嵩草组 *Elyna*；细叶嵩草炭黑粉菌的黑粉孢子表面在扫描电镜下可见小瘤之间有密的细疣，寄主植物属于嵩草组 *Kobresia*。

100. 云南炭黑粉菌　　图 172~173

Anthracoidea yunnanensis S. R. Wang & M. Piepenbr., Mycol. Progress 1: 399, 2002.

孢子堆生在少数子房中，直径 2~3 mm，坚硬，初期有灰白色真菌薄膜包围，后期膜破裂。孢子团黑色，黏结至粉状。黑粉孢子正面看多角形、椭圆形、卵圆形或不规则形，20~27(~31)×17~22(~25) μm，侧面宽 10~15 μm，红褐色；壁厚稍不均匀，1~2(~2.5) μm，有时内肿胀 1 或 2 个，有时有光折射区，扫描电镜下正面可见小疣，常常会合。

寄生在莎草科 Cyperaceae，嵩草属 *Kobresia*，异穗嵩草组 *Hemicarex* 植物上：

三脉嵩草 *Kobresia esenbeckii* (Kunth) Wang & Tang ex P. C. Li，云南：老君山(HKAS 41281，主模式)。

世界分布：中国。

黑粉菌科 Ustilaginaceae Tul. & C. Tul.
Ann. Sci. Nat. Bot. Ser. 3, 7: 73, 1847.

101. 狼尾草无轴黑粉菌　　图 174~176

Macalpinomyces flaccidus S. H. He & L. Guo, Mycotaxon 101: 99, 2007.

MycoBank MB 510867

孢子堆生在花序的某些小穗上，3~7 个簇生，圆柱形或线形，长 8~21 mm，宽

0.5~1 mm，顶端渐尖，初期有浅褐色包被包围，后期包被破裂。无中轴。孢子团黑褐色，半黏结至粉状。黑粉孢子近球形、卵圆形、椭圆形、多角形或稍不规则形，常常带角，10~13(~15)×8.5~12(~13) μm，褐色；壁厚 1~1.5 μm，均匀或稍不均匀增厚，有刺，在扫描电镜下可见刺间有稀疏的细疣。不育细胞近球形、卵圆形或椭圆形，5~10×5~9 μm，无色，光滑。

寄生在禾本科 Poaceae 植物上：

白草 *Pennisetum flaccidum* Griseb.，四川：乡城(175180)；云南：洱源(172153，主模式)、昆明(172152，副模式)。

世界分布：中国。

讨论：在 *Pennisetum* 植物上，无轴黑粉菌属 *Macalpinomyces* 在全球仅有 2 个种：类冬孢无轴黑粉菌 *Macalpinomyces tilletioides* Vánky(2005 b) 和狼尾草无轴黑粉菌 *Macalpinomyces flaccidus* S. H. He & L. Guo。这两个种的区别是狼尾草无轴黑粉菌孢子堆长，8~21 mm，3~7 个成簇，黑粉孢子刺稀疏，不育细胞小，5~10×5~9 μm；类冬孢无轴黑粉菌孢子堆短，长 2~3 mm，黑粉孢子刺密，瘤状，不育细胞大，7~16×6.5~12 μm。

102. 双花草孢堆黑粉菌　　图 177~178

Sporisorium andropogonis-annulati (Bref.) S. R. Wang & M. Piepenbr., Mycol. Progr. 1: 403, 2002.

Ustilago andropogonis-annulati Bref., Unters. Gesamt. Mycol. 12: 108, 1895.

Sphacelotheca andropogonis-annulati (Bref.) Zundel, Mycologia 22: 132, 1953.

孢子堆生在花序的全部小穗上，长约 3 cm，宽 1 mm，初期藏在外颖内，有浅灰色包被包围，成熟后伸出。中轴单个。孢子团黑褐色，粉状。黑粉孢子近球形、卵圆形或椭圆形，10~13(~15)×8~12 μm，红褐色；壁厚 1~1.5 μm，有刺，在扫描电镜下可见刺间有密的细疣。

寄生在禾本科 Poaceae 植物上：

瘤毛双花草 *Dichanthium annulatum* (Forsk.) Stapf. var. *bullisetosum* B. S. Sun & S. Wang，云南：鹤庆(KUN 384781)。

世界分布：中国、印度。

103. 蔗茅孢堆黑粉菌

Sporisorium erianthi (Syd. & P. Syd.) Vánky, Symb. Bot. Ups. 24(2): 120, 1985.

Ustilago erianthi Syd. & P. Syd., Ann. Mycol. 13: 37, 1915.

Sphacelotheca erianthi (Syd. & P. Syd.) Mundk., Kew Bulletin 3: 213, 1942.

Sphacelotheca erianthi (Syd. & P. Syd.) Uljan., Trudy Inst. Bot. (Baku) 15: 89, 1950.

Sorosporium indicum Mundk., Kew Bulletin 3: 215, 1942.

孢子堆生在花序的全部子房上，圆柱状或长卵球形，长 3~5 mm，宽 1~1.5 mm，被灰色包被包围。中轴单个。孢子团黑褐色，粉状。黑粉孢子近球形、球形、卵圆形或阔椭圆形，5~10×4.5~9 μm，黄褐色或褐色；壁均匀增厚，0.5~1 μm，细刺，在扫描电镜下可见刺间有小疣。不育细胞近球形、椭圆形或卵圆形，7~17×6.5~15 μm，无色；壁厚约

0.5 μm，光滑，通常成组。

寄生在禾本科 Poaceae 植物上：

斑茅 *Saccharum arundinaceum* Retz.，海南：霸王岭(199950)。

世界分布：中国、印度。

104. 莠竹孢堆黑粉菌　　图 179~180

Sporisorium microstegii (S. Ahmad) L. Guo, Mycotaxon 77: 339, 2001.

Sphacelotheca microstegii S. Ahmad, Mycol. Papers 64: 6, 1956 (as '*microstegiae*').

Ustilago microstegii (S. Ahmad) Vánky, Mycotaxon 51: 173, 1994.

孢子堆生在花序上，圆柱状，长 2.5~4.5 cm，宽约 1 mm，有近白色包被包围。中轴单个。孢子团黑褐色，粉状。黑粉孢子近球形、卵圆形或椭圆形，4~6×3~4.5 μm，橄榄褐色，光镜下面光滑，在扫描电镜下可见小疣。不育细胞链长达 102 μm。不育细胞形状和大小变化大，球形、近球形、卵圆形、圆柱形或不规则形，6~10.5×4.5~8.5 μm，无色或浅黄色，光滑。

寄生在禾本科 Poaceae 植物上：

荏弱莠竹 *Microstegium delicatulum* (Hook. f.) A. Camus，云南：绿春(80484)。

世界分布：中国、巴基斯坦。

讨论：保藏在英国 IMI 标本馆的采自巴基斯坦的莠竹孢堆黑粉菌模式标本，其孢子堆的长度可以达到 7.2 cm，比中国的略长。其他特征与中国的标本相同。

105. 冠芒草孢堆黑粉菌　　图 181~183

Sporisorium modestum (Syd.) H. Scholz, *in* Fraiture, Bull. Jard. Bot. Nat. Belg. 66: 171, 1997; Guo, Mycotaxon 77: 341, 2001.

Ustilago modesta Syd., Ann. Mycol. 33: 231, 1935.

Sphacelotheca modesta (Syd.) Zundel, Bothalia 33: 301, 1938.

孢子堆生在全部子房上，有绿色包被包围。孢子团黑色，粉状。黑粉孢子近球形、椭圆形或稍不规则形，11~15(~16.5)×9~12.5 μm，褐色或黑褐色，有刺或瘤，刺或瘤大小有变化，高达 1 μm，在扫描电镜下可见刺或瘤间有细疣。不育细胞卵圆形、近球形或椭圆形，5.5~10.5×5~7.5 μm，无色，光滑。

寄生在禾本科 Poaceae 植物上：

九顶草 *Enneapogon borealis* (Griseb.) Honda，宁夏：贺兰山(80483)。

世界分布：中国、南非。

讨论：保藏在美国农业部菌物标本馆(BPI)的采自南非的冠芒草孢堆黑粉菌模式标本，其黑粉孢子的瘤稍长。其他特征与中国的标本相同。冠芒草孢堆黑粉菌不仅是中国的新记录种，也是亚洲的新记录种。*Enneapogon borealis* (Griseb.) Honda 也是冠芒草孢堆黑粉菌的新记录植物。

106. 蒙大拿孢堆黑粉菌　　图 184~185

Sporisorium montaniense (Ellis & Holway) Vánky, Symb. Bot. Upsal. 24: 118, 1985; Wang

& Piepenbring, Mycol. Progross 1: 403, 2002 (as 'montaniensis').

Ustilago montaniensis Ellis & Holway, *in* Ellis & Everhart, J. Mycol. 6: 119, 1890.

Sphacelotheca montaniensis (Ellis & Holway) G. P. Clinton, J. Mycol. 8: 141, 1902.

Ustilago strangulans Issatsch., Bot. Zap. 5: 225, 1896.

Sphacelotheca strangulans (Issatsch.) G. P. Clinton, Proc. Boston Soc. Nat. Hist. 31: 392, 1904.

孢子堆生在花序上，梭形或伸长形，通常有叶鞘包围，有绿色或白色包被包围。中轴单个。孢子团黑褐色，黏结至粉状。黑粉孢子近球形、卵圆形、椭圆形或不规则形，10~16.5(~19)×8~13 μm，红褐色，壁厚约 1 μm；有刺，在扫描电镜下可见刺间有密的细疣。不育细胞卵圆形、近球形或不规则形，7~13×6.5~11 μm，无色，单个或成组。

寄生在禾本科 Poaceae 植物上：

小画眉草 *Eragrostis minor* Host，内蒙古：赤峰(87788，87789)。

世界分布：中国、俄罗斯、匈牙利、罗马尼亚、美国。

讨论：此种的寄主植物有画眉草属 *Eragrostis* 和乱子草属 *Muhlenbergia*，模式标本寄生在乱子草属植物上。Wang 和 Piepenbring (2002) 曾经研究过此种黑粉孢子的萌发。黑粉孢子萌发后产生有隔担子，在其侧面和顶端产生担孢子。

107. 黄金茅孢堆黑粉菌　　图 186~187

Sporisorium pollinianum (Zundel) Vánky & Shivas, *in* Vánky, Mycotaxon 74: 184, 2000;
　　Guo, Mycosystema 19: 420, 2000.

孢子堆生在全部小穗中，外有白色包被包围。中轴单个，弯曲。孢子团黑褐色，半黏结。黑粉孢子球形、近球形、卵圆形或椭圆形，10~12.5×8.5~10.5 μm，黄褐色；壁厚均匀，0.5~0.8 μm，有刺或瘤，在扫描电镜下可见刺或瘤间有细疣。不育细胞球形、近球形、卵圆形或椭圆形，10~20×8.5~16.5 μm，无色，光滑。

寄生在禾本科 Poaceae 植物上：

四脉金茅 *Eulalia quadrinervis* (Hack.) Kuntze，四川：泸定(77940)。

世界分布：中国、巴布亚新几内亚。

讨论：Vánky (2000)记述了寄生在金茅属 *Eulalia* 和拟金茅属 *Eulaliopsis* 植物上的孢堆黑粉菌属的 6 个种：①*Sporisorium crypticum* (Cooke & Massee) Vánky & Patil；②*Sporisorium polliniae* (Magnus) Vánky；③*Sporisorium indicum* (Syd., P. Syd. & Butler) Vánky；④*Sporisorium eulaliae* (L. Ling) Vánky；⑤黄金茅孢堆黑粉菌 *Sporisorium pollinianum* (Zundel) Vánky & Shivas；⑥广西孢堆黑粉菌 *Sporisorium guangxiense* L. Guo。中国仅有黄金茅孢堆黑粉菌和广西孢堆黑粉菌。

作者研究了 Vánky 等于 1998 年 3 月 27 日采自巴布亚新几内亚的黄金茅孢堆黑粉菌，其黑粉孢子刺稍长而密，其他特征与中国的标本相同。

108. 小刺孢堆黑粉菌

Sporisorium spinulosum S. H. He & L. Guo, Mycotaxon 107: 350, 2009.

MycoBank MB 512662

孢子堆生在花序上，长圆柱形，长 35~110 mm，宽 1~1.5 mm，初期外有灰褐色包被包围，后期包被纵向裂开，部分藏在顶端叶鞘中。中轴单个，通常在顶端弯曲。孢子团黑褐色，半黏结或粉状。黑粉孢子近球形、卵圆形、椭圆形或稍不规则形，6.5~9×5~7.5 µm，黄褐色，通常一边色浅；壁厚不均匀，0.5~1 µm，在扫描电镜下可见稀疏小刺。不育细胞近球形、椭圆形或不规则形，7.5~16.5×4~12.5 µm，无色或浅黄色，成串；壁厚 1~2 µm，光滑。

寄生在禾本科 Poaceae 植物上：

细柄草 *Capillipedium parviflorum* (R. Br.) Stapf，云南：福贡(193085，主模式)。

世界分布：中国。

讨论：此种与 *Sporisorium tenue* (Syd. & P. Syd.) Vánky 和 *Sporisorium taianum* (Syd.) L. Guo 相似，都具有比较小的黑粉孢子。它与 *Sporisorium tenue* 的区别是前者中轴不分叉，黑粉孢子在扫描电镜下刺间光滑，壁厚不均匀，不育细胞成串，缺乏孢子团；*Sporisorium tenue* 中轴分叉，黑粉孢子在扫描电镜下刺间有密疣，壁厚均匀，不育细胞成组，具有短暂孢子团。*Sporisorium spinulosum* 与 *Sporisorium taianum* 的区别是前者孢子堆寄生在花序上，黑粉孢子具有稀疏小刺；后者孢子堆寄生在小穗上，黑粉孢子具有密的小疣。

迄今为止，在 *Bothriochloa*、*Capillipedium* 和 *Dichanthium* 3 属植物上，孢堆黑粉菌属 *Sporisorium* 在全球有 15 个种(Vánky 2004 b)，中国有 6 个种：①*Sporisorium andropogonis* (Opiz) Vánky；②*Sporisorium andropogonis-annulati* (Bref.) S. R. Wang & M. Piepenbr.；③*Sporisorium doidgeae* (Zundel) Langdon & Fullerton；④*Sporisorium reticulatum* (B. Liu, Z. Y. Li & Du) Vánky；⑤*Sporisorium taianum*；⑥*Sporisorium spinulosum*。

109. 黄芪楔孢黑粉菌　　图 188

Thecaphora affinis W. G. Schneid. ex A. A. Fisch. Waldh., Aperçu Systématique des Ustilaginées, Leurs Plantes Nourricières et la Localisation de Leurs Spores. p. 36, 1877; Wang & Guo, Mycosystema 21: 452, 2002.

孢子堆生在种子内，引起肿胀。孢子团红褐色，粉状。孢子球球形、近球形、卵圆形、椭圆形或稍不规则形，(21~)25~52(~68)×(15~)22.5~43(~56.5) µm，黄褐色，由 4~21 个黑粉孢子组成。黑粉孢子楔形、卵圆形、椭圆形、多角形或稍不规则形，15~20(~26)×10~15 µm，表面有粗瘤。

寄生在豆科 Leguminosae 植物上：

斜茎黄芪 *Astragalus adsurgens* Pall.，甘肃：天祝(82274)。

黄芪 *Astragalus penduliflorus* Lam. subsp. *mongholicus* Bunge var. *dauricus* (Fisch.) X. Y. Zhu，甘肃岷县(163206)。

世界分布：中国、德国、美国。

讨论：*Thecaphora affinis* W. G. Schneid. ex A. A. Fisch. Waldh.与 *Thecaphora deformans* Durieu & Mont. ex Tul. & C. Tul.接近，其区别是前者孢子球大，孢子球中黑粉孢子数目多(Vánky 1994)。

在豆科植物上，楔孢黑粉菌属在全球有 13 个种 [Vánky 1991 a, Xi & Zhao 1989, Wang (*in* Wang & Zeng 2006)]，中国有 4 个种：①*Thecaphora affinis* W. G. Schneid. ex A.

A. Fisch. Waldh.(Wang & Guo 2002)，寄主植物为黄芪属 *Astragalus*；②棘豆楔孢黑粉菌 *Thecaphora oxytropis* S. Y. Wang(*in* Wang & Zeng 2006)，寄主植物为棘豆属 *Oxytropis*；③苦马豆楔孢黑粉菌 *Thecaphora sphaerophysae* Z. Y. Zhao & Y. W.(Xi & Zhao 1989)，寄主植物为苦马豆属 *Swainsonia*；④野豌豆楔孢黑粉菌 *Thecaphora viciae* Bubák，[异名：山野豌豆楔孢黑粉菌 *Thecaphora viciae-amoenae* Harada(郭林 2000, Vánky 2007)]，寄主植物为野豌豆属 *Vicia*。

110. 棘豆楔孢黑粉菌　　图 189

Thecaphora oxytropis S. Y. Wang, Mycotaxon 96: 9, 2006.

孢子堆生在种子内。孢子团浅褐色，颗粒状至粉状。孢子球近球形、卵圆形、椭圆形或稍不规则形，28~59(~64)×22~50 μm，由 4~23(或更多)个黑粉孢子组成，黑粉孢子易分离。黑粉孢子近多角形、楔形、卵圆形、椭圆形、多角形或稍不规则形，15~22×10.5~18.5 μm，浅黄褐色，接触面光滑，表面有粗的、不规则的瘤。

寄生在豆科 Leguminosae 植物上：

黄花棘豆 *Oxytropis ochrocephala* Bunge，甘肃：天祝(172154，等模式)。

世界分布：中国。

讨论：此种与岩黄芪楔孢黑粉菌 *Thecaphora hedysari* Vánky 都有松散的孢子球，其区别是后者孢子球稍大 30~72×24~56 μm，由 10~35(或更多)个黑粉孢子组成(Vánky 1991 a)；前者的孢子球稍小，由 4~23(或更多)个黑粉孢子组成。

111. 野青茅生黑粉菌　　图 190~192

Ustilago deyeuxicola Vánky & L. Guo, Mycotaxon 79: 262, 2001.

孢子堆生在叶和叶鞘上，形成条纹，长 0.5~5 cm，宽约 0.5 mm，初期由表皮覆盖，后期表皮破裂，受害叶片裂开。孢子团黑褐色，半黏结至粉状。黑粉孢子近球形、阔椭圆形、卵圆形或稍不规则形，6.5~10×(5.5~)6~7.5 μm，黄褐色；壁厚约 0.5 μm，小刺。

寄生在禾本科 Poaceae 植物上：

小叶章 *Deyeuxia angustifolia* (Kom.) Y. L. Chang，内蒙古：阿尔山(171944)；黑龙江：抚远(80864，主模式)。

世界分布：中国。

讨论：在野青茅属 *Deyeuxia* 植物上，全世界共有 3 种黑粉菌：①*Tilletia inolens* McAlpine (1896)；②野青茅腥黑粉菌 *Tilletia deyeuxiae* L. Ling (1945)；③*Ustilago deyeuxicola* Vánky & L. Guo (2001)。中国有两个种。

112. 寸草黑粉菌　　图 193~194

Ustilago duriusculae L. Guo, Mycosystema 25: 162, 2006.

孢子堆生在叶上，条纹状，长 3~7.5 cm，宽 0.2~0.3 mm，初期由表皮覆盖，后期表皮破裂，受害叶片裂开。孢子团黑褐色，粉状。黑粉孢子近球形、椭圆形、卵圆形或稍不规则形，8.5~15×7.5~12 μm，红褐色或黄褐色；壁厚约 1 μm，有刺。

寄生在莎草科 Cyperaceae 植物上：

白颖薹草 *Carex duriuscula* C. A. Mey subsp. *rigescens* (Franch.) S. Y. Liang & Y. C. Tang，青海：民和(95452，主模式)。

世界分布：中国。

讨论：此种的特点是黑粉孢子单个，不成对，也不形成孢子球。寄主植物为莎草科，黑粉孢子单个的黑粉菌属有炭黑粉菌属 *Anthracoidea*、根肿黑粉菌属 *Entorrhiza*、丝黑粉菌属 *Farysia*、独黑粉菌属 *Orphanomyces* 和 *Planetella* 属。寸草黑粉菌与这些属的区别很大。它和寄生在 Poaceae 植物上的条形黑粉菌 *Ustilago striiformis* (Westend.) Niessl 非常相似。但是，在黑粉菌的种的划分中，Fischer 和 Shaw (1953)曾经提出在形态学上具有相似症状的黑粉菌如果寄生在不同科上应该视为不同种。目前 *Ustilago* 仅仅局限于禾本科植物。寸草黑粉菌暂时放在黑粉菌属中。

113. 格里菲思黑粉菌　　图 195~196

Ustilago griffithsii Syd., Ann. Mycol. 5: 290, 1907; Wang & Piepenbring, Mycol. Progross 1: 405, 2002.

孢子堆生在花序上，长 5~10 mm，宽 0.8~1 mm，初期藏在叶鞘内，后期暴露。孢子团黑色，粉状。黑粉孢子球形、近球形、椭圆形、卵圆形或稍不规则形，13~20×12~17 μm，暗红褐色；壁厚为 1~2.5(~3) μm，密的细刺，扫描电镜下可见刺间有小疣。

寄生在禾本科 Poaceae 植物上：

小草 *Microchloa indica* (L. f.) Beauv.，云南：鹤庆(HKAS 41301)。

世界分布：中国、墨西哥。

讨论：Wang 和 Piepenbring(2002)曾经研究过此种黑粉孢子的萌发。黑粉孢子萌发后通常产生两个菌丝，一个比另一个长，菌丝有的有隔膜，未见担孢子。

微球黑粉菌目　Microbotryales R. Bauer & Oberw.
in Bauer, Oberwinkler & Vánky, Can. J. Bot. 75: 1309, 1997.

缺乏特殊真菌泡囊沉淀的相互作用区。菌丝胞间生。担子横隔膜具有无柄担孢子。

模式科：微球黑粉菌科 Microbotryaceae R. T. Moore, emend R. Bauer & Oberw.。

微球黑粉菌科　Microbotryaceae R.T. Moore
Mycotaxon 59:17, 1996.

隔膜无孔。黑粉孢子带紫色。寄生于双子叶植物。

模式属：微球黑粉菌属 *Microbotryum*。

114. 鸦葱微球黑粉菌

Microbotryum scorzonerae (Alb. & Schwein.) G. Deml & Prillinger, in Prillinger *et al.*, Bot.

Acta 104(1): 10, 1991; Liu *et al.*, Mycotaxon 108: 245, 2009.

Uredo tragopogonis ββ *scorzonerae* Alb. & Schwein., Consp. Fung. Lusat. p. 130, 1805.

Ustilago scorzonerae (Alb. & Schwein.) J. Schröt., in Cohn, Krypt.-Fl. Schlesien 3(1): 274, 1887.

Bauhinus scorzonerae (Alb. & Schwein.) R. T. Moore, Mycotaxon 45: 99, 1992.

孢子堆生在花序中。孢子团黑紫色，粉状。黑粉孢子在初期稀疏黏结，形成不规则的团，后期单个，球形、近球形、椭圆形、卵圆形或稍不规则形，10~16×8.5~12.5 μm，浅褐紫色，有的一边色浅；壁表面网纹，网眼直径 1~3 μm，网脊高 1~1.5 μm，扫描电镜下可见网眼底部有少数小疣。

寄生在菊科 Asteraceae 植物上：

笔管草 *Scorzonera albicaulis* Bunge，内蒙古：赤峰(196087)。

世界分布：中国、哈萨克斯坦、塔吉克斯坦、乌兹别克斯坦、亚美尼亚、爱沙尼亚、拉脱维亚、立陶宛、乌克兰、斯洛伐克、匈牙利、德国、法国、罗马尼亚。

115. 珠芽蓼微球黑粉菌

Microbotryum vivipari S. H. He & L. Guo, Mycotaxon 104: 455, 2008.

MycoBank MB 511674.

孢子堆生在花序的小花中，肿胀，长 1.5~6 mm，宽 1~2 mm，少数也生在叶上，初期有浅褐色膜覆盖，后期破裂。孢子团黑紫色，粉状。黑粉孢子近球形、椭圆形、卵圆形或稍不规则形，11~20(~30)×9~15(~17.5) μm，褐紫色；壁厚 0.5~1 μm，密瘤。

寄生在蓼科 Polygonaceae 植物上：

珠芽蓼 *Polygonum viviparum* L.，甘肃：天祝(163790，主模式)。

世界分布：中国。

讨论：此种与 *Microbotryum bistortarum* (DC.) Vánky 是近似种，其区别是前者的黑粉孢子大，11~20(~30)×9~15(~17.5) μm，后者的黑粉孢子小，9~16×8~13 μm。

附录 III 寄主植物各科、属、种上的中国黑粉菌名录

泽泻科 ALISMATACEAE

Sagittaria sagittifolia L.

 Doassansia opaca Setch.

 Doassansiopsis deformans (Setch.) Dietel

Sagittaria trifolia L.

 Doassansiopsis deformans (Setch.) Dietel

Sagittaria spp.

 Doassansiopsis deformans (Setch.) Dietel

 Doassansiopsis guangdongensis S. H. He & L. Guo

石蒜科 AMARYLLIDACEAE

Ixiolirion tataricum (Pall.) Herb.
  Urocystis nevodovskyi Schwarzman

菊科 ASTERACEAE

Bidens pilosa L.
  Entyloma guaraniticum Speg.
Dahlia pinnata Cav.
  Entyloma dahliae Syd. & P. Syd.
Senecio formosanus Kitam.
  Entyloma compositarum Farlow
Scorzonera albicaulis Bunge
  Microbotryum scorzonerae (Alb. & Schwein.) G. Deml & Prillinger

十字花科 BRASSICACEAE

Brassica chinensis L.
  Urocystis yunnanensis L. Guo
Brassica juncea Czern.
  Urocystis brassicae Mundk.
Brassica rapa L.
  Urocystis brassicae Mundk.
Lepidium apetalum Willd.
  Urocystis chifengensis L. Guo & T. Z. Liu

莎草科 CYPERACEAE

Carex crebra V. Krecz.
  Anthracoidea filamentosae L. Guo
Carex duriuscula C. A. Mey subsp. *rigescens* (Franch.) S. Y. Liang & Y. C. Tang
  Ustilago duriusculae L. Guo
  Anthracoidea foetidae H. Zogg
Carex duriuscula C. A. Mey. subsp. *stenophylloides* (V. Krecz.) S. Y. Liang & Y. C. Tang
  Anthracoidea duriusculae L. Guo
  Anthracoidea foetidae H. Zogg
Carex ensifolia Turcz. ex Ledeb.
  Anthracoidea heterospora (B. Lindeb.) Kukkonen
Carex filamentosa K. T. Fu
  Anthracoidea filamentosae L. Guo
Carex haematostoma Nees
  Anthracoidea haematostomae L. Guo

Carex lanceolata Boott

    Anthracoidea irregularis (Liro) Boidol & Poelt

Carex leporina L.

    Anthracoidea kanasensis H. C. Zhang & L. Guo

Carex pediformis C. A. Mey.

    Anthracoidea rupestris Kukkonen

    Anthracoidea striata H. C. Zhang & L. Guo

Carex quadriflora (Kük.) Ohwi

    Anthracoidea irregularis (Liro) Boidol & Poelt

Carex parva Nees

    Entorrhiza guttiformis M. Piepenbr. & S. R. Wang

Carex pseudofoetida Kükenth.

    Anthracoidea pseudofoetidae L. Guo

Carex scabrirostris Kükenth.

    Anthracoidea sempervirentis Vánky

Carex setosa Boott

    Anthracoidea setosae L. Guo

Carex shaanxiensis Wang et Tang ex P. C. Li

    Anthracoidea shaanxiensis L. Guo

Carex spp.

    Urocystis fischeri Körn. ex G. Winter

Carex stenocarpa Turcz. ex V. Krecz.

    Anthracoidea misandrae Kukkonen

Eleocharis dulcis Trin. ex Henschel.

    Jamesdicksonia eleocharidis (Sawada ex L. Ling) Vánky

Kobresia cuneata Kük.

    Anthracoidea mulenkoi Piątek

Kobresia duthiei C. B. Clarke

    Anthracoidea xizangensis L. Guo

Kobresia esenbeckii (Kunth) Wang & Tang ex P. C. Li

    Anthracoidea yunnanensis S. R. Wang & M. Piepenbr.

Kobresia macrantha Böcklr.

    Anthracoidea macranthae L. Guo & S. R. Wang

Kobresia myosuroides (Villars) Fiori

    Anthracoidea xizangensis L. Guo

Kobresia myosuroides (Vill.) Fiori subsp. *bistaminata* (W. Z. Di & M. J. Zhong) S. R. Zhang

    Anthracoidea bistaminatae L. Guo

Kobresia pygmaea C. B. Clarke ex Hook. f.

    Anthracoidea pygmaea L. Guo

Kobresia royleana (Nees) Boeck.

    Anthracoidea royleanae L. Guo

Kobresia setschwanensis Hand.-Mazz.

    Anthracoidea setschwanensis L. Guo

薯蓣科 DIOSCOREACEAE

Dioscorea nipponica Makino

    Urocystis dioscoreae Syd. & P. Syd.

牻牛儿苗科 GERANIACEAE

Geranium sp.

    Entyloma erodii Vánky

豆科 LEGUMINOSAE

Astragalus adsurgens Pall.

    Thecaphora affinis W. G. Schneid. ex A. A. Fisch. Waldh.

Astragalus penduliflorus Lam. subsp. *mongholicus* Bunge var. *dauricus* (Fisch.) X. Y. Zhu

    Thecaphora affinis W. G. Schneid. ex A. A. Fisch. Waldh.

Oxytropis ochrocephala Bunge

    Thecaphora oxytropis S. Y. Wang

百合科 LILIACEAE

Allium fistulosum L.

    Urocystis magica Pass.

Clintonia udensis Trautv. & Mey

    Urocystis clintoniae (Kom.) Vánky

Paris verticillata M.-Bieb.

    Urocystis paridis (Unger) Thüm.

Polygonatum verticillatum (L.) All.

    Urocystis helanensis L. Guo

Streptopus obtusatus Fassett

    Urocystis clintoniae (Kom.) Vánky

睡莲科 NYMPHAEACEAE

Nymphaea alba L.

    Rhamphospora nymphaeae D. D. Cunn.

Nymphaea alba L. var. *rubra* Lönnr.

    Rhamphospora nymphaeae D. D. Cunn.

Nymphaea tetragona Georg.

Rhamphospora nymphaeae D. D. Cunn.

禾本科 POACEAE

Achnatherum inebrians (Hance) Keng
    Urocystis achnatheri L. Guo
Achnatherum nakaii (Honda) Tateoka
    Urocystis achnatheri L. Guo
Achnatherum sibiricum (L.) Keng
    Urocystis achnatheri L. Guo
    Urocystis stipae McAlpine
Achnatherum splendens (Trin.) Nevski.
    Urocystis stipae McAlpine
Achnatherum spp.
    Urocystis achnatheri L. Guo
Agropyron cristatum (L.) Gaertn.
    Urocystis agropyri (Preuss) A. A. Fisch. Waldh.
Agropyron spp.
    Urocystis agropyri (Preuss) A. A. Fisch. Waldh.
Agrostis gigantea Roth
    Urocystis agrostidis (Lavrov) Zundel
Agrostis tenuis Sibth.
    Urocystis agrostidis (Lavrov) Zundel
Agrostis spp.
    Urocystis agrostidis (Lavrov) Zundel
Alopecurus geniculatus L.
    Tilletia alopecuri (Sawada) L. Ling
Alopecurus sp.
    Urocystis alopecuri A. B. Frank
Arundinella anomala Steud.
    Tilletia arundinellae L. Ling
Brachypodium pinnatum (L.) Beauv.
    Tilletia olida (Riess) J. Schröt.
Bromus inermis Leyss.
    Urocystis bromi (Lavrov) Zundel
    Urocystis xilinhotensis L. Guo & H. C. Zhang
Bromus intermedius Guss.
    Tilletia bromi (Brockm.) Brockm.
Bromus pumpellianus Scribn.
    Urocystis bromi (Lavrov) Zundel

Urocystis xilinhotensis L. Guo & H. C. Zhang

Bromus sewerzowii Regel

 Tilletia bromi (Brockm.) Brockm.

Bromus spp.

 Urocystis bromi (Lavrov) Zundel

Calamagrostis epigejos (L.) Roth

 Urocystis dunhuangensis S. H. He & L. Guo

Calamagrostis sp.

 Urocystis calamagrostidis (Lavrov) Zundel

Capillipedium parviflorum (R. Br.) Stapf

 Sporisorium spinulosum S. H. He & L. Guo

Deyeuxia angustifolia (Kom.) Chang

 Urocystis calamagrostidis (Lavrov) Zundel

 Ustilago deyeuxicola Vánky & L. Guo

Deyeuxia langsdorffii (Link) Kunth

 Urocystis calamagrostidis (Lavrov) Zundel

Deyeuxia scabrescens (Griseb.) Munro ex Duthie

 Tilletia deyeuxiae L. Ling

Deyeuxia sylvatica (Schrad.) Kunth.

 Tilletia deyeuxiae L. Ling

Deyeuxia sylvatica (Schrad.) Kunth. var. *laxiflora* Rendle

 Tilletia deyeuxiae L. Ling

Deyeuxia sp.

 Urocystis calamagrostidis (Lavrov) Zundel

Dichanthium annulatum (Forsk.) Stapf. var. *bullisetosum* B. S. Sun & S. Wang

 Sporisorium andropogonis-annulati (Bref.) S. R. Wang & M. Piepenbr.

Echinochloa crusgalli (L.) Beauv.

 Tilletia pulcherrima Ellis & L. D. Galloway ex G. P. Clinton

Elymus breviaristatus Keng

 Urocystis agropyri (Preuss) A. A. Fisch. Waldh.

Elymus dahuricus Turcz.

 Urocystis agropyri (Preuss) A. A. Fisch. Waldh.

Elymus nutans Griseb.

 Urocystis agropyri (Preuss) A. A. Fisch. Waldh.

Elymus sibiricus L.

 Urocystis agropyri (Preuss) A. A. Fisch. Waldh.

Elymus spp.

 Urocystis agropyri (Preuss) A. A. Fisch. Waldh.

 Urocystis arxanensis L. Guo

Enneapogon borealis (Griseb.) Honda

    Sporisorium modestum (Syd.) H. Scholz

Eragrostis minor Host

    Sporisorium montaniense (Ellis & Holway) Vánky

Eulalia quadrinervis (Hack.) Kuntze

    Sporisorium pollinianum (Zundel) Vánky & Shivas

Festuca gigantea (L.) Vill.

    Urocystis ulei Magnus

Hierochloe bungeana Trin.

    Urocystis hierochloae (Murashk.) Vánky

Hierochloe glabra Trin.

    Urocystis beijingensis L. Guo

    Urocystis hierochloae (Murashk.) Vánky

Hierochloe odorata (L.) Beauv.

    Urocystis hierochloae (Murashk.) Vánky

Hierochloe spp.

    Urocystis hierochloae (Murashk.) Vánky

Koeleria litvinowii Dom.

    Urocystis koeleriae L. Guo

Koeleria spp.

    Urocystis wangii L. Guo

Leersia hexandra Swartz

    Urocystis leersiae Vánky

Leymus angustus (Trin.) Pilg.

    Urocystis agropyri (Preuss) A. A. Fisch. Waldh.

Leymus chinensis (Trin.) Tzvel.

    Urocystis agropyri (Preuss) A. A. Fisch. Waldh.

    Urocystis agropyri-campestris (Massenot) H. Zogg

Leymus multicaulis (Kar. & Kir.) Tzvel.

    Tilletia caries (DC.) Tul. & C. Tul.

    Urocystis agropyri (Preuss) A. A. Fisch. Waldh.

Leymus racemosus (Lam.) Tzvel.

    Urocystis agropyri (Preuss) A. A. Fisch. Waldh.

Leymus secalinus (Georgi) Tzvel.

    Urocystis agropyri (Preuss) A. A. Fisch. Waldh.

    Urocystis agropyri-campestris (Massenot) H. Zogg

Leymus spp.

    Tilletia caries (DC.) Tul. & C. Tul.

    Urocystis agropyri (Preuss) A. A. Fisch. Waldh.

Urocystis agropyri-campestris (Massenot) H. Zogg

Lolium perenne L.

    Urocystis bolivari Bubák & Gonz. Frag.

Melica radula Fr.,

    Urocystis melicae (Lagerh. & Liro) Zundel

Melica sp.

    Urocystis melicae (Lagerh. & Liro) Zundel

Microchloa indica (L. f.) Beauv.

    Ustilago griffithsii Syd.

Microstegium delicatulum (Hook. f.) A. Camus

    Sporisorium microstegii (S. Ahmad) L. Guo

Oryza sativa L.

    Eballistra oryzae (Syd. & P. Syd.) R. Bauer, Begerow, A. Nagler & Oberw.

    Tilletia horrida Takahashi

Pennisetum alopecuroides (L.) Spreng.

    Tilletia barclayana (Bref.) Sacc. & P. Syd.

Pennisetum flaccidum Griseb.

    Macalpinomyces flaccidus S. H. He & L. Guo

    Tilletia barclayana (Bref.) Sacc. & P. Syd.

Pennisetum purpureum Schum.

    Tilletia barclayana (Bref.) Sacc. & P. Syd.

Pennisetum spp.

    Tilletia barclayana (Bref.) Sacc. & P. Syd.

Phragmites communis Trin.

    Neovossia moliniae (Thüm.) Körn.

Poa pratensis L.

    Urocystis poae (Liro) Padwick & A. Khan

Poa supina Schrad.

    Urocystis poae-palustris Vánky

Poa spp.

    Urocystis poae (Liro) Padwick & A. Khan

Psathyrostachys juncea (Fisch.) Nevski

    Urocystis agropyri (Preuss) A. A. Fisch. Waldh.

Puccinellia tenuiflora (Griseb.) Scribn. et Merr.

    Urocystis puccinelliae L. Guo & H. C. Zhang

Roegneria aliena Keng

    Urocystis agropyri (Preuss) A. A. Fisch. Waldh.

Roegneria angustiglumis (Nevski) Nevski

    Urocystis agropyri (Preuss) A. A. Fisch. Waldh.

Roegneria dolichathera Keng

 Urocystis agropyri (Preuss) A. A. Fisch. Waldh.

Roegneria foliosa Keng

 Urocystis agropyri (Preuss) A. A. Fisch. Waldh.

Roegneria hondai Kitag.

 Urocystis agropyri (Preuss) A. A. Fisch. Waldh.

Roegneria japonensis (Honda) Keng

 Urocystis agropyri (Preuss) A. A. Fisch. Waldh.

Roegneria leiantha Keng

 Urocystis agropyri (Preuss) A. A. Fisch. Waldh.

Roegneria mutabilis (Drob.) Hyl.

 Urocystis agropyri (Preuss) A. A. Fisch. Waldh.

Roegneria pendulina Nevski

 Urocystis agropyri (Preuss) A. A. Fisch. Waldh.

Roegneria praecaespitosa (Nevski) Nevski

 Urocystis agropyri (Preuss) A. A. Fisch. Waldh.

Roegneria sinica Keng ex Y. L. Chen & S. L. Chen var. *media* Keng

 Urocystis agropyri (Preuss) A. A. Fisch. Waldh.

Roegneria sinica Keng ex Y. L. Chen & S. L. Chen var. *sinica*

 Urocystis agropyri (Preuss) A. A. Fisch. Waldh.

Roegneria turczaninovii (Drob.) Nevski

 Urocystis agropyri (Preuss) A. A. Fisch. Waldh.

Roegneria varia Keng

 Urocystis agropyri (Preuss) A. A. Fisch. Waldh.

Roegneria spp.

 Urocystis agropyri (Preuss) A. A. Fisch. Waldh.

Saccharum arundinaceum Retz.

 Sporisorium erianthi (Syd. & P. Syd.) Vánky

Secale cereale L.

 Urocystis occulta (Wallr.) Rabenh. ex Fuckel

Setaria glauca (L.) Beauv.

 Tilletia setariae L. Ling

Setaria faberi R. A. W. Herrmann

 Tilletia setariae-viridis Vánky

Setaria italica (L.) Beauv.

 Tilletia setariae-viridis Vánky

Setaria viridis (L.) Beauv.

 Tilletia setariae-viridis Vánky

Stipa laxiflora Keng

Urocystis granulosa G. P. Clinton

Triticum aestivum L.

    Tilletia caries (DC.) Tul. & C. Tul.

    Tilletia laevis J. G. Kühn

    Urocystis sichuanensis L. Guo

    Urocystis tritici Körn.

蓼科 POLYGONACEAE

Polygonum viviparum L.

    Microbotryum vivipari S. H. He & L. Guo

雨久花科 PONTEDERIACEAE

Monochoria vaginalis C. Presl

    Burrillia ajrekari Thirum.

报春花科 PRIMULACEAE

Primula macrocalyx Bunge

    Urocystis primulicola Magnus

毛茛科 RANUNCULACEAE

Aconitum barbatum Pers.

    Urocystis irregularis (G. Winter) Săvul.

Anemone demissa Hook. f. & Thoms.

    Urocystis pseudoanemones Denchev, Kakish. & Y. Harada

Anemone hupehensis Lem.

    Urocystis japonica (Henn.) L. Ling

Anemone hupehensis Lem. var. alba W. T. Wang

    Urocystis japonica (Henn.) L. Ling

Anemone rivularis Buch.-Ham. ex DC.

    Urocystis pseudoanemones Denchev, Kakish. & Y. Harada

    Urocystis sinensis L. Guo

Anemone rivularis Buch.-Ham. ex DC. var. *flore-minore* Maxim.

    Urocystis japonica (Henn.) Ling

    Urocystis pseudoanemones Denchev, Kakish. & Y. Harada

Anemone silvestris L.

    Urocystis pseudoanemones Denchev, Kakish. & Y. Harada

Anemone tomentosa (Maxim.) Pei

    Urocystis antipolitana Magnus

    Urocystis japonica (Henn.) L. Ling

Urocystis sinensis L. Guo

Anemone vitifolia Buch.-Ham.

Urocystis japonica (Henn.) L. Ling

Anemone sp.

Urocystis japonica (Henn.) L. Ling

Circaeaster agrestis Maxim.

Urocystis circaeasteri Vánky

Delphinium grandiflorum L.

Urocystis delphinii Golovin

Delphinium naviculare W. T. Wang

Urocystis delphinii Golovin

Delphinium thibeticum Finet et Gagnep.

Urocystis delphinii Golovin

Pulsatilla chinensis (Bge.) Regel

Urocystis pulsatillae (Bubák) Moesz

Urocystis qinghaiensis L. Guo

Ranunculus japonicus Thunb.

Entyloma ranunculi-repentis Sternon

Urocystis ranunculi (Lib.) Moesz

Ranunculus vernyi Fr. & Sav.

Entyloma microsporum (Unger) J. Schröt.

Ranunculus sieboldii Miq.

Entyloma microsporum (Unger) J. Schröt.

Thalictrum petaloideum L.

Urocystis sorosporioides Körn. ex A. A. Fisch. Waldh.

Thalictrum squarrosum Steph. ex Willd.

Urocystis sorosporioides Körn. ex A. A. Fisch. Waldh.

Thalictrum sp.

Urocystis sorosporioides Körn. ex A. A. Fisch. Waldh.

蔷薇科 ROSACEAE

Filipendula palmata (Pall.) Maxim. var. *glabra* Ldb. ex Kom.

Urocystis filipendulae (Tul.) J. Schröt.

虎耳草科 SAXIFRAGACEAE

Rodgersia aesculifolia Batal.

Urocystis rodgersiae (Miyabe ex S. Ito) Zundel

茄科 SOLANACEAE

Physalis sp.

Entyloma australe Speg.

参 考 文 献

AZBUKINA ZM, KARATYGIN IV. 1995. Definitorium Fungorum Rossiae Ordo Ustilaginales Fasc. 2, Familia Tilletiaceae. Leningrad, Nauka. 1~262

BARRETO RW, EVANS HC. 1988. Taxonomy of a fungus introduced into Hawaii for bilological control of *Ageratina riparia* (Eupatoriae; Compositae), with observations on related weed pathogens. Trans Br Mycol Soc 91: 81~97

BARY DE A. 1853. Untersuchungen über die Brandpilze, etc. Berlin. 1~144

BARY DE A. 1874. Protomyces microsporus und seine Verwandten. Bot. Zeitung (Berlin) 32: 97~108

BARY DE A. 1884. Vergleichende Morphologie und Biologie der Pilze, Mycetozoen und Bacterien, Leipzig. 1~558

BAUER R, BEGEROW D, NAGLER A, OBERWINKLER F. 2001. The Georgefischeriales. a phylogenetic hypothesis. Mycol Res 105: 416~424

BAUER R, BEGEROW D, OBERWINKLER F, PIEPENBRING M , BERBEE ML. 2001 a. 3 Ustilaginomycetes. In: McLAUGHLIN DJ, McLAUGHLIN E, LEMKE PA. (eds.). Mycota VII. Part B. Systematics and Evolution. Springer-Verlag, Berlin, Heidelberg, New York. 57~83

BAUER R, MENDGEN K, OBERWINKLER F. 1995. Septal pore apparatus of the smut *Ustacystis waldsteiniae*. Mycologia 87: 18~24

BAUER R, OBERWINKLER F, VÁNKY K. 1997. Ultrastructural markers and systematics in smut fungi and allied taxa. Can J Bot 75: 1273~1314

BEGEROW D, BAUER R, BOEKHOUT T. 2000. Phyloginetic placements of ustilaginomycetous anamorphs as deduced from nuclear LSU rDNA sequences. Mycol Res 104: 53~60

BEGEROW D, BAUER R, OBERWINKLER F. (1997) 1998. Phylogenetic studies on nuclear large subunit ribosomal DNA sequences of smut fungi and related taxa. Can J Bot 75: 2045~2056

BLANZ PA, GOTTSCHALK M. 1984. A comparison of 5 S ribosomal RNA nucleotide sequences from smut fungi. System Appl Microbiol 5: 518~526

BOEKHOUT T. 1987. Systematics of anamorphs of Ustilaginales (smut fungi)-a preliminary survey. Stud Mycol 30: 137~149

BOEKHOUT T. 1991. A revision of ballistoconidia-forming yeasts and fungi. Stud Mycol 33: 1~194

BOEKHOUT T. 1995. *Pseudozyma* Bandoni emend. Boekhout, a genus for yeast-like anamorphs of Ustilaginales. J Gen Appl Microbiol 41: 359~366

BREFELD O. 1883. Botanische Untersuchungen über Hefenpilze. 5. Die Brandpilze I (Ustilagineen). VI. Leipzig, Verlag v. A. Felix. VI. 1~220

BREFELD O. 1895. Untersuchungen aus dem Gesammtgebiete der Mykologie. XI. Die Brandpilze II. Die Brandkrankheiten des Getreides. Münster i. W., Commissions-Verlag v. H. Schöningh, Münster. VII. 1~98

BREFELD O. 1895 a. Untersuchungen aus dem Gesammtgebiete der Mykologie. XII. Hemibasidii. Brandpilze III. Münster i. W., Commissions-Verlag v. H. Schöningh, Münster. IV. 99~236

BREFELD O. 1905. Untersuchungen aus dem Gesammtgebiete der Mykologie. XIII. Hemibasidii. Brandpilze IV. Münster i. W., Commissions-Verlag v. H. Schöningh, Münster. 1~75

BREFELD O. 1912. Untersuchungen aus dem Gesammtgebiete der Mykologie. XV. Die Brandpilze und die Brandkrankheiten. V. Münster i. W., Commissions-Verlag v. H. Schöningh, Münster.V. 1~151

CASTLEBURY LA, CARRIS LM, VÁNKY K. 2005. Phylogenetic analysis of *Tilletia* and allied genera in order Tilletiales (Ustilaginomycetes; Exobasidiomycetidae) based on large subunit nuclear rDNA sequences. Mycologia 97: 888~900

CHLEBICKI A. 2002. Two cypericolous smut fungi (Ustilaginomycetes) from the Thian Shan and their biogeographic implications. Mycotaxon 83: 279~286

CIFERRI R. 1957. *Tuburcinia coralloides* (Rostr.) Liro *cantonensis* Nova from China. Atti Ist Bot Univ Pavia Ser 5 14: 91~95

CLINTON GP. 1902. North American Ustilagineae. J Mycol 8: 128~156

CLINTON GP. 1904. North American Ustilagineae. Proc Boston Soc Nat Hist 31: 329~529

CLINTON GP. 1906. Order Ustilaginales. North American Flora 7(1): 1~82

CUNNINGHAM GH. 1924. The Ustilagineae, or "Smuts", of New Zealand. Trans & Proc New Zealand Inst 55: 397~433

CUNNINGHAM GH. 1945. Additions to the smut fungi of New Zealand I. Trans & Proc Roy Soc New Zealand 75: 334~339

CUNNINGHAM GH. 1945 a. Keys to genera and species of New Zealand smut fungi. Trans & Proc Roy Soc New Zealand 75: 340~346

戴伦凯，梁松筠. 2000. 中国植物志 第 12 卷 被子植物门 单子叶植物纲 莎草科(2) 薹草亚科. 北京：科学出版社. 1~582 [DAI LK, LIANG SY (eds.). 2000. Flora Reipublicae Popularis Sinicae, Tomus 12, Angiospermae, Monocotyledoneae, Cyperaceae (2) Caricoideae. Beijing: Science Press. 1~582]

DEML G, OBERWINKLER F. 1981. Studies in Heterobasidiomycetes. Part 4, Investigations on *Entorrhiza casparyana* by light and electron microscopy. Mycologia 73: 392~398

DENCHEV CM. 1997. Anthracoideaceae, a new family in the Ustilaginales. Mycotaxon 65: 411~417

DENCHEV CM. 2003. *Melanustilospora*, a new genus in the Urocystales. Mycotaxon 87: 475~477

DENCHEV CM, KAKISHIMA M. 2000. Notes on some Japanese smut fungi. I. *Urocystis rodgersiae*. Mycotaxon 75: 215~218

DENCHEV CM, KAKISHIMA M, HARADA Y. 2000 a. Species of *Urocyctis* (Ustilaginomycetes) on *Anemone* in Japan. Mycoscience 41: 449~454

DURÁN R. 1987. Ustilaginales of Mexico. Taxonomy, Symptomatology, Spore Germination and Basidial Cytology. Pullman: Washington State University. 1~331

DURÁN R, FISCHER GW. 1961. The Genus *Tillitia*. Washington State University. 1~138

ERSHAD D. 2000. *Vankya*, a new genus of smut fungi. Rostaniha 1(1-4): 65~72

ESFANDIARI E, PETRAK F. 1950. Pilze aus Iran. Sydowia 4: 11~38

FINERAN JM. 1982. Teliospore germination in *Entorrhiza casparyana* (Ustilaginales). Can J Bot 60: 2903~2913

FISCHER GW. 1953. Manual of the North American Smut Fungi. New York: Ronald Press Co. 1~343

FISCHER GW, HOLTON CS. 1957. Biology and Control of the Smut Fungi. New York: Ronald Press Co. 1~622

FISCHER GW, SHAW CG. 1953. A proposed species concept in the smut fungi with application to North American species. Phytopathology 43: 181~188

GANDHE RV, GANDHE K. 1999. *Tilletia thirumalachari*, a new smut species from Maharashtra. Indian Phytopathol 52: 299~301

GOATES B. 1996. Common and dwarf bunt. In: WILCOXON RD, SAARI EE (eds). Bunt and Smut Diseases of Wheat concept and methods of disease resistance. Mexico CIMMYT. 12~25

GOLOVIN PN. 1952. Novye vidy golovnevykh gribov (Species novae Ustilaginalium). Bot Mater (Not Syst Sect Crypt Inst Bot Acad Sci USSR) 8: 107~111

GOTTSCHALK M, BLANZ PA. 1985. Untersuchungen an 5 S ribosomalen ribonucleinsäuren als beitrag zur klärung von systematik und phylogenie der basidiomyceten. Z Mykol 51: 205~243

GRIFFITHS DG. 1907. Concerning some west American fungi. Bull Torrey Bot Club 34: 207~211

GUO L (郭林). 1988. Two additons to the Chinese smut fungi. Mycosystema 1: 269~272

GUO L (郭林). 1991. Three species of Ustilaginales new to China. Mycosystema 4: 95~98

GUO L (郭林). 1992. Five species of Ustilaginales new to China. Mycosystema 5: 155~163

GUO L (郭林). 1993. *Ustilago deyeuxiae* sp. nov. and three smut species new to China. Mycosystema 6: 51~55

GUO L (郭林). 1994. *Anthracoidea* and allied genera in China (Ustilaginales). Mycosystema 7: 89~104

GUO L (郭林). 1995-1996. *Anthracoidea filifoliae* sp. nov. and four smut species new to China. Mycosystema 8-9: 163~168

GUO L (郭林). 1997. Fungal flora of the Daba mountains: Ustilaginales. Mycotaxon 61: 47~48

郭林. 1997 a. 秦岭地区的黑粉菌. 秦岭真菌 (卯晓岚，庄剑云主编). 北京：中国农业科学技术出版社. 14~23 [GUO L. 1997 a. Ustilaginales of the Qinling Mountains. In: MAO XL, ZHUANG JY (eds.) Fungi of the Qinling Mountains. Beijing: Chinese Publishing House of Agricultural Science and Technology. 14~23]

郭林. 1997 b. 黑粉菌. 河北小五台山菌物 (小五台山菌物科学考察队编辑). 北京：农业出版社. 1~205 [GUO L. 1997 b. Ustolaginales. In: Fungi of Xiaowutai Mountains in Hebei Province. (Edited by TEAM OF SCIENTIFIC EXPEDITION TO THE XIAOWUTAI MOUNTAINS). Beijing: Agricultural Publishing House. 1~205]

GUO L (郭林). 1999. *Urocystis antipolitana*, a smut species new to China. 安徽农业大学学报 26: 390 [J Anhui Agr Univ 26: 390]

郭林. 2000. 中国真菌志 12 卷 黑粉菌科. 北京：科学出版社. 1~124 [GUO L. 2000. Flora Fungorum Sinicorum Vol. 12 Ustilaginaceae. Beijing: Science Press. 1~124]

GUO L (郭林). 2001. *Urocystis beijingensis* sp. nov. and a smut species of Urocystis new to China. Mycotaxon 77: 91~92

GUO L (郭林). 2001 a. Ustilaginales. In: ZHUANG WY (庄文颖) (ed.). Higher Fungi of Tropical China. New York: Mycotaxon Ltd. 389~393

GUO L (郭林). 2002. Two new species of *Urocystis* and a *Urocystis* (Ustilaginomycetes) new to China. Mycotaxon 81: 431~434

GUO L (郭林). 2002 a. Two new species of Ustilaginomycetes and a species new to China. Mycotaxon 82: 147~150

GUO L (郭林). 2003. *Urocystis yunnanensis* sp. nov. (Urocystales, Urocystaceae) from China. Nova Hedw 76: 221~223

GUO L (郭林). 2003 a. *Urocystis sichuanensis* sp. nov. (Urocystales) and a *Urocystis* new to China. Mycotaxon 86: 99~102

GUO L (郭林). 2004. *Anthracoidea shaanxiensis* sp. nov. (Ustilaginales) from China. Nova Hedw 79: 507~509

GUO L (郭林). 2005. Two new species of *Urocystis* (Urocystales) from China. Mycotaxon 92: 269~272

GUO L (郭林). 2005 a. Two new species of *Urocystis* (Urocystales) from China. Nova Hedw 81: 199~203

GUO L (郭林). 2005 b. Two new species of *Anthracoidea* (Ustilaginales) from China. Mycotaxon 94: 47~50

GUO L (郭林). 2005 c. Ustilaginomycetes. In: ZHUANG WY (庄文颖) (ed.). Fungi of Northwestern China. New York: Mycotaxon Ltd. 291~303

GUO L (郭林). 2006. Six new species of *Anthracoidea* (Ustilaginales) from China. Fungal Diversity 21: 81~92

GUO L (郭林). 2006 a. *Ustilago duriusculae*, a new species of Ustilaginaceae (Ustilaginales) from China. Mycosystema 25: 161~162

GUO L (郭林). 2006 b. *Urocystis wangii* (Urocystales), a new species from China. Mycosystema 25: 364~365

GUO L (郭林). 2007. *Anthracoidea setschwanensis* sp. nov. (Ustilaginales) and a new record of *Anthracoidea* from China. Mycotaxon 99: 227~230

GUO L. (郭林), LIU TZ (刘铁志). 2006. *Urocystis chifengensis* sp. nov. (Urocystaceae) from China. Mycotaxon 98: 193~196

GUO L (郭林), VÁNKY K, MORDUE JE. 1990. The genus *Franzpetrakia* (Ustilaginales). Mycosystema 3: 57~66

GUO L (郭林), WANG SR (王生荣). 2005. A new species and a new record of *Anthracoidea* (Ustilaginales) from China. Mycotaxon 93: 159~162

GUO L (郭林), XI YW (惠友为). 1989. Preliminary report of the smut fungi in Xinjiang, China. 真菌学报 8: 273~278

GUO L (郭林), ZHANG HC (张虎成). 2004. A new species and two new records of Ustilaginomycetes from China. Mycotaxon 90: 387~390

GUO L (郭林), ZHANG HC (张虎成). 2005. Two new species of *Urocystis* (Urocystales) from China. Nova Hedw 81: 199~203

HAWKSWORTH DL. 1991. The fungal dimension of biodiversity: magnitude, significance, and conservation. Mycol Res 95: 641~655

HAWKSWORTH DL, KIRK PM, SUTTON BC, PEGLER DN (eds). 1995. AINSWORTH & BISBY's Dictionary of The Fungi. (8 th ed.). Cambridge: The University Press. 1~616

HE SH (何双辉), GUO L (郭林). 2007. Two new records of *Entyloma* (Entylomatales) from China. Mycotaxon 99: 197~200

HE SH (何双辉), GUO L (郭林). 2007 a. Two new species of *Urocystales* from China. Mycotaxon 101: 1~4

HE SH (何双辉), GUO L (郭林). 2007 b. *Macalpinomyces flaccidus* sp. nov. and *Urocystis poae-palustris* new to China and Asia. Mycotaxon 101: 99~102

HE SH (何双辉), GUO L (郭林). 2008. *Anthracoidea heterospora* (Ustilaginales), a new Chinese record. Mycosystema 27: 143~144

HE SH (何双辉), GUO L (郭林). 2008 a. *Microbotryum vivipari* sp. nov. and *Anthracoidea mulenkoi* new to China. Mycotaxon 104: 455~458

HE SH (何双辉), GUO L (郭林). 2009. *Sporisorium spinulosum* sp. nov. (Ustilaginaceae) on *Capillipedium* (Poaceae) from China. Mycotaxon 107: 349~352

HENNINGS P. 1904. Einige neue pilze aus Japan II. Hedwigia 43: 150~153

HENNINGS P. 1906. Fungi japonici. VI. Bot. Jahrb. Syst. 37: 156~166

HIRSCHHORN E. 1943. Una especie nueva del género *Tilletia* (*T. zundelii*, n. sp.). Revista Argent Agron 10: 186~189

ITO S. 1935. Notae micologicae Asiae orientalis. II. Trans Sapporo Nat Hist Soc 14:87~96

ITO S. 1936. Mycological Flora of Japan Vol 2, Basidiomycetes. No 1, Ustilaginales. Tokyo. 1~148

KAKISHIMA M. 1982. A taxonomic study on the Ustilaginales in Japan. Mem Inst Agr For Univ Tsukuba 1: 1~124

KAKISHIMA M, ONO Y. 1988. Three species of smut fungi (Ustilaginales) from Nepal. in WATANABE M, MALLA SB. (eds.). Cryptogams of the Himalayas. Vol. 1. The Kathmandu Valley. National Science Museum, Japan. 127~132

KARATYGIN, IV, AZBUKINA ZM. 1989. Definitorium Fungorum URSS, Ordo Ustilaginales, Fasc. 1 Familia Ustilaginaceae. Nauka, URSS. 1~220

KASHEFI J, VÁNKY K. 2004. *Microbotryum scolymi*, a rare smut fungus new for Greece. J Plant Pathology 86: 157~159

KIRK PM, ANSELL AE. 1992. Authors of Fungal Names. Latimer Trend & Co. Ltd., Plymouth. 1~95

KIRK PM, CANNON PF, DAVID JC, STALPERS JA. (eds). 2001. AINSWORTH & BISBY's Dictionary of The Fungi. (9 th ed.) Biddles Ltd. 1~655

KUKKONEN I. 1963. Taxonomic studies on the genus *Anthracoidea* (Ustilaginales). Ann Bot Soc Zool-Bot Fenn "Vanamo" 34(3): 1~122

KUKKONEN I. 1964. Type of germination and taxonomic position of the genus *Anthracoidea*. Trans Br Mycol Soc 47: 273~280

LINDEBERG B. 1959. Ustilaginales of Sweden. Symb Bot Upsal 16 (2): 1~175

LING L (凌立). 1945. A contribution to the knowledge of the Ustilaginales in China. Mycol Papers Imp Mycol Inst 11: 1~12

LING L (凌立). 1949. A second contribution to the knowledge of the Ustilaginales of China. Mycologia 41: 252~269

LING L (凌立). 1951. Taxonomic notes on Asiatic smuts. III. Sydowia 5: 40~48

LING L (凌立). 1953. The Ustilaginales of China. Farlowia 4: 305~351

LIRO JI. 1924. Die Ustilagineen Finnlands I. Ann Acad Sci Fenn Ser A 17(1): 1~636

LIRO JI. 1938. Die Ustilagineen Finnlands II. Ann Acad Sci Fenn Ser A 42(1): 1~720

LIU TZ (刘铁志), TIAN HM (田惠敏), HE SH (何双辉), GUO L (郭林). 2009. *Microbotryum scorzonerae* (Microbotryaceae), new to China, on a new host plant. Mycotaxon 108: 245~247

McALPINE D. 1896. Australian fungi. Agric Gaz New South Wales 7: 147~156

McALPINE D. 1910. The Smuts of Australia, Their Structure, Life History, Treatment and Classification. Melbourne, Government Printer. 1~285

McKENZIE EHC, VÁNKY K. 2001. Smut fungi of New Zealand: An introduction, and list of recorded species. New Zealand J Bot 39: 501~515

MISHRA JN. 1956. The Ustilaginales of Bihar. II. Five undescribed species. Mycologia 48: 872~876

MORDUE JEM. 1988. CMI descriptions of pathogenic fungi and bacteria no. 967, *Urocystis brassicae*. Mycopathologia 103: 179~180

MORDUE JEM, AINSWORTH GC. 1984. Ustilaginales of the British Isles. Mycol Papers 154: 1~96

MORIN L, HILL RL, MATAYOSHI S, WHENUA M. 1997. Hawaii's successful biological control strategy for mist flower (*Ageratina riparia*): can it be transferred to New Zealand? Biocontrol News and Information 18 (3): 77 N~88 N

MÜLLER J. 1991. *Urocystis rytzii* (Massenot) Müller-ein neuer Brandpilz für die Karpaten. Ceska Mykol 45(3): 69~74

MUNDKUR BB. 1938. Host range and identity of the smut causing root galls in the genus *Brassia*. Phytopathology 28: 134~142

MUNDKUR BB, THIRUMALACHAR MJ. 1952. Ustilaginales of India. C. M. I., Kew. 1~84

NAGLER A. 1986. Untersuchungen zur Gattungsabgrenzung von *Ginanniella* Ciferri und *Urocystis* Rabenhorst sowie zur Ontogenie von *Thecaphora seminis-convolvuli* (Desm.) Ito. Dissertation. Fakultät für Biologie der Eberhard-Karls-Universität Tübingen. 1~349

NANNFELDT JA. 1977. The species of *Anthracoidea* (Ustilaginales) on *Carex* subgen. *Vignea* with special regard to the Nordic species. Bot Notiser 130: 351~375

NANNFELDT JA. 1979. *Anthracoidea* (Ustilaginales) on Nordic Cyperaceae-Caricoideae, a concluding synopsis. Symb Bot Ups 22(3): 1~41

NANNFELDT JA, LINDEBERG B. 1965. Taxonomic studies on the ovariicolous species of *Cintractia* on Swedish Caricoideae. II. The species on *Carex* Sect. *Acutae* Fr. sensu Kük. Svensk Bot Tidskr 59: 189~210

OBERWINKLER F. 1985. Zur evolution und systematik der basidiomyceten. Bot Jahrb Syst 107: 541~580

PAVGI MS, THIRUMALACHAR MJ. 1952. Notes on Indian Ustilagineae. IV. Mycologia 44: 318~324

PETRAK F. 1947. Plantae sinensis a dre H. Smith annis 1921-1922, 1924 et 1934 lectae XLII micromycetes. Meddel Göteb Bot Trädg 17: 113~164

PIATEK M. 2005. *Kochmania*, a new genus of smut fungi and new records of cypericolous species from Poland and Ukraine. Mycotaxon 92: 33~42

PIATEK M. 2006. *Urocystis rostrariae*, a new species of smut fungus on *Rostraria* from Jordan. Mycotaxon 97: 119~124

PIATEK M. 2006 b *Anthracoidea mulenkoi* (Ustilaginomycetes), a new cypericolous smut fungus from Pakistan. Nova Hedw 83: 109-116

PIEPENBRING M, BEGEROW D, OBERWINKLER F. 1999. Molecular sequence data assess the value of morphological characteristics for a phylogenetic classification of species *Cintractia*. Mycologia 91: 485~498

PLOWRIGHT CB. 1889. A monograph of the British Uredineae and Ustilagineae. London. 1~347

PREVOST IB. 1807. Memoire sur la cause immédiate de la carie ou charbon des bles et de plusieurs autres maladies des plantes. Paris. 1~80

PRILLINGER H, DÖRFLER C, LAASER G, HAUSKA G. 1990. Ein Beitrag zur Systematik und Entwicklungsbiologie höherer Pilze: Hefe-Typen der Basidiomyceten. Teil III. *Ustilago*-Typ. Z Mykol 56: 251~278

PRILLINGER H, DEML G, DÖRFLER C, LAASER G, LOCKAU W. 1991. Ein Beitrag zur Systematik und Entwicklungsbiologie höherer Pilze: Hefe-Typen der Basidiomyceten. Teil II. *Microbotryum*-Typ. Bot Acta 104: 5~17

PRILLINGER H, OBERWINKLER F, UMILE C, ŢLACHAC K, BAUER R, DÖRFLER C, TAUFRATZHOFER E. 1993.Analysis of cell wall carbohydrates (neutral sugars) from ascomycetous and basidiomycetous yeasts with and without derivatization. J Gen Appl Microbiol 39: 1~34

ROBERSON RW, LUTTRELL ES. 1989. Dolipore septa in Tilletia. Mycologia 81: 650~652

ROSTRUP E. 1881. Mykologische Notizen. Bot Centralbl 5: 126~127

ROSTRUP E. 1890. Ustlagineae Daniae. Danmarks Brandsvampe. Festskr Bot Foren Kjøbenhavn 1890: 115~168

RUSSELL BW, MILLS D. 1994. Morphological, physiological, and genetic evidence in support of a onspecific status for *Tilletia caries*, *T. controversa*, and *T. foetida*. Phytopathology 84: 576~582

SAMPSON K. 1939. Life cycles of smut fungi. Trans Br Mycol Soc 23: 1~23

SAVILE DBO. 1946. The species concept in the genus *Entyloma*. Proc Can Phytopath Soc 14: 18 (Abstract)

SAVILE DBO. 1947. A study of the species of *Entyloma* on North American Composites. Can J Res Sect C Bot Sci 25: 105~120

泽田兼吉. 1922. 台湾产菌类调查报告. 第二篇. 台湾总督府中央研究所农业部报告，第 22 号. 1~173 [SAWADA K. 1922. Descriptive catalogue of the Formosan fungi. Part II. Dept Agr Gov't Res Inst Formosa Report 2. 1~173]

泽田兼吉. 1943. 台湾产菌类调查报告. 第八篇. 台湾总督府农业实验所报告，第 85 号. 1~131 [SAWADA K. 1943. Descriptive catalogue of the Formosan fungi. Part VIII. Dept Agr Gov't Res Inst Formosa Report 8. 1~131]

SETCHELL WA. 1891. Preliminary notes on the species of *Doassansia* Cornu. Proc Amer Acad Arts 26: 13~19

SHEN CI (沈其益). 1934. Notes on Ustilaginales from China. Sinensia 4: 299~320

SINGH RA, WHITEHEAD MD, PAVGI MS. 1979. Taxonomy of *Neovossia horrida* (Ustilaginales). Ann Mycol 32: 305~308

SNETSELAAR KM, MIMS CW. 1994. Light and electron microscopy of *Ustilago maydis* hyphae in maize. Mycol Res 98: 347~355

SUGIYAMA J, TOKUOKA K, SUH SO, HIRATA A, KOMAGATA K. 1991. *Sympodiomycopsis*: a new yeast-like anamorph genus with basidiomycetous nature from orchid nectar. Antonie van Leuwenhoek 59: 95~108

SWANN EC, FRIEDERS EM, McLAUGLIN DJ. 1999. *Microbotryum*, *Kriegeria* and the changing paradigm in basidiomycete classification. Mycologia 91: 51~66

SYDOW H, SYDOW P. 1912. Novae fungorum species. VII. Ann Mycol 10: 77~85

戴芳澜. 1979. 中国真菌总汇. 北京: 科学出版社. 1~1527 [TAI FL. 1979. Sylloge Fungorum Sinicorum. Beijing: Science Press. 1~1527]

谭语词, 胡启纯, 白金铠. 1989 芦苇病害调查报告. 沈阳农业大学学报. 20: 197~202 [TAN YC, HU QC, BAI JK. 1989. A preliminary survey of some diseases of common reed (*Phragmites communis* Trin.). J Shenyang Agr Univ 20: 197~202]

邓叔群. 1963. 中国的真菌. 北京: 科学出版社. 1~808 [TENG SC. 1963. Fungi of China. Beijing: Science Press. 1~808]

THIRUMALACHAR MJ, WHITEHEAD MD. 1968. Notes on the smut genera *Entorrhiza* and *Schoeteria*. Amer J Bot 55: 183~186

TILLET M. 1755. Dissertation on the cause of the corruption and smutting of the kernels of wheat in the head, and on the means of preventing these untoward circumstances. Bordeaux. 1~150 [HUMPHREY HB. 1937. (译自法文) Phytopath Class 5: 1~191]

TRUJILLO EE. 1985. Biological control of Hamuka pa-makani with *Cercosporella* sp. in Hawaii. In: DELFOSSE ES (ed.). Proceedings of the Sixth International Symposium for the Biological Control of Weeds, Agriculture Canada 661~671

TULASNE LR. 1854. Second mémoire sur les Urédinées et les Ustilaginées. Ann Sci Nat Bot Sér 4, 2: 77~196

TULASNE LR, TULASNE C. 1847. Mémoire sur les Ustilaginées comparées aux Urédinées. Ann Sci Nat Bot Sér 3, 7: 12~127

TULLIS EC, JOHNSON AG. 1952. Synonymy of *Tilletia horrida* and *Neovossia barclayana*. Mycologia 44: 773~788

VÁNKY K. 1976. *Urocystis poae-palustris* Vánky, sp. nov. Bot Not 129: 119~121

VÁNKY K. 1979. Species concept in *Anthracoidea* (Ustilaginales) and some new species. Bot Not 132: 221~231

VÁNKY K. 1983. Ten new species of Ustilaginales. Mycotaxon 18: 319~336

VÁNKY K. 1985. Carpathian Ustilaginales. Symb Bot Upsal 24(2): 1~309

VÁNKY K. 1987. Illustrated Genera of Smut Fungi. Gustav Fischer Verlag, Stuttgart, New York. Crytogamic Studies 1: 1~159

VÁNKY K. 1989. Taxonomical studies on Ustilaginales. IV. Mycotaxon 35: 153~158

VÁNKY K. 1990. Taxonomical studies on Ustilaginales. VI. Mycotaxon 38: 267~278

VÁNKY K. 1991. Taxonomical studies on Ustilaginales. VIII. Mycotaxon 41: 483~495

VÁNKY K. 1991 a. *Thecaphora* (Ustilaginales) on Leguminosae. Trans Mycol Soc Japan 32: 145~159

VÁNKY K. 1991 b. Taxonomical studies on Ustilaginales. VII. Mycotaxon 40: 157~168

VÁNKY K. 1994. European Smut Fungi. Gustav Fischer Verlag Stuttgart, Jena, New York. 1~570

VÁNKY K. 1996. Taxonomical studies on Ustilaginales. XIV. Mycotaxon 59: 89~113

VÁNKY K. 1997. Taxonomical studies on Ustilaginales. XV. Mycotaxon 62: 127~150

VÁNKY K. 1998. The genus *Microbotryum* (smut fungi). Mycotaxon 67: 33~60

VÁNKY K. 1999. The new classificatory system for smut fungi, and two new genera. Mycotaxon 70: 35~49

VÁNKY K. 1999 a. New smut fungi from South Africa. Mycotaxon 70: 17~34

VÁNKY K. 1999 b. Three new genera of smut fungi. Mycotaxon 71: 207~222

VÁNKY K. 2000. Taxonomical studies on Ustilaginales. XX. Mycotaxon 74: 161~215

VÁNKY K. 2000 a. New taxa of Ustilaginomycetes. Mycotaxon 74: 343~356

VÁNKY K. 2001. The new classification of the smut fungi, exemplified by Australasian taxa. Austr Syst Bot 14: 385~394

VÁNKY K. 2001 a. *Lundquistia*, a new genus of Ustilaginomycetes. Mycotaxon 77: 371~374

VÁNKY K. 2001 b. Taxonomical studies on Ustilaginales. XXI. Mycotaxon 78: 265~326

VÁNKY K. 2001 c. The emended Ustilaginaceae of the modern classificatory system for smut fungi. Fungal Diversity 6: 131~147

VÁNKY K. 2002. The smut fungi of the world. A survey. Acta Microbiol Immun Hungarica 49: 163~175

VÁNKY K. 2002 a. Illustrated Genera of Smut Fungi. 2 nd ed. APS Press. 1~238

VÁNKY K. 2002 b. Taxonomical studies on Ustilaginales. XXII. Mycotaxon 81: 367~430

VÁNKY K. 2003. Taxonomical studies on Ustilaginales. 23. Mycotaxon 85: 1~65

VÁNKY K. 2004. Taxonomical studies on Ustilaginomycetes-24. Mycotaxon 89: 55~118

VÁNKY K. 2004 a. *Pilocintractia* gen. nov. (Ustilaginomycetes). Mycologia Balcanica 1: 169~174

VÁNKY K. 2004 b. The smut fungi (Ustilaginomycetes) of *Bothriochloa*, *Capillipedium* and *Dichanthium* (Poaceae). Fung. Divers. 15: 221~246

VÁNKY K. 2005. Taxonomic studies on Ustilaginomycetes-25. Mycotaxon 91: 217~272

VÁNKY K. 2005 a. The smut fungi of Ethiopia and Eritrea. Lidia 6: 93~120

VÁNKY K. 2005 b. Two new smut fungi (Ustilaginomycetes) on *Pennisetum* (Poaceae) from Ethiopia. Mycologia Balcanica 2: 91~94

VÁNKY K. 2005 c. The smut fungi (Ustilaginomycetes) of Eriocaulaceae. I. *Eriomoeszia* gen. nov. Mycologia Balcanica 2: 105~111

VÁNKY K. 2005 d. The smut fungi (Ustilaginomycetes) of Eriocaulaceae. II. *Eriocaulago* and *Eriosporium* new genera. Mycologia Balcanica 2: 113~118

VÁNKY K. 2007. Taxonomic studies on Ustilaginomycetes-27. Mycotaxon 99: 1~70

VÁNKY K, BAUER R. 1992. *Conidiosporomyces*, a new genus of Ustilaginales. Mycotaxon 43: 427~436

VÁNKY K, BAUER R. 1995. *Oberwinkleria*, a new genus of Ustilaginales. Mycotaxon 53: 361~368

VÁNKY K, BAUER R. 1996. *Ingoldiomyces*, a new genus of Ustilaginales. Mycotaxon 59: 277~287

VÁNKY K, GUO L (郭林). 1986. Ustilaginales from China. Acta Mycol Sin Suppl I: 227~250

VÁNKY K, GUO L (郭林). 2001. *Ustilago deyeuxicola* sp. nov. from China. Mycotaxon 79: 261~265

VÁNKY K, McKENZIE EHC. 2002. Two new species of Ustilaginomycetes from New Zealand. New Zealand J Bot 40: 117~121

VÁNKY K, OBERWINKLER F. 1994. The smut fungi of Polygonaceae, a taxonomic revision. Nova Hedw 107: 1~96

VÁNKY K, SHIVAS RG. 2003. Further new smut fungi (Ustilaginomycetes) from Australia. Fungal Diversity 14: 243~264

VÁNKY K, SHIVAS RG. 2006. *Entylomaster typhonii* gen. et sp. nov. (Ustilaginomycetes) from Australia. Mycologia Balcanica 3: 13~18

VÁNKY K, VÁNKY C. 2002. An annotated checklist of Ustilaginomycetes in Malawi, Zambia and Zimbabwe. Lidia 5: 157~176

WALKER J. 2001. *Yelsemia arthropodii* gen. et sp. nov. (Tilletiales) on *Arthropodium* in Australia. Mycol Res 105: 225~232

WANG SR (王生荣), GUO L (郭林). 2002. *Thecaphora affinis*, a smut species new to China. Mycosystema 21:452~453

WANG SR (王生荣), PIEPENBRING M. 2002. New species and new records of smut fungi from China. Mycol Progr 1: 399~408

WANG SR (王生荣), ZENG CY (曾翠云). 2006. A new species and a new record of smut fungi from Northwestern China. Mycotaxon 96: 9~12

王云章. 1962. 黑粉菌新种和新组合. 植物学报 10: 133~136 [WANG YC. 1962. Some new species and new combination of smut fungi. Acta Bot Sin 10: 133~136]

王云章. 1963. 中国黑粉菌. 北京：科学出版社. 1~202 [WANG YC. 1963. Ustilaginales of China. Beijing: Science Press. 1~202]

WEBER C. 1884. Über den pilz der wurzelanschwellungen von *Juncus bufonius*. Bot Z (Berlin) 42: 369~379

WELLS K. 1994. Jelly fungi, then and now! Mycologia 86: 18~48

WINTER G. 1880. Mykologisches aus Graubünden. Hedwigia 19: 159~167

惠友为, 赵震宇. 1989. 新疆黑粉菌目一新种. 真菌学报. 8: 195~197 [XI YW, ZHAO ZY. 1989. One new species of Ustilaginales. Acta Mycol Sin, 8: 195~197]

杨志鹏, 郭林, 何晓兰, 李玉. 2007. 中国黑粉菌新纪录种——蚊子草条黑粉菌. 菌物学报 26: 463~464 [YANG ZP, GUO L, H E XL, Li Y. 2007. *Urocystis filipendulae*, a smut fungus new to China. Mycosystema 26: 463~464]

俞大绂, 娄隆后. 1957. 小米上的一种新黑穗病. 北京农业大学学报 3(1): 47~54 [YU TF, LOU LH. 1957. A new smut of foxtail millet (*Setaria italica* Beauv.) caused by *Neovossia setariae* (Ling) comb. nov. Acta Agr Univ Pek 3(1): 47~54]

ZAMBETTAKIS C. 1978. Les *Anthracoidea* des Carex et les Ustilaginées aberrantes. Bull Soc Mycol Fr 94: 109~260

章桂明. 1999. 小麦印度腥黑穗病菌及其近似种的分子/系统发育分析和形态学比较.华南农业大学. 广州. 1~81(博士学位论文)[ZHANG GM. 1999. A molecular phylogeny and comparative morphology of karnal bunt and related species. South China Agricultural University. Guangzhou. 1~81]

ZHANG HC (张虎成), Guo L (郭林). 2004. Two new species and a new record of Anthracoidea (Ustilaginales) from China. Mycotaxon 89: 307~310

张翰文, 吴治身, 贾中和, 赵震宇, 陈耀, 贾菊生, 余俊杰. 1960. 新疆经济植物病害名录. 八一农学院科研办公室. 乌鲁木齐. 1~40 [ZHANG HW, WU ZS, JIA ZH, ZHAO ZY, CHEN Y, JIA JS, YU JJ. 1960. List of Diseases of Economic Plants in Xinjiang, Office of Bayi Agricultural College. Ürümqi. 1~40]

ZHANG SR (张树仁), LIANG SY (梁松筠). 2004. Notes on *Carex* subgen. *Vignea* (Cyperaceae) from China. Acta Phytot Sin 42: 183~185

ZOGG H. 1983. *Anthracoidea foetidae* spec. nov. (Ustilaginales) auf *Carex foetida* All. Bot Helvetica 93: 99~103

ZUNDEL GL. 1938. The Ustilaginales of South Africa. Bothalia 3: 283~330

ZUNDEL GL. 1939. Additions and corrections to Ustilaginales. North American Flora 7 (14): 971~1045

ZUNDEL GL. 1951. Notes on the Ustilaginales of the world. V. Mycologia 43: 267~270

ZUNDEL GL. 1953. The Ustilaginales of the World. Pennsylvania State Coll. School Agric. Dept. Bot. Contrib. 1~410

索　引

寄主植物汉名索引

寄主植物学名索引

A

Achnatherum　38, 40, 65, 92

Achnatherum inebrians　40, 92

Achnatherum nakaii　40, 92

Achnatherum sibiricum　40, 65, 92

Achnatherum splendens　65, 92

Achnatherum spp.　40, 92

Aconitum　39, 48, 53, 54, 97

Aconitum barbatum　53, 97

Aconitum carmichaelii　54

Actaea　48

Adonis　48

Ageratina riparia　1

Agropyron　38, 41, 92

Agropyron cristatum　41, 92

Agropyron spp.　41, 92

Agrostis　38, 43, 44, 92

Agrostis gigantea　43, 92

Agrostis spp.　43, 92

Agrostis tenuis　43, 92

Alismataceae　8, 9, 13, 34, 35

Allium　37, 56, 91

Allium fistulosum　56, 91

Alopecurus　24, 25, 39, 44, 92

Alopecurus geniculatus　25, 92

Alopecurus sp.　44, 92

Amaryllidaceae　9, 37, 57

Ammochloa　31

Anemone　36, 39, 44, 54, 60, 64, 97, 98

Anemone demissa　60, 97

Anemone hupehensis　54, 97

Anemone hupehensis var. *alba*　54, 97

Anemone rivularis　54, 60, 64, 97

Anemone rivularis var. *flore-minore*　54, 60

Anemone silvestris　60, 97

Anemone sp.　54, 98

Anemone tomentosa　44, 54, 64, 97

Anemone vitifolia　54, 98

Aquilegia　48

Aralia　7

Araliaceae　7

Araucaria　7, 8

Araucariaceae　8

Arrhenatherum elatius　67

Arrhenatherum kotschyi　67

Arundinella　25, 26, 92

Arundinella anomala　26, 92

Astragalus　85, 86, 91

Astragalus adsurgens　85, 91

Astragalus penduliflorus subsp. *mongholicus* var. *dauricus*　85, 91

Aulocystis　73, 74, 76, 79

Aveninae　67

Avenula pubescens　67

Avenula versicolor　67, 68

B

Barneoudia　48

Bidens pilosa　20, 89

Bothriochloa　85

Brachypodium　24, 30, 31, 92

Brachypodium pinnatum　30, 92

Brassica　37, 46, 68, 89

Brassica chinensis　68, 89

Brassica juncea　46, 89

Brassica rapa　46, 89

Brassicaceae　9, 37, 48, 68

Bromus　24, 27, 38, 47, 68, 92, 93

Bromus inermis　47, 68, 92

Bromus intermedius　27, 92

Bromus pumpellianus　47, 68, 92

Bromus sewerzowii　27, 93

Bromus spp.　47, 93

C

Calamagrostis　38, 47, 50, 93

Calamagrostis epigejos　50, 93

Calamagrostis sp.　47, 93

Callianthemum　48

Capillipedium　85, 93

Capillipedium parviflorum　85, 93

Carex　11, 37, 51, 71~77, 79, 80, 87, 89, 90

Carex arenicola　72

Carex bonplandii　76

Carex brunnescens　72

Carex crebra　72, 89

Carex digitata　73

Carex duriuscula subsp. *rigescens*　73, 87, 89

Carex duriuscula subsp. *stenophylloides*　72, 73, 89

Carex ebenea　76

Carex ensifolia　75, 89

真菌汉名索引

真菌学名索引

Q-2733.0101

ISBN 978-7-03-031453-6

9 787030 314536 >

图　版

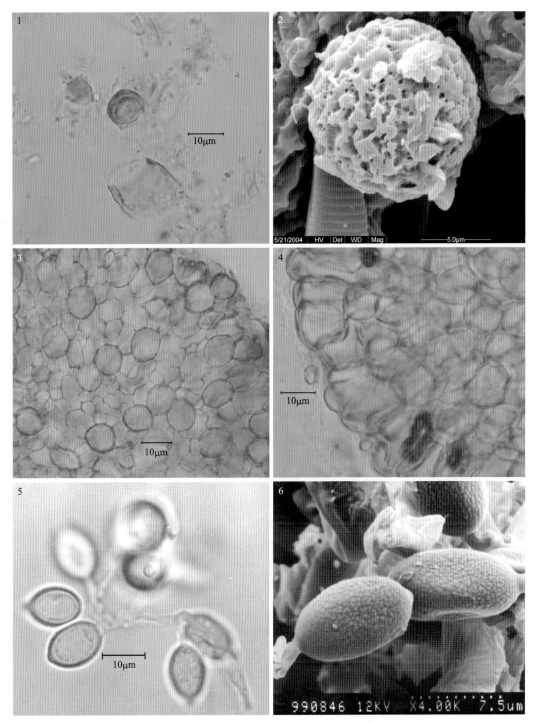

图 1~2. 滴点状根肿黑粉菌 *Entorrhiza guttiformis* 的黑粉孢子 (HKAS 41280,主模式)。图 1. 光学显微照片;图 2. 扫描电子显微照片。图 3. 雨久花裸球孢黑粉菌 *Burrillia ajrekari* 孢子球的光学显微照片 (50026)。图 4. 暗淡实球黑粉菌 *Doassansia opaca* 孢子球的光学显微照片 (50030)。图 5~6. 睡莲钩胞黑粉菌 *Rhamphospora nymphaeae* 的黑粉孢子 (50059)。图 5. 光学显微照片;图 6. 扫描电子显微照片。

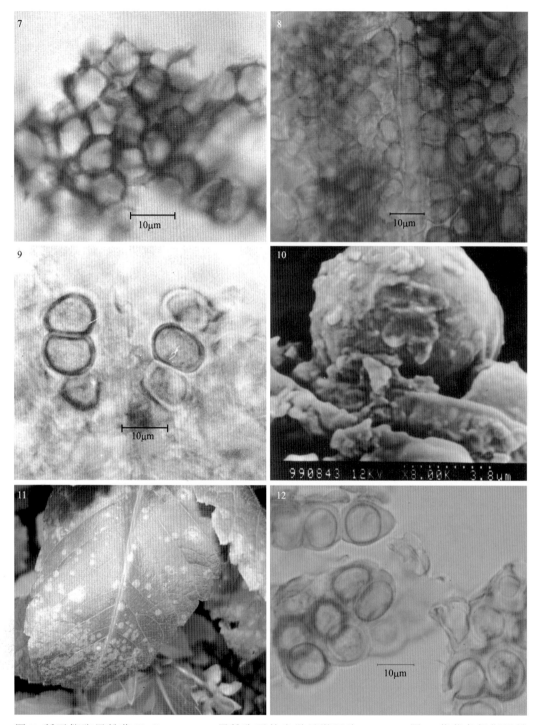

图 7. 稻无掷孢黑粉菌 *Eballistra oryzae* 黑粉孢子的光学显微照片 (77918)。图 8. 荸荠詹姆斯黑粉菌 *Jamesdicksonia eleocharidis* 黑粉孢子的光学显微照片 (160365)。图 9~10. 酸浆叶黑粉菌 *Entyloma australe* 的黑粉孢子 (BPI 174414)。图 9. 光学显微照片；图 10. 扫描电子显微照片。图 11~12. 大丽花叶黑粉菌 *Entyloma dahliae*(147581)。图 11. 孢子堆；图 12. 黑粉孢子的光学显微照片。

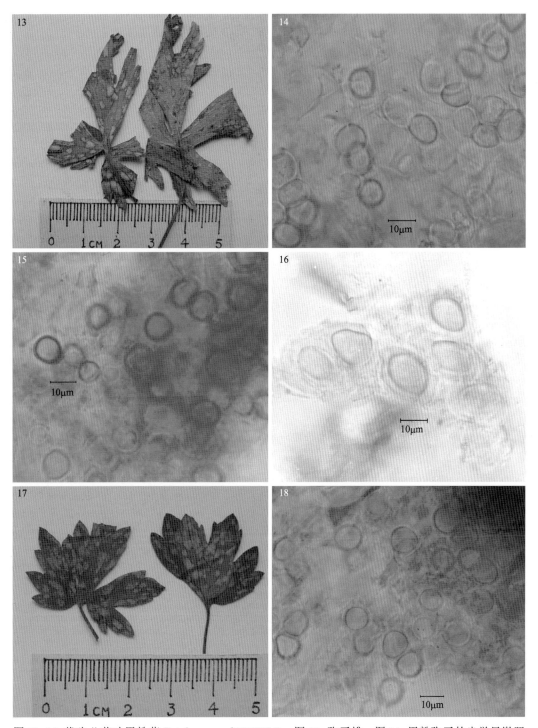

图 13~14. 牻牛儿苗叶黑粉菌 *Entyloma erodii*(162296)。图 13. 孢子堆；图 14. 黑粉孢子的光学显微照片。图 15. 鬼针草叶黑粉菌 *Entyloma guaraniticum* 黑粉孢子的光学显微照片 (163377)。图 16. 小孢叶黑粉菌 *Entyloma microsporum* 黑粉孢子的光学显微照片 (58919)。图 17~18. 毛茛叶黑粉菌 *Entyloma ranunculi-repentis* (161138)。图 17. 孢子堆；图 18. 黑粉孢子的光学显微照片。

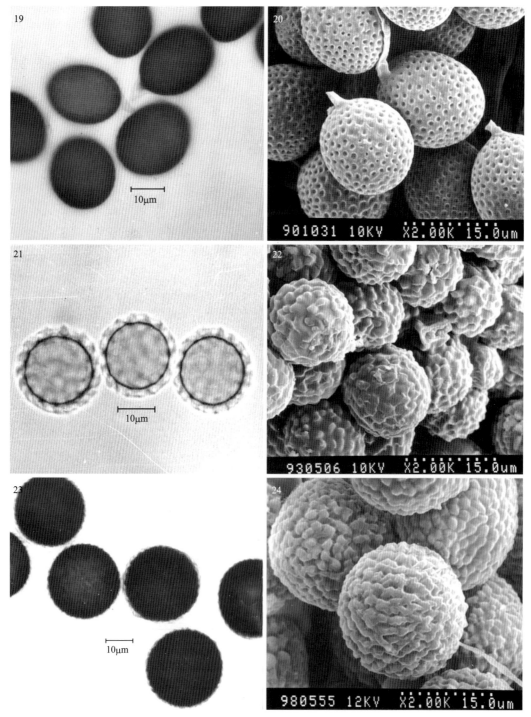

图 19~20. 沼湿草尾孢黑粉菌 *Neovossia moliniae* 的黑粉孢子 (74099)。图 19. 光学显微照片；图 20. 扫描电子显微照片。图 21~22. 看麦娘腥黑粉菌 *Tilletia alopecuri* 的黑粉孢子 (5254)。图 21. 光学显微照片；图 22. 扫描电子显微照片。图 23~24. 野古草腥黑粉菌 *Tilletia arundinellae* 的黑粉孢子 (凌立，K，主模式)。图 23. 光学显微照片；图 24. 扫描电子显微照片。

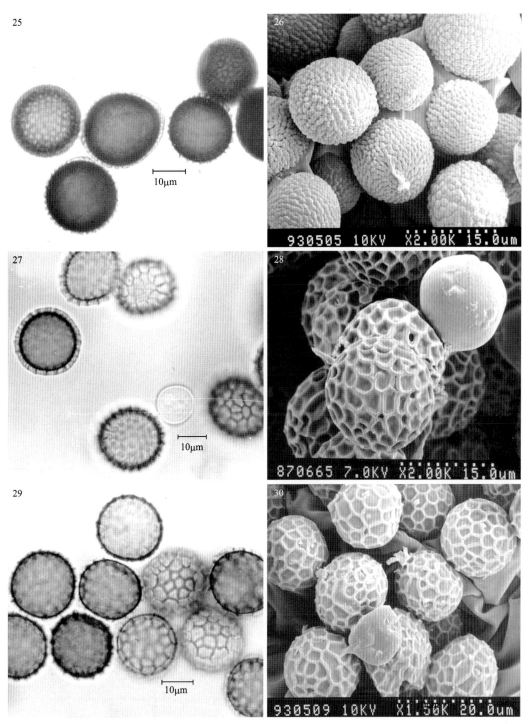

图 25~26. 狼尾草腥黑粉菌 *Tilletia barclayana* 的黑粉孢子 (71472)。图 25. 光学显微照片；图 26. 扫描电子显微照片。图 27~28. 雀麦腥黑粉菌 *Tilletia bromi* 的黑粉孢子和不育细胞 (54487)。图 27. 光学显微照片；图 28. 扫描电子显微照片。图 29~30. 小麦网腥黑粉菌 *Tilletia caries* 的黑粉孢子和不育细胞 (8447)。图 29. 光学显微照片；图 30. 扫描电子显微照片。

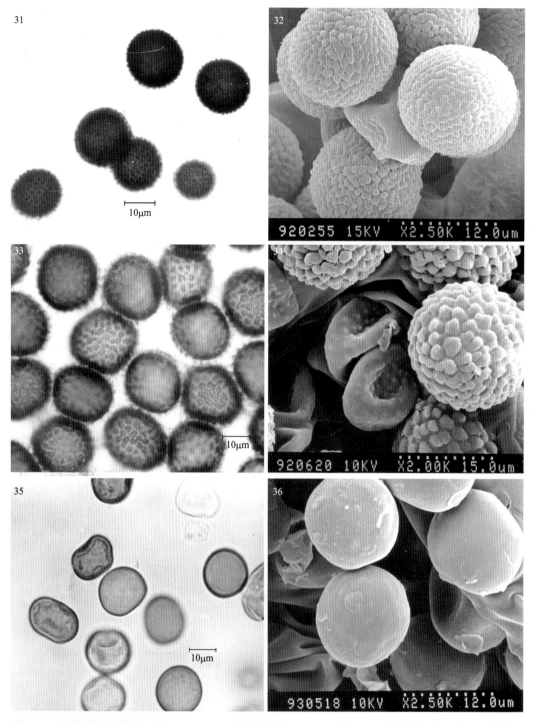

图 31~32. 野青茅腥黑粉菌 *Tilletia deyeuxiae* 的黑粉孢子 (62757)。图 31. 光学显微照片；图 32. 扫描电子显微照片。图 33~34. 稻腥黑粉菌 *Tilletia horrida* 的黑粉孢子和不育细胞 (74113)。图 33. 光学显微照片；图 34. 扫描电子显微照片。图 35~36. 小麦光腥黑粉菌 *Tilletia laevis* 的黑粉孢子和不育细胞 (8448)。图 35. 光学显微照片；图 36. 扫描电子显微照片。

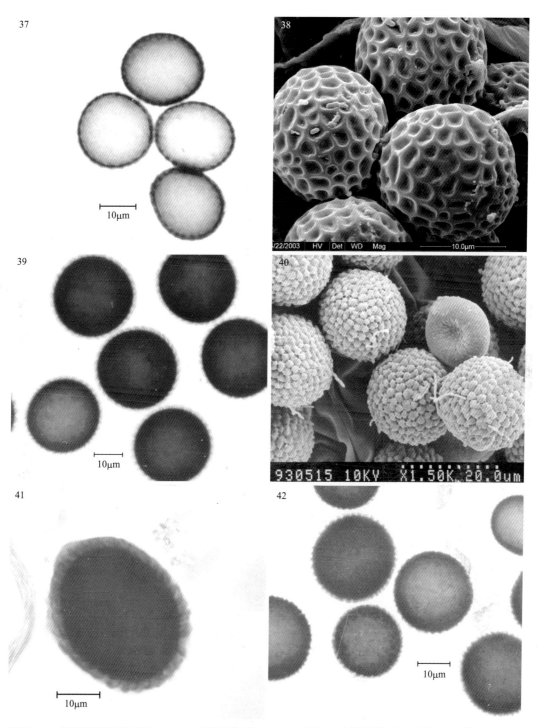

图 37~38. 臭味腥黑粉菌 *Tilletia olida* 的黑粉孢子 (73922)。图 37. 光学显微照片；图 38. 扫描电子显微照片。图 39~40. 稗腥黑粉菌 *Tilletia pulcherrima* 的黑粉孢子和不育细胞 (14617)。图 39. 光学显微照片；图 40. 扫描电子显微照片。图 41. 狗尾草腥黑粉菌 *Tilletia setariae* 黑粉孢子的光学显微照片 (IMI 499，模式)。图 42. 狗尾草小孢腥黑粉菌 *Tilletia setariae-viridis* 黑粉孢子的光学显微照片 (61996)。

图43. 狗尾草小孢腥黑粉菌 *Tilletia setariae-viridis* 黑粉孢子的扫描电子显微照片 (61996)。图44. 变形虚球黑粉菌 *Doassansiopsis deformans* 的孢子球 (143693)。图45. 广东虚球黑粉菌 *Doassansiopsis guangdongensis* 的孢子球 (17625，主模式)。图46~47. 芨芨草条黑粉菌 *Urocystis achnatheri*。图46. 孢子堆 (91949)；图47. 孢子球、黑粉孢子和不育细胞的光学显微照片 (31442，主模式)。图48. 冰草条黑粉菌 *Urocystis agropyri* 的孢子堆 (77934)。

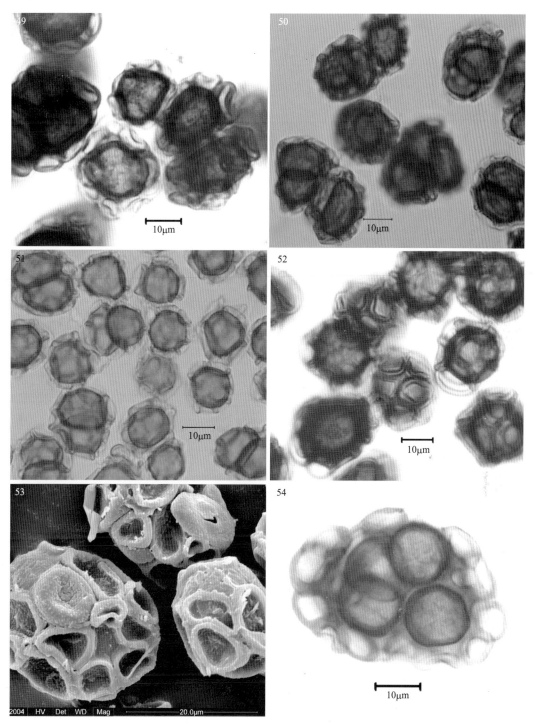

图 49. 冰草条黑粉菌 *Urocystis agropyri* 孢子球、黑粉孢子和不育细胞的光学显微照片 (77934)。
图 50. 冰草大孢条黑粉菌 *Urocystis agropyri-campestris* 孢子球、黑粉孢子和不育细胞的光学显微照片
(162679)。图 51. 剪股颖条黑粉菌 *Urocystis agrostidis* 孢子球、黑粉孢子和不育细胞的光学显微照片
(171885)。图 52~53. 看麦娘条黑粉菌 *Urocystis alopecuri* 的孢子球、黑粉孢子和不育细胞 (89267)。
图 52. 光学显微照片; 图 53. 图扫描电子显微照片。图 54. 大火草条黑粉菌 *Urocystis antipolitana* 孢子球、
黑粉孢子和不育细胞的光学显微照片 (76286)。

图版 X

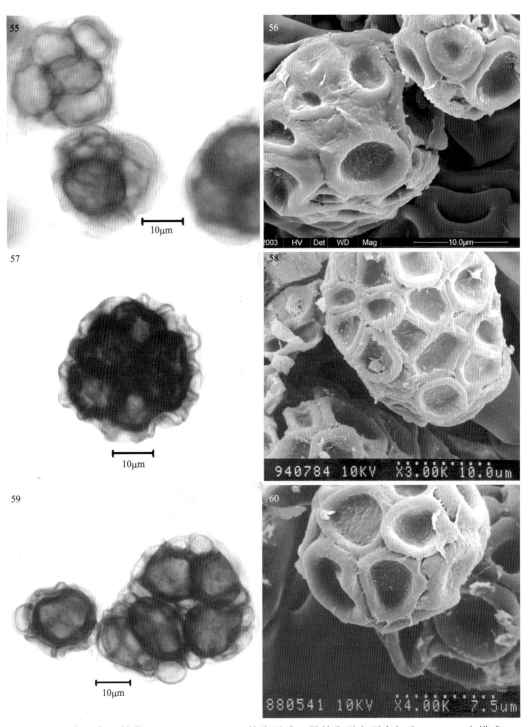

图 55~56. 阿尔山条黑粉菌 Urocystis arxanensis 的孢子球、黑粉孢子和不育细胞 (88026，主模式)。
图 55. 光学显微照片；图 56. 扫描电子显微照片。图 57~58. 北京条黑粉菌 Urocystis beijingensis 的孢
子球、黑粉孢子和不育细胞 (80547，主模式)。图 57. 光学显微照片；图 58. 扫描电子显微照片。
图 59~60. 黑麦草条黑粉菌 Urocystis bolivari 的孢子球、黑粉孢子和不育细胞 (54494)。图 59. 光学显
微照片；图 60. 扫描电子显微照片。

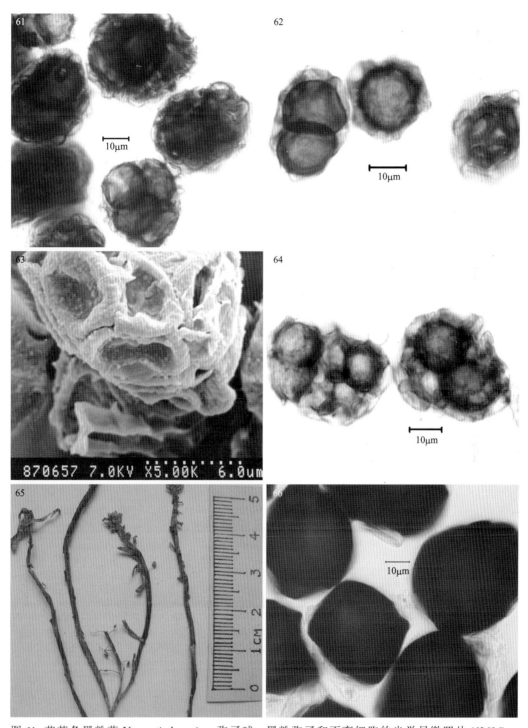

图 61. 芸苔条黑粉菌 *Urocystis brassicae* 孢子球、黑粉孢子和不育细胞的光学显微照片 (62696)。
图 62~63. 雀麦条黑粉菌 *Urocystis bromi* 的孢子球、黑粉孢子和不育细胞 (54495)。图 62. 光学显微照片；图 63. 扫描电子显微照片。图 64. 拂子茅条黑粉菌 *Urocystis calamagrostidis* 孢子球、黑粉孢子和不育细胞的光学显微照片 (73681)。图 65~66. 赤峰条黑粉菌 *Urocystis chifengensis*(143932，主模式);
图 65. 孢子堆；图 66. 孢子球、黑粉孢子和不育细胞的光学显微照片。

图 67. 赤峰条黑粉菌 *Urocystis chifengensis* 孢子球、黑粉孢子和不育细胞的扫描电子显微照片 (143932, 主模式)。图 68~69. 星叶草条黑粉菌 *Urocystis circaeasteri* 的孢子球、黑粉孢子和不育细胞 (98960, 主模式)。图 68. 光学显微照片；图 69. 扫描电子显微照片。图 70~72. 七筋菇条黑粉菌 *Urocystis clintoniae*(62198)。图 70. 孢子堆；图 71. 孢子球、黑粉孢子和不育细胞的光学显微照片；图 72. 孢子球、黑粉孢子和不育细胞的扫描电子显微照片。

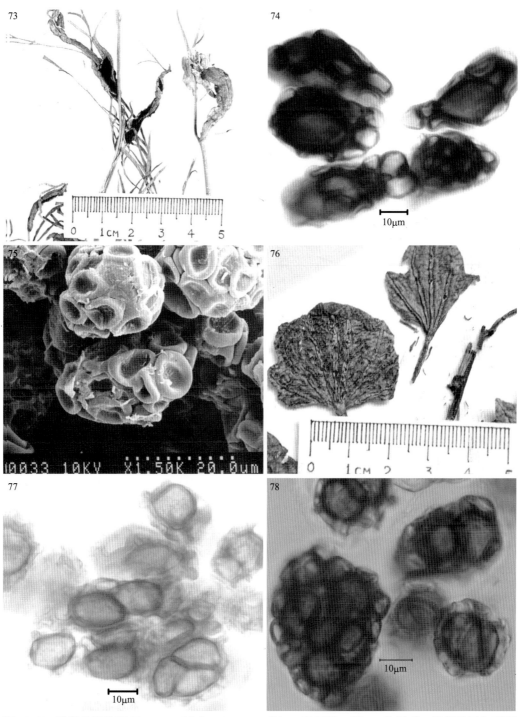

图 73~75. 翠雀条黑粉菌 *Urocystis delphinii*(62008)。图 73. 孢子堆；图 74. 孢子球、黑粉孢子和不育细胞的光学显微照片；图 75. 孢子球、黑粉孢子和不育细胞的扫描电子显微照片。图 76~77. 薯蓣条黑粉菌 *Urocystis dioscoreae*(18093)。图 76. 孢子堆；图 77. 孢子球、黑粉孢子和不育细胞的光学显微照片。图 78. 敦煌条黑粉菌 *Urocystis dunhuangensis* 的孢子球、黑粉孢子和不育细胞的光学显微照片(168528，主模式)。

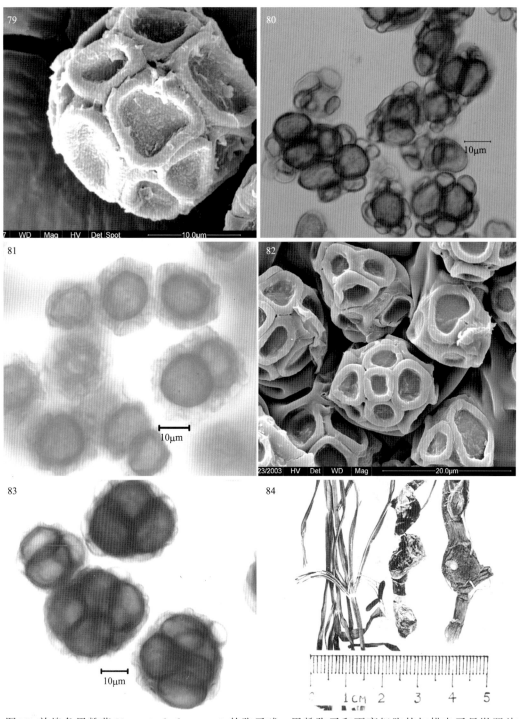

图 79. 敦煌条黑粉菌 Urocystis dunhuangensis 的孢子球、黑粉孢子和不育细胞的扫描电子显微照片 (168528，主模式)。图 80. 蚊子草条黑粉菌 Urocystis filipendulae 的孢子球、黑粉孢子和不育细胞的光学显微照片 (136436)。图 81~82. 薹草条黑粉菌 Urocystis fischeri 的孢子球、黑粉孢子和不育细胞 (87796)。图 81. 光学显微照片；图 82. 扫描电子显微照片。图 83. 颗粒条黑粉菌 Urocystis granulosa 孢子球、黑粉孢子和不育细胞的光学显微照片 (26443)。图 84. 贺兰条黑粉菌 Urocystis helanensis 的孢子堆 (62200，主模式)。

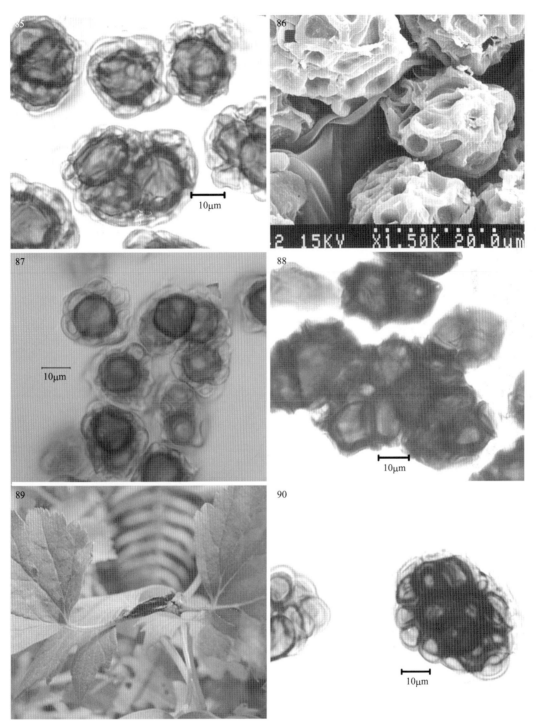

图 85~86. 贺兰条黑粉菌 *Urocystis helanensis* 的孢子球、黑粉孢子和不育细胞 (62200, 主模式)。
图 85. 光学显微照片；图 86. 扫描电子显微照片。图 87. 茅香条黑粉菌 *Urocystis hierochloae* 孢子球、
黑粉孢子和不育细胞的光学显微照片 (137266)。图 88. 不规则条黑粉菌 *Urocystis irregularis* 孢子球、
黑粉孢子和不育细胞的光学显微照片 (80700)；图 89~90. 日本条黑粉菌 *Urocystis japonica*(69231)。
图 89. 孢子堆；图 90.孢子球、黑粉孢子和不育细胞的光学显微照片。

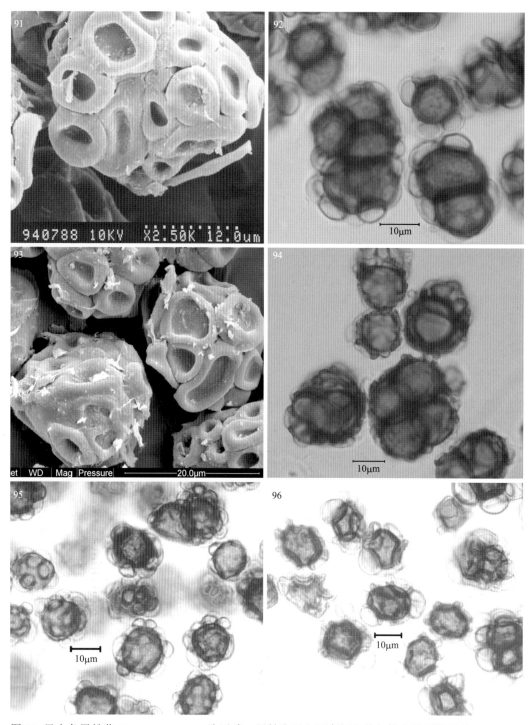

图 91. 日本条黑粉菌 Urocystis japonica 孢子球、黑粉孢子和不育细胞的扫描电子显微照片 (69231)。
图 92~93. 草条黑粉菌 Urocystis koeleriae 的孢子球、黑粉孢子和不育细胞 (99993，主模式)。图 92. 光
学显微照片；图 93. 扫描电子显微照片。图 94. 假稻条黑粉菌 Urocystis leersiae 孢子球、黑粉孢子和
不育细胞的光学显微照片 (50024, 主模式)。图 95. 葱条黑粉菌 Urocystis magica 孢子球、黑粉孢子和
不育细胞的光学显微照片 (67921)。图 96. 臭草条黑粉菌 Urocystis melicae 孢子球、黑粉孢子和不育细
胞的光学显微照片 (66640)。

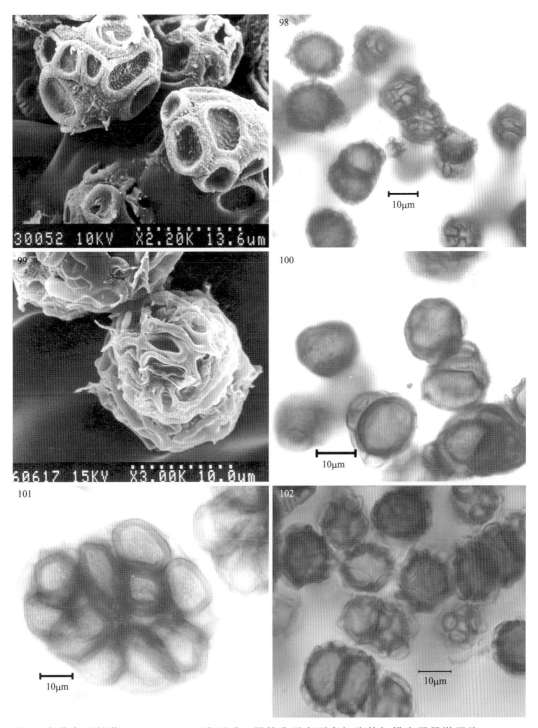

图 97. 臭草条黑粉菌 *Urocystis melicae* 孢子球、黑粉孢子和不育细胞的扫描电子显微照片 (66640)。
图 98~99. 尼氏条黑粉菌 *Urocystis nevodovskyi* 的孢子球、黑粉孢子和不育细胞 (51934)。图 98. 光学显微照片;
图 99. 扫描电子显微照片。图 100. 隐条黑粉菌 *Urocystis occulta* 孢子球、黑粉孢子和不育细胞的光学显微照片 (57266)。图 101. 重楼条黑粉菌 *Urocystis paridis* 孢子球、黑粉孢子和不育细胞的光学显微照片 (31364)。
　图 102. 早熟禾条黑粉菌 *Urocystis poae* 孢子球、黑粉孢子和不育细胞的光学显微照片 (136437)。

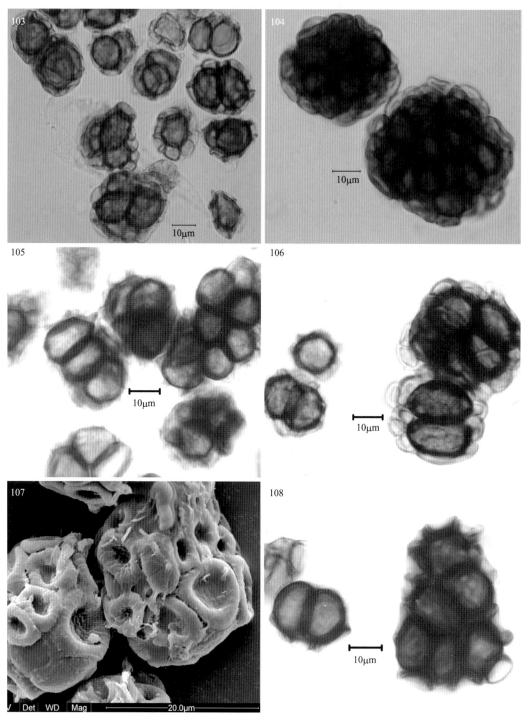

图 103. 泽地早熟禾条黑粉菌 Urocystis poae-palustris 孢子球、黑粉孢子和不育细胞的光学显微照片
(172141)。图 104. 报春条黑粉菌 Urocystis primulicola 孢子球、黑粉孢子和不育细胞的光学显微照
片 (52056)。图 105. 假银莲花条黑粉菌 Urocystis pseudoanemones 孢子球、黑粉孢子和不育细胞的光
学显微照片 (55284)。图 106~107. 碱茅条黑粉菌 Urocystis puccinelliae 的孢子球、黑粉孢子和不育
细胞 (89268, 主模式)。图 106. 光学显微照片；图 107. 扫描电子显微照片。图 108. 白头翁条黑粉菌
Urocystis pulsatillae 孢子球、黑粉孢子和不育细胞的光学显微照片 (23678)。

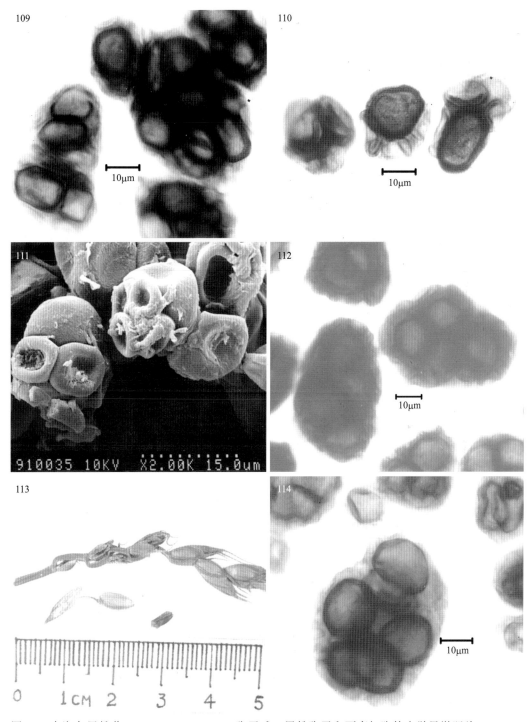

图 109. 青海条黑粉菌 *Urocystis qinghaiensis* 孢子球、黑粉孢子和不育细胞的光学显微照片 (24557，主模式)。图 110~111. 毛茛条黑粉菌 *Urocystis ranunculi* 的孢子球、黑粉孢子和不育细胞 (67919)。图 110. 光学显微照片；图 111. 扫描电子显微照片。图 112. 鬼灯檠条黑粉菌 *Urocystis rodgersiae* 孢子球、黑粉孢子和不育细胞的光学显微照片 (51936)。图 113~114. 四川条黑粉菌 *Urocystis sichuanensis*(84433，主模式)。图 113. 孢子堆；图 114. 孢子球、黑粉孢子和不育细胞的光学显微照片。

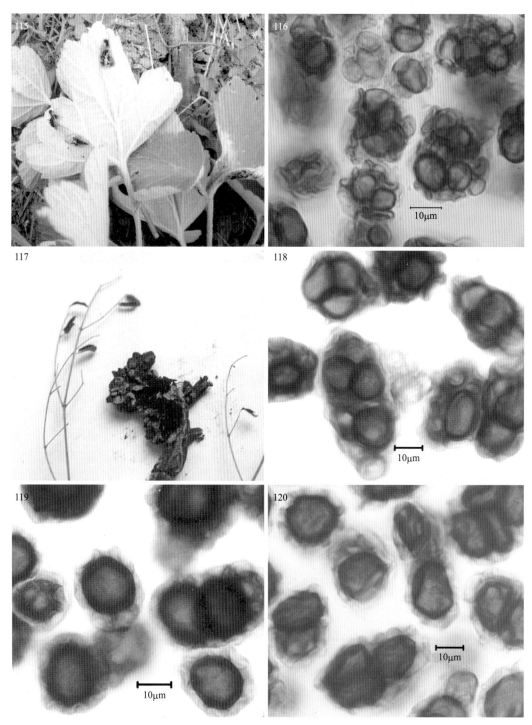

图 115~116. 中国条黑粉菌 *Urocystis sinensis*。图 115. 孢子堆 (139755)；图 116. 孢子球、黑粉孢子和不育细胞的光学显微照片 (94853，主模式)。图 117~118. 孢堆条黑粉菌 *Urocystis sorosporioides*(31443)。图 117. 孢子堆；图 118. 孢子球、黑粉孢子和不育细胞的光学显微照片。图 119. 针茅条黑粉菌 *Urocystis stipae* 孢子球、黑粉孢子和不育细胞的光学显微照片 (31441)。图 120. 小麦条黑粉菌 *Urocystis tritici* 孢子球、黑粉孢子和不育细胞的光学显微照片 (14652)。

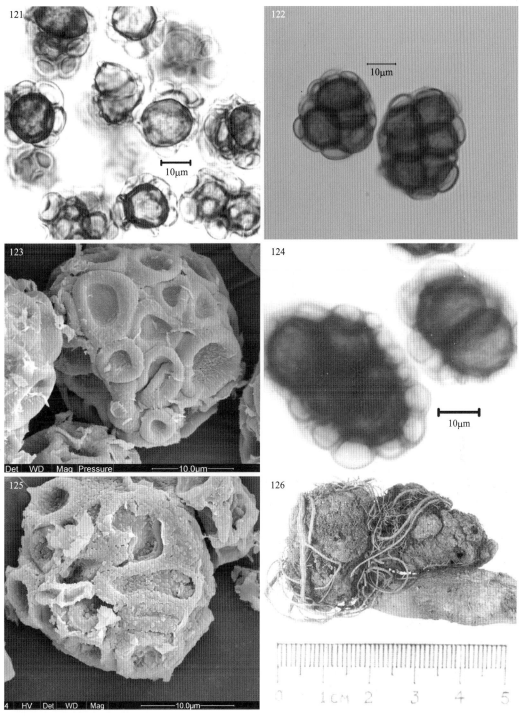

图 121. 羊茅条黑粉菌 *Urocystis ulei* 孢子球、黑粉孢子和不育细胞的光学显微照片 (71627)。
图 122~123. 王氏条黑粉菌 *Urocystis wangii* 的孢子球、黑粉孢子和不育细胞 (139781，主模式)。
图 122. 光学显微照片；图 123. 扫描电子显微照片。图 124~125. 锡林浩特条黑粉菌 *Urocystis xilinhotensis* 孢子球、黑粉孢子和不育细胞 (88028，主模式)。图 124. 光学显微照片；图 125. 扫描电子显微照片。图 126. 云南条黑粉菌 *Urocystis yunnanensis* 的孢子堆 (30605，主模式)。

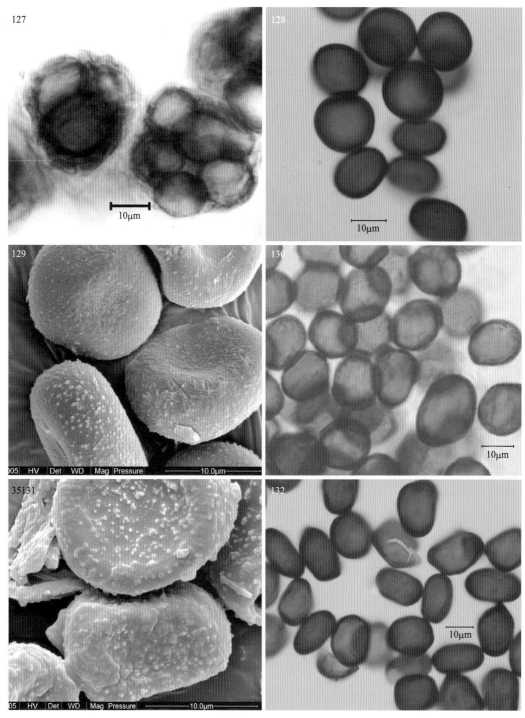

图 127. 云南条黑粉菌 Urocystis yunnanensis 孢子球、黑粉孢子和不育细胞的光学显微照片 (30605，主模式)。图 128~129. 二蕊嵩草炭黑粉菌 Anthracoidea bistaminatae 的黑粉孢子 (133832，主模式)。图 128. 光学显微照片；图 129. 扫描电子显微照片。图 130~131. 寸草炭黑粉菌 Anthracoidea duriusculae(130322，主模式)。图 130. 光学显微照片；图 131. 扫描电子显微照片。图 132. 丝杆薹草炭黑粉菌 Anthracoidea filamentosae 黑粉孢子光学显微照片 (133833，主模式)。

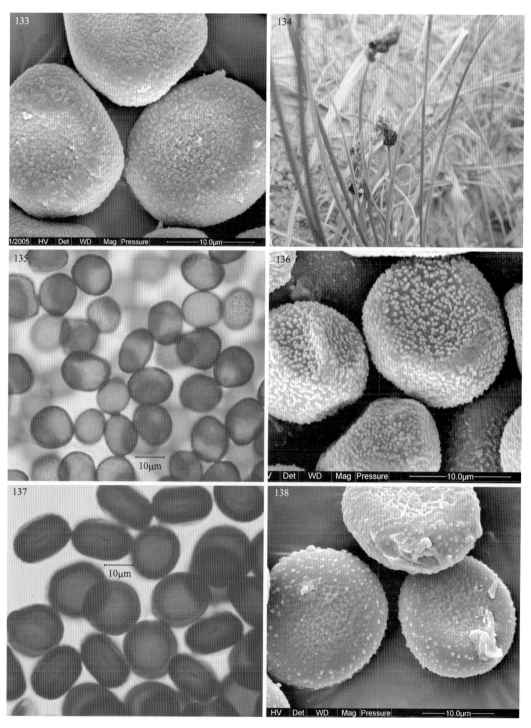

图 133. 丝杆薹草炭黑粉菌 Anthracoidea filamentosae 黑粉孢子扫描电子显微照片 (133833, 主模式)。
图 134~136. 烈味薹草炭黑粉菌 Anthracoidea foetidae。图 134. 孢子堆 (136435)；图 135. 黑粉孢子的光学显微照片 (130320, 主模式)；图 136. 黑粉孢子的扫描电子显微照片 (130320, 主模式)。图 137~138. 红嘴薹草炭黑粉菌 Anthracoidea haematostomae 的黑粉孢子 (132709, 主模式)。图 137. 光学显微照片；
图 138. 扫描电子显微照片。

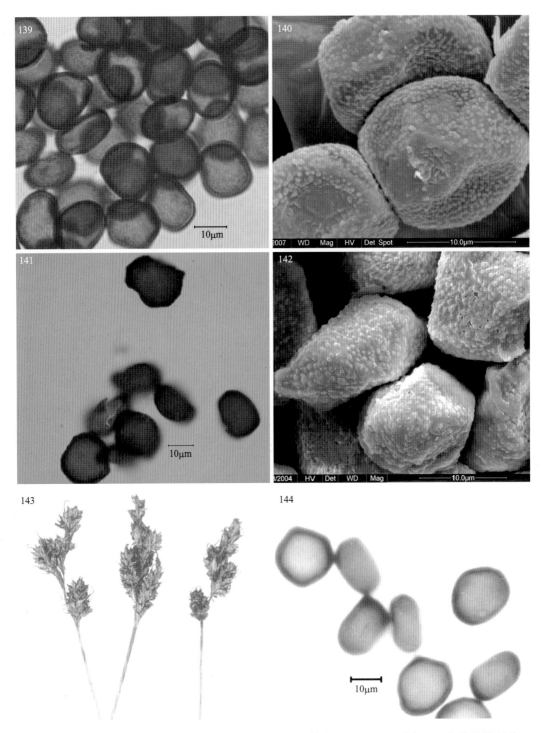

图 139~140. 异孢炭黑粉菌 *Anthracoidea heterospora* 的黑粉孢子 (172283)。图 139. 光学显微照片；图 140. 扫描电子显微照片。图 141~142. 不规则炭黑粉菌 *Anthracoidea irregularis* 的黑粉孢子 (165043)。图 141. 光学显微照片；图 142. 扫描电子显微照片。图 143~144. 喀纳斯炭黑粉菌 *Anthracoidea kanasensis*(86708，主模式)。图 143. 孢子堆；图 144. 黑粉孢子的光学显微照片。

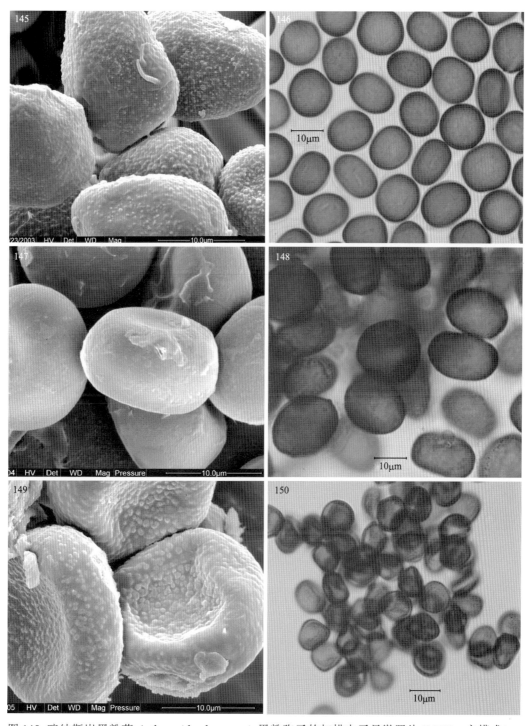

图 145. 喀纳斯炭黑粉菌 Anthracoidea kanasensis 黑粉孢子的扫描电子显微照片 (86708, 主模式)。
图 146~147. 大花嵩草炭黑粉菌 Anthracoidea macranthae 的黑粉孢子 (130318, 主模式)。图 146. 光学显微照片；图 147. 扫描电子显微照片。图 148~149. 米萨薹草炭黑粉菌 Anthracoidea misandrae 的黑粉孢子 (132710)。图 148. 光学显微照片；图 149. 扫描电子显微照片。图 150. 无味薹草炭黑粉菌 Anthracoidea pseudofoetidae 黑粉孢子的光学显微照片 (130321, 主模式)。

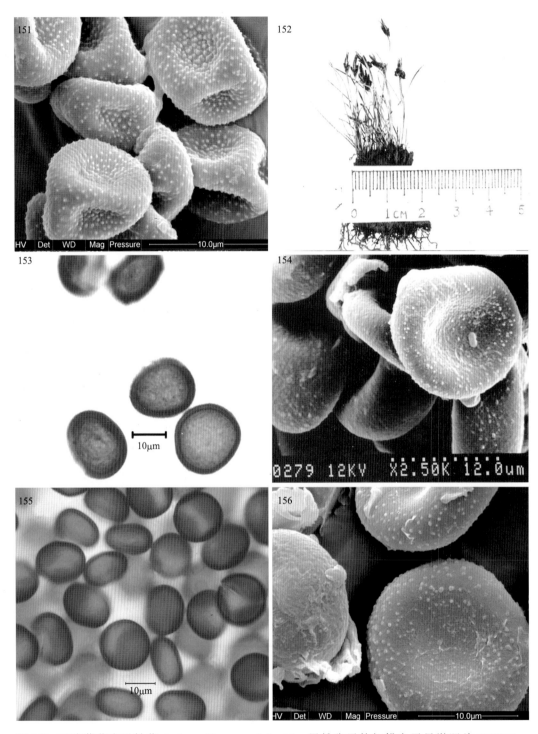

图 151. 无味薹草炭黑粉菌 *Anthracoidea pseudofoetidae* 黑粉孢子的扫描电子显微照片 (130321，主模式)。图 152~154. 高山嵩草炭黑粉菌 *Anthracoidea pygmaea*(24401，主模式)。图 152. 孢子堆；图 153. 黑粉孢子的光学显微照片；图 154. 黑粉孢子的扫描电子显微照片。图 155~156. 喜马拉雅嵩草炭黑粉菌 *Anthracoidea royleanae* 的黑粉孢子 (133834，主模式)。图 155. 光学显微照片；图 156. 扫描电子显微照片。

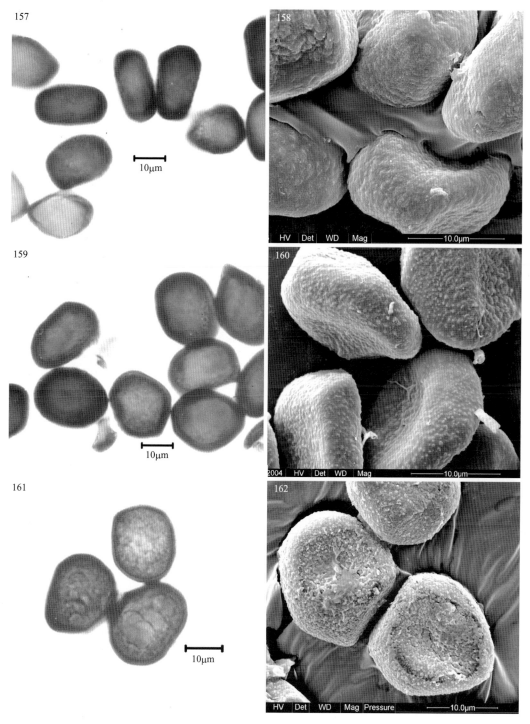

图 157~158. 石薹草炭黑粉菌 Anthracoidea rupestris 的黑粉孢子 (86711)。图 157. 光学显微照片；图
158. 扫描电子显微照片。图 159~160. 常绿炭黑粉菌 Anthracoidea sempervirentis 的黑粉孢子 (89270)。
图 159. 光学显微照片；图 160. 扫描电子显微照片。图 161~162. 刺毛薹草炭黑粉菌 Anthracoidea
setosae 的黑粉孢子 (67908, 主模式)。图 161. 光学显微照片；图 162. 扫描电子显微照片。

图 163~164. 四川炭黑粉菌 *Anthracoidea setschwanensis* 的黑粉孢子 (143945，主模式)。图 163. 光学
显微照片；图 164. 扫描电子显微照片。图 165~166. 陕西炭黑粉菌 *Anthracoidea shaanxiensis* 的黑粉孢
子 (84642，主模式)。图 165. 光学显微照片；图 166. 扫描电子显微照片。图 167~168. 条纹炭黑粉菌
Anthracoidea striata(86710，主模式)。图 167. 孢子堆；图 168. 黑粉孢子的光学显微照片。

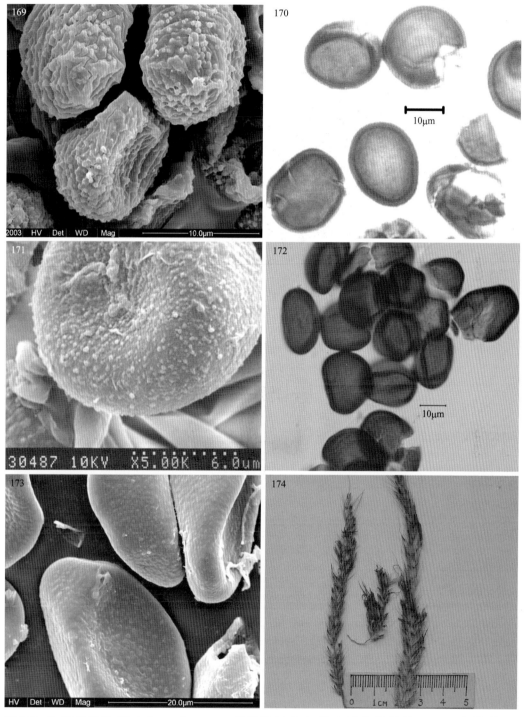

图 169. 条纹炭黑粉菌 Anthracoidea striata 黑粉孢子的扫描电子显微照片 (86710, 主模式)。
图 170~171. 西藏炭黑粉菌 Anthracoidea xizangensis 的黑粉孢子 (67973, 主模式)。图 170. 光学显微
照片；图 171. 扫描电子显微照片。图 172~173. 云南炭黑粉菌 Anthracoidea yunnanensis 的黑粉孢子
(HKAS 41281, 主模式)。图 172. 光学显微照片；图 173. 扫描电子显微照片。图 174. 狼尾草无轴黑粉
菌 Macalpinomyces flaccidus 的孢子堆 (172153, 主模式)。

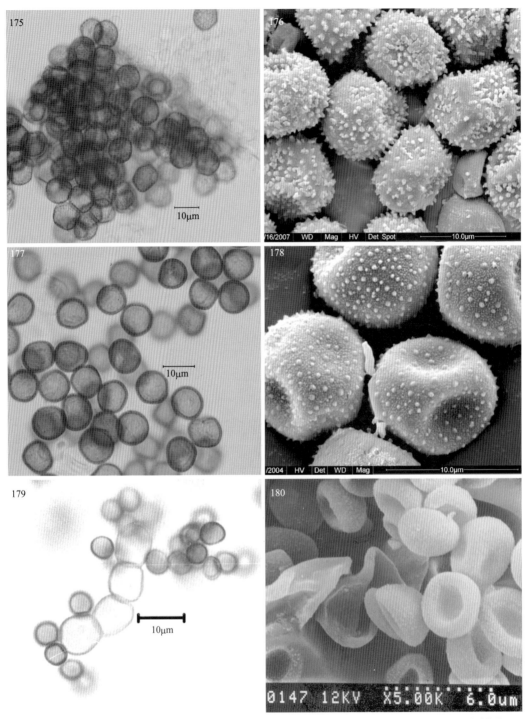

图 175~176. 狼尾草无轴黑粉菌 *Macalpinomyces flaccidus* 的黑粉孢子和不育细胞 (172153，主模式)。图 175. 光学显微照片；图 176. 扫描电子显微照片。图 177~178. 双花草孢堆黑粉菌 *Sporisorium andropogonis-annulati* 的黑粉孢子 (KUN 384781，主模式)。图 177. 光学显微照片；图 178. 扫描电子显微照片。图 179~180. 荩竹孢堆黑粉菌 *Sporisorium microstegii* 的黑粉孢子和不育细胞 (80484)。图 179. 光学显微照片；图 180. 扫描电子显微照片。

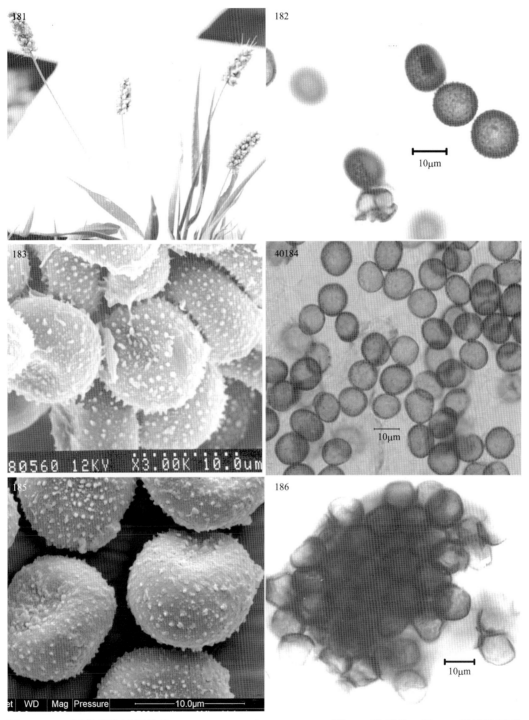

图 181~183. 冠芒草孢堆黑粉菌 *Sporisorium modestum*(80483)。图 181. 孢子堆；图 182. 黑粉孢子的光学显微照片；图 183. 黑粉孢子的扫描电子显微照片。图 184~185. 蒙大拿孢堆黑粉菌 *Sporisorium montaniense* (87788)。图 184. 黑粉孢子和不育细胞的光学显微照片；图 185. 黑粉孢子的扫描电子显微照片。图 186. 黄金茅孢堆黑粉菌 *Sporisorium pollinianum* 黑粉孢子的光学显微照片 (77940)。

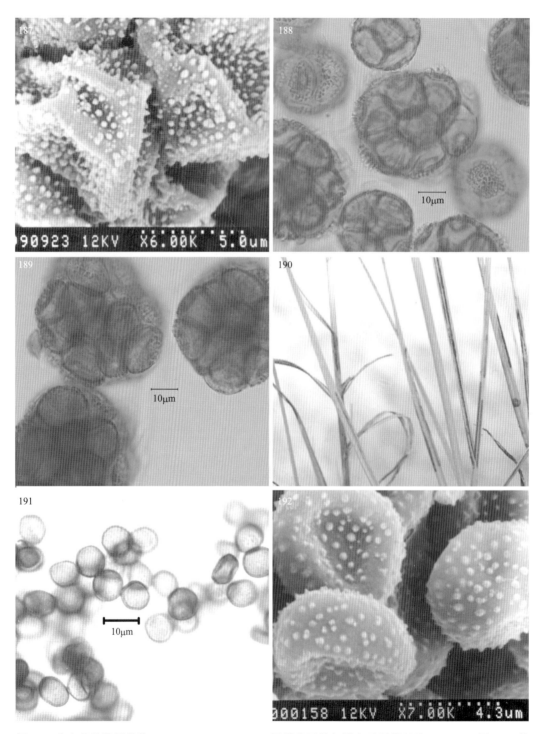

图 187. 黄金茅孢堆黑粉菌 *Sporisorium pollinianum* 黑粉孢子的扫描电子显微照片 (77940)。图 188. 黄芪楔孢黑粉菌 *Thecaphora affinis* 的孢子球 (163206)。图 189. 棘豆楔孢黑粉菌 *Thecaphora oxytropis* 的孢子球 (172154, 等模式)。图 190~192. 野青茅生黑粉菌 *Ustilago deyeuxicola*(80864, 主模式)。
图 190. 孢子堆; 图 191. 黑粉孢子的光学显微照片; 图 192. 黑粉孢子的扫描电子显微照片。

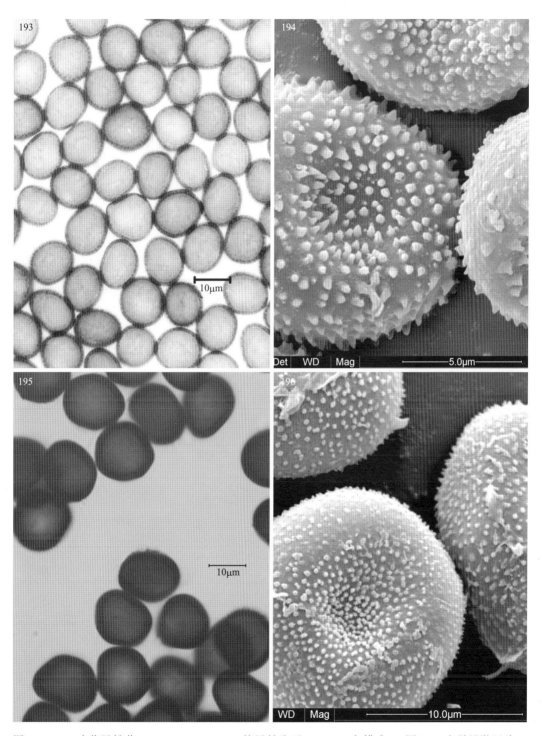

图 193~194. 寸草黑粉菌 *Ustilago duriusculae* 的黑粉孢子 (95452，主模式)。图 193. 光学显微照片；图 194. 扫描电子显微照片。图 195~196. 格里菲思黑粉菌 *Ustilago griffithsii* 的黑粉孢子 (HKAS 41301)。图 195. 光学显微照片；图 196. 扫描电子显微照片。